La vérité n'aura pas lieu

DU MÊME AUTEUR

Ressources inhumaines, Albin Michel, 2015.
Aveu de faiblesses, Albin Michel, 2017.

Frédéric Viguier

La vérité n'aura pas lieu

Roman

PLON
www.plon.fr

Ce récit est une œuvre de pure fiction. Par conséquent, toute ressemblance avec des situations réelles ou avec des personnes existantes ou ayant existé ne saurait être que fortuite.

Ce livre a reçu le soutien du CNL.

Agent littéraire et conseil éditorial : Isabelle Martin-Bouisset
www.imb-conseil.fr

92, avenue de France
75013 Paris
www.plon.fr - www.lisez.com

Mise en pages : Graphic Hainaut
Dépôt légal : août 2023
ISBN : 978-2-259-31700-9

Au 42

Chapitre I

Je ne suis pas devenu écrivain «à plein-temps» par passion de la littérature ou parce que j'ai dans la tête des idées et des pensées que je juge dignes de figurer dans un livre. Ce sont les circonstances, qui m'ont incité à raconter une expérience professionnelle passée, qui mettait en scène un autre que «moi». J'avais espéré que cela me permettrait de moins me focaliser sur ma «petite personne», sans préméditer que ce témoignage romancé intéresserait une maison d'édition. J'ai découvert, en profitant d'une offre qui ne pouvait se refuser, les bienfaits de ne plus être le sujet principal de mes préoccupations tout en étant invité à parler de moi... Je ne m'en suis pas mal sorti, les journalistes prenaient mon humour pour une marque de fabrique, alors que je n'ai toujours su rigoler que de moi.

Après ce premier livre, par conscience professionnelle, je me suis intéressé de plus près aux malheurs des autres, en guettant tout particulièrement celui qui pourrait faire le sujet d'un roman aussi «implacable, glaçant et dérangeant» que mon premier opus. Je me suis bien amusé en pastichant l'autobiographie de Patrick Dils, tristement célèbre pour avoir été enfermé en prison durant quinze ans, alors qu'il affirmait être innocent du double meurtre dont on l'accusait. Fasciné par cette capacité du genre humain de créer à la chaîne non pas des coupables, mais des victimes, le parcours exemplaire de ce stéréotype de la complainte de soi-même m'a inspiré un second roman qui fut très apprécié.

Depuis? J'écris lorsque j'en ai envie, c'est-à-dire rarement, et surtout pas comme on exerce un métier. Je suis devenu un dilettante qui justifie son absence de transpiration par la possession d'un don pour l'écriture qui mérite qu'on le ménage; et cette vie tranquille et sans contraintes me convient parfaitement. Je réponds aux curieux de mon entourage, ceux qui célèbrent mon oisiveté comme étant la preuve de mon talent, que les deux livres que j'ai écrits sont des essais, réussis peut-être, mais des essais quand même, et que mon troisième opus sera le dernier d'une courte liste car après avoir monopolisé toute son énergie dans le cadre de la concrétisation d'un roman d'envergure, j'imagine que l'on doit pouvoir se satisfaire d'un repos bien mérité.

Tu parles. La vérité est plus simple à formuler : je n'arrive plus à écrire, sauf des débuts d'histoires foireuses, qui finiront par user ma persévérance. Ce fameux troisième roman n'existe donc pas, et n'existera peut-être jamais. Je suis devenu l'un de ces auteurs qui, à la croisée des chemins menant vers l'oubli ou la reconnaissance, éprouve le besoin de se sentir soutenu ou, plus certainement, conforté dans ses convictions ; mais lesquelles ?

Je ne suis plus sûr de rien, mon arrogance est une façade qui se lézarde et dans peu de temps on verra tout de moi. Mais si je résiste encore, si je n'ai pas admis officiellement le tarissement de mon inspiration, c'est que je considère qu'un écrivain a autant le droit qu'un réservoir d'être à sec.

J'ai écrit à quelques éditeurs que j'avais croisés à l'occasion d'événements littéraires, dont les réponses ne m'incitèrent guère à leur proposer un manuscrit inédit, mais j'ai surtout rencontré une professionnelle aguerrie qui connaissait mes deux premiers livres. Sa manière de me complimenter fut de me dire, en tentant de me convaincre de ne plus mépriser mon travail, que je faisais partie de ces auteurs capables de bâtir des récits où l'espérance a disparu, des histoires contemporaines qui démontraient le tragique de la condition humaine, ou encore « la noirceur du monde ». Et moi, arc-bouté à une humilité factice, j'avais préféré lui répondre que je proposais un point de vue différent sur les événements de nos vies, une opportunité de regarder de plus près l'insignifiance de nos faits et de nos gestes. Je lui avais affirmé que mon seul talent, s'il y en avait un, était de mettre à disposition de mes lecteurs « une paire de jumelles sur les oculaires desquels j'avais, au préalable, badigeonné de la merde », pastichant la description du monde proposée par un écrivain que j'aimais bien, qui avait évoqué pour sa part une « bassine de merde munie de poignées en fil de fer barbelé ».

Voilà bien le genre de réflexions à ne pas dire à un agent littéraire qui ne vous a pas encore proposé de signer un contrat de collaboration ; mais étrangement, Isabelle, car c'est son prénom, a décidé de croire en moi à ma place.

Isabelle m'affirme que ce sera dans les crimes, les trahisons, les turpitudes, et pourquoi pas les agressions sexuelles – et non dans les délits mineurs – que je m'épanouirai artistiquement. Elle souhaite que je lui écrive une histoire qui ne caresse pas l'humanité dans le sens du poil et, si elle me téléphone souvent, c'est toujours pour me raconter ce qu'elle vient d'entendre à la radio, ce qu'elle a lu dans un journal, ou repéré dans un article diffusé sur l'écran de son ordinateur. Elle voudrait que je me comporte tel un chasseur dans la savane, que je me cache pour guetter mon gibier, que je rampe pour me rapprocher de mon objectif ; ce gibier que je dois traquer, c'est « le » fait divers dont je saurai me repaître. Elle m'imagine en Truman Capote, l'auteur qui aurait réussi à écrire un « véritable chef-d'œuvre » simplement en racontant en détail le déroulement d'un quadruple meurtre, celui des membres « d'une famille sans histoires » du Kansas. Isabelle dit que le physique de l'écrivain anglais, sa voix un peu niaise, son enfance malheureuse, sa crainte permanente de l'abandon seraient les explications de son génie littéraire.

Soit.

Il me faudra donc également chercher en moi des souffrances enfouies, quelques frustrations mal assumées, et toutes les peurs consécutives à ma naissance, afin de les distiller dans mon texte. Je suis prêt à n'importe quelle contorsion psychologique puisque je n'ai plus rien à perdre, et maintenant que le plan de bataille m'a été communiqué, il ne me reste plus qu'à signer le contrat de représentation littéraire qui m'obligera à remettre rapidement à Isabelle un manuscrit qu'elle ira ensuite proposer à une maison d'édition qu'elle saura persuader de s'intéresser à moi. Le problème, c'est que je n'ai pas le début du commencement d'une histoire, aucune énergie à consacrer à réfléchir à « quoi » raconter et surtout à « comment » le rendre lisible…

Mais, comme dans les romans – pas les meilleurs, je le reconnais –, une lettre providentielle envoyée par une lectrice inconnue va participer à réveiller mon inspiration. Et si je suis capable d'autant d'objectivité à mon égard, à l'instant où j'écris ces lignes, c'est sûrement grâce à cette main tendue par l'entremise d'un courrier manuscrit devant lequel je vais me contorsionner tel un chien qui cherche la caresse ; ou qui préférera le coup de bâton à rien du tout. Car il est maintenant temps de vous le révéler, mon troisième roman existe, il est même indéniablement terminé, puisque vous venez d'en lire les premières pages.

J'avais reçu quelques lettres où l'on me disait avoir « adoré » mon dernier livre ; mais Gisèle Chabaud était la première lectrice qui me sollicitait dans le but d'écrire le « même genre d'histoire » et de faire de son fils le héros d'un roman. Elle me disait avoir reconnu dans le drame d'Yvan Gourlet – le personnage principal d'*Aveu de faiblesses* – le calvaire de son propre enfant. Elle souhaitait également me remercier de lui avoir permis de mieux comprendre, « à travers des descriptions tellement réalistes », comment un interrogatoire mené par des policiers retors pouvait à ce point perturber un individu qui n'a pourtant rien à se reprocher.

« Sylvain a été convoqué dans un commissariat parce que des parents ont affirmé qu'il avait tenté d'abuser sexuellement de leur fille de quatorze ans… Il a été reçu en qualité de témoin et non de suspect, ce qui n'a pas empêché deux policiers de l'accuser d'être un pédophile en puissance. Mon fils n'a pas supporté la manière dont on lui a parlé. Il était innocent mais on ne l'a pas écouté. Et même s'il est sorti libre du commissariat, le lendemain de son audition, il s'est suicidé… »

Après un premier moment de sidération, cette mère de soixante-douze ans n'est pas restée inactive longtemps. Elle a décidé assez rapidement de ne pas laisser la réputation de son enfant en proie à la rumeur. Et, contre l'avis de ses proches, et celui d'un avocat qui n'a pas voulu la soutenir dans ses démarches, elle a obtenu des résultats qui auraient dû lui suffire si son objectif était bien de réhabiliter l'honneur d'un fils. Le problème, c'est que « tant que Sylvain ne me sera pas rendu, et donc tant que je serai en vie, moi, sa mère, je serai en guerre » ; et que les batailles que cette femme a déjà remportées ne suffisent plus à la distraire de son malheur. Elle m'écrira même : « Je sais que ma haine ne sera jamais rassasiée, alors pour ne pas devenir complètement folle, j'ai décidé de faire appel à vous… »

Malgré des excuses officielles, des courriers du procureur attestant que son fils était innocent, que rien n'aurait pu être retenu contre lui compte tenu du manque de preuves, qu'il n'était pas le pédophile que les policiers avaient tenté de faire « craquer », Gisèle Chabaud en veut plus.

Elle a été reçue par un responsable de la police nationale qui a reconnu des erreurs de procédure et le manque de professionnalisme des enquêteurs, elle a même été conviée à une formation de jeunes policiers pour témoigner de son drame, elle est venue se présenter courageusement et dignement devant les collègues de ceux qu'elle accuse d'avoir harcelé son fils disparu, une autorité administrative indépendante a validé sa demande en préconisant des sanctions à l'égard des deux fonctionnaires jugés fautifs, et un député rencontré par hasard va proposer devant le Parlement une loi « qui portera le nom de Sylvain si tout se passe bien… », destinée à mieux défendre la présomption d'innocence des personnes convoquées à une audition, mais Gisèle Chabaud en veut plus.

Elle souhaite que son drame devienne un modèle, un exemple, qu'il reste inscrit dans l'histoire. Tous les résultats qu'elle a obtenus, à force de persévérance et d'opiniâtreté, toutes ces preuves qu'elle a accumulées concernant des dysfonctionnements administratifs, les signes évidents d'une enquête bâclée, tout ce qu'elle dénonce dès qu'elle le peut, par écrit ou lors d'une conférence organisée par une association quelconque de défense de victimes de violences policières, malheureusement, ne lui ont pas rendu son fils, alors Gisèle Chabaud en veut plus.

Elle désire que l'on se lamente sur le sort de son enfant, mort à quarante-cinq ans, elle voudrait que n'importe quel inconnu éprouve de l'émotion à la lecture de son drame ; et, pour atteindre cet objectif, que le pragmatisme de son combat ne lui a pas permis de réaliser, elle n'attend rien d'un travail journalistique. C'est de littérature qu'elle a besoin, d'un roman qui serait inspiré de sa propre histoire. Elle imagine son nom de famille sur la couverture d'un livre, peut-être même la photo du bois où le corps de son enfant a été retrouvé par des randonneurs ou des chasseurs – ce détail est encore imprécis. Elle dit qu'il n'y aura rien de mieux qu'un écrivain pour contribuer à rendre son fils immortel… Elle espère que pour se faire aider à mieux accepter la mort de son enfant, elle trouvera un auteur sensible à son calvaire, et qu'il consentira à évoquer son fils en utilisant tout de même quelques idées à elle.

Le témoignage de Gisèle Chabaud est franchement émouvant, mais je n'en estime pas immédiatement le potentiel romanesque. Son amour, qu'elle qualifie d'indéfectible, me paraît sincère, mais le chemin est encore long avant de pouvoir faire de ce sentiment, en somme tout à fait logique, le sujet d'une œuvre littéraire. Ou c'est peut-être que je suis trop méfiant. Ou, plus sûrement, que je me fiche des états d'âme de cette femme qui me parle du malheur comme si elle venait de l'inventer. Et puis, dans *Aveu de faiblesses*, il n'était pas question d'abus sexuel mais de meurtre, le protagoniste était un adolescent de dix-sept ans et pas un homme d'âge mûr, je décrivais une relation mère-fils délétère et nocive pour les intéressés, et lors du dénouement on découvrait que celui qui se présentait en tant que victime était en réalité un manipulateur et un meurtrier. Gisèle Chabaud, elle, n'a retenu de mon livre que ma manière « si réaliste, et en même temps si bouleversante », de décrire l'isolement d'un homme confronté à la haine de ceux qu'elle qualifie de « méchants ». Son chapitre de prédilection était celui au cours duquel Yvan Gourlet se faisait malmener par deux enquêteurs dans le cadre d'un interrogatoire décrit comme violent et perturbant psychologiquement. Or justement, ce chapitre, qui à mon sens était le plus caricatural, avait été le moins passionnant à écrire. J'avais préféré les moments inventés en famille, ceux qui mettaient en scène le quotidien du suspect, ou même la fin, lorsqu'à l'heure de conclure mon histoire je posais cette question qui allait faire de mon héros une ordure ou un pauvre type : « Alors ? Coupable ou non coupable ? »

Ma première réaction fut de répondre à Gisèle Chabaud que jamais je ne serais le « porte-plume » de quelqu'un. Je savais que des auteurs monnayaient leur savoir-faire d'écrivain et je n'éprouvais que du mépris à l'égard de ceux qui acceptaient d'écrire « sur commande » en échange d'un peu d'argent. Mais, lorsque cette femme m'a proposé plus de dix fois ce que m'avaient rapporté jusque-là les ventes de mes deux romans, j'ai bien sûr accepté de renier mes principes et de la rencontrer.

Parce que financièrement la proposition de Gisèle Chabaud est intéressante, et que mon agent littéraire s'impatiente, puisque je lui ai clairement exprimé ma lassitude de devoir chercher dans d'anciennes affaires judiciaires le début d'une inspiration, il ne me reste plus qu'à faire de Sylvain Chabaud le héros de son propre destin. Aussi simplement. Je n'ai aucune ambition d'écrire une œuvre littéraire, je serai payé pour produire un roman à la gloire d'un fils, tout cela est une question de survie me concernant; même si j'ai appris depuis quelques mois à me satisfaire régulièrement d'un seul repas par jour. Et c'est lors d'une conversation téléphonique, au cours de laquelle Gisèle Chabaud m'a encore affirmé que ce serait avec moi, «et personne d'autre», qu'elle mènerait ce projet, que j'ai exposé mes exigences afin de me positionner, dans l'échelle de l'humanité, à une place aussi digne que celle des hommes à la moralité exemplaire :

— Je préfère vous prévenir, madame Chabaud…

— Je vous écoute.

— Ce livre vous appartiendra, je ne veux pas que mon nom apparaisse sur la couverture…

— Mais pourquoi ça? Je n'ai aucune envie de vous utiliser, ni que vous restiez dans l'ombre.

— Parce que vous allez me demander d'écrire un livre qui fera l'apologie de votre fils et donc que ce livre sera mauvais.

— Ce n'est pas ce que je vous demande. Je désire un roman, pas une biographie. Je vous fais confiance, et je fais confiance à mon fils, à la vie qu'il a menée, à son honnêteté, à sa bienveillance… Et puis n'oubliez pas, si j'ai pensé à vous, c'est parce que j'ai lu *Aveu de faiblesses*…

— Justement. Ce roman faisait d'une victime un coupable.

— Qui vous a dit que je ne croyais pas mon fils coupable ?

— Coupable de ce dont on l'accuse ? Coupable d'avoir tenté d'agresser sexuellement une gamine de quatorze ans ?

— Pas du tout. Si mon fils est coupable, c'est de trop de faiblesse.

Isabelle a donc organisé une rencontre à Carcassonne parce que Gisèle Chabaud vit non loin de Narbonne. J'avais trouvé intéressant de profiter de ce déplacement pour visiter cette ville fortifiée, et j'ai relu dans le train *De sang-froid*, le roman de Truman Capote qu'Isabelle m'avait apporté au moment de nous saluer sur le quai de la gare de Lyon. « Non pas pour que tu te prennes pour un autre, m'avait-elle dit, mais pour te rappeler comment on peut faire de la littérature à partir des faits sans trop les interpréter. » Car ce serait mon principal défaut : trop m'intéresser aux « zones d'ombre » et faire excessivement confiance à mon intuition.

Un taxi m'a déposé au pied d'une des portes de la vieille ville, et j'ai retrouvé Gisèle Chabaud dans un restaurant situé à l'intérieur des remparts. Elle s'est levée pour me saluer et j'ai été impressionné par sa corpulence presque virile et surpris par sa tenue vestimentaire qui aurait été plus adaptée pour atteindre la cime d'une montagne ou partager un repas dans un bivouac. Elle avait apporté dans un étonnant sac à dos de randonnée – étonnant parce que bariolé de couleurs fluorescentes – toutes les pièces du dossier qui concernait la disparition de son fils, à savoir les auditions des protagonistes, les procès-verbaux établis par les gendarmes lors de la découverte du corps, le rapport d'autopsie, etc. Gisèle Chabaud voulait me prouver qu'elle était prête à tout me révéler pour que j'accepte d'écrire un livre qui « aidera mes petits-enfants, qui aidera ceux qui seront un jour confrontés à un tel drame ; et qui m'aidera moi, peut-être... » Elle était chaussée de godillots qui m'avaient obligé à lever la tête alors que je ne suis pas petit. Je l'ai écoutée distraitement m'expliquer qu'elle avait eu peur que, finalement, je refuse son offre, et elle a tenu à ce que nous commandions un vin du pays. J'ai acquiescé en m'asseyant et presque immédiatement elle a extirpé de l'une des poches de son sac à dos une photo de famille qu'elle a posée entre nous.

Je me suis penché par politesse et elle a utilisé l'index de sa main droite pour m'expliquer qui étaient les personnes sur la photo.

— L'aîné, c'est Julien. Sur cette photo il a dix-sept ans. Il est devenu instituteur et vit à une trentaine de kilomètres d'ici avec sa femme et ses trois enfants. À côté de lui, il s'agit de Fabrice. Il est moniteur d'auto-école, il a toujours été passionné par les voitures. Il n'est pas marié. C'est un vieux garçon qui lit beaucoup mais seulement des magazines. Peut-être qu'un jour il reviendra vers moi en me présentant une femme qu'il aura rencontrée, mais pour l'instant il ne semble pas se donner les moyens de fonder une famille. Les deux filles, qui ont maintenant trente-neuf ans, ne se ressemblent plus trop alors qu'elles sont nées le même jour, presque en même temps, à quelques minutes près. L'une vit en Australie, l'autre à Rennes. Son mari est un banquier un peu médiocre, il a même été incapable de m'accorder un crédit, c'est vous dire le niveau…

Elle s'est tue. Son index s'est éloigné des visages des membres de sa famille. Elle a semblé hésiter, avant de me parler de son mari, le père de ses enfants. Elle a dit que le jour où ils s'étaient tous regroupés dans leur salon, pour se faire prendre en photo, « lui » était resté à l'étage de la maison. Elle a profité de cet aveu pour m'expliquer qu'avec son mari, un an après la naissance de leurs filles, ils s'étaient réparti les pièces en fonction de la possibilité de les rendre non dépendantes les unes des autres.

— Nous vivions dans le même lieu mais pas ensemble. On communiquait à l'aide d'un buffet, installé dans l'entrée, on s'écrivait ce que l'on avait à se dire dans un cahier que l'on rangeait dans un tiroir fermé à clé, pour que les enfants ne découvrent pas tous les détails de la réalité de l'échec de notre mariage. Mais un jour…

Elle a posé son doigt boudiné sur le seul visage à propos duquel elle ne m'avait encore rien dit, elle a pour ainsi dire fait disparaître sa tête sous un ongle de couleur jaune, et m'a raconté comment « il » avait trouvé la clé, cachée sous un des pieds du buffet, puis comment « il » lui avait révélé qu'il avait compris qu'entre son père et sa mère, la haine était le seul lien encore *tangible*…

— Vous vous rendez compte ? À quinze ans il a dit « tangible » ! Si je vous raconte ça, c'est pour que vous compreniez la personnalité de Sylvain. La naissance de celui de mes enfants qui se trouve à la jonction de ses deux frères et de ses deux sœurs ne fut pas un moment agréable. Je n'ai pas eu l'impression que l'on m'aidait à le faire sortir, comme les quatre autres, mais qu'on me libérait d'un poids. Je m'en suis voulu longtemps d'avoir ressenti un tel sentiment de soulagement. J'ai dû compenser, c'est ce qui expliquerait pourquoi j'ai tendance à considérer Sylvain non pas comme mon préféré – j'aime mes cinq enfants avec la même sincérité - mais comme celui qui aurait pu faire de grandes choses, qu'elles soient artistiques ou scientifiques. Car c'est devenu peu à peu ma conviction, quand je le regardais grandir, qu'un enfant qui occupe une telle place, que ce soit dans le ventre maternel ou au sein d'une famille, ne peut devenir un adulte qui pourra se satisfaire de cultiver son jardin. C'est, je pense, ce qui explique le goût de Sylvain pour les voyages et la découverte des autres ; une empathie qui faisait son charme, et qui l'aura mené à sa perte...

Le serveur s'est approché pour nous proposer de nous « apporter la suite » et Gisèle Chabaud m'a précisé que son mari était mort depuis longtemps et qu'il ne faudrait plus parler de lui. Elle regrettait que seuls ses deux fils aînés aient pu « profiter » d'un père, alors que ses autres enfants n'avaient gardé de cet homme que le souvenir d'un impotent condamné à vivre les dernières années de de sa vie dans un fauteuil roulant en raison d'un accident vasculaire cérébral. Toujours à l'étage de la maison, mais cette fois avec l'aide d'une infirmière.

Gisèle Chabaud a rangé la photo de famille dans son sac à dos, elle a fait glisser le curseur de la fermeture Éclair avec soin, et elle m'a regardé fixement pour me demander :

— Alors ? Ce livre, dont le personnage principal serait Sylvain, vous allez me l'écrire ? C'est sûr ?

Vous n'allez pas me réclamer un temps de réflexion et, de retour à Paris, me répondre que finalement…

— Vous souhaitez que j'écrive un livre qui raconterait quoi exactement? La vie de votre fils jusqu'à son suicide?

— Non. Surtout pas. Je n'ai aucune envie que des inconnus mettent le nez dans nos histoires de famille. Ce que je veux, c'est un livre qui condamnerait ceux qui ont causé la mort de Sylvain.

— J'ai cru comprendre que vous aviez obtenu des sanctions contre les policiers…

— Que des rappels à l'ordre, des brimades sans commune mesure avec la gravité des faits. Et puis, il n'y a pas qu'eux, ils n'étaient pas seuls, ils avaient des complices, des personnes qui sont restées en vie pendant que mon fils, lui, est dans son cercueil… Je fais allusion aux parents de cette fille, de cette Manon. Ce sont eux qui sont allés voir la police, alors qu'ils connaissaient Sylvain. Il aurait été plus charitable d'aller lui parler, de le questionner s'ils avaient réellement des doutes. Mais ils n'ont rien fait de tel. Ils sont allés directement dire aux policiers que mon fils avait caressé leur fille. Vous vous rendez compte? Des gens que j'avais accueillis chez moi, qu'on invitait aux anniversaires, qui sont partis en vacances avec la famille de Sylvain!

— Et leur fille, elle a raconté quoi aux policiers?

— Rien! Elle ne leur a rien dit parce qu'elle n'a pas voulu y aller. Sûrement parce qu'elle avait des choses à se reprocher... C'est une délurée, pour ne pas dire autrement. On la connaît tous dans le village. Elle a toujours fait plus que son âge, et je ne parle pas seulement physiquement... Dans sa tête, c'était déjà une femme... Ce ne sont pas les preuves qui manquent pour démontrer qu'elle cherche à se faire remarquer, et pas pour ses résultats scolaires... Au moment des faits, elle était dans la même classe que Cassandra, la fille de Sylvain. Une gamine formidable... Quand je pense à tout ce qu'elle a dû endurer... Elle avait treize ans au moment du suicide de son père... Elle vient de fêter ses quinze ans le mois dernier. Quelle tristesse.

— C'est tout de même une accusation grave... Caresser une jeune fille de quatorze ans... Une enfant...

— Surtout ne faites pas comme tout le monde, s'il vous plaît ! Ne réagissez pas comme les policiers, n'interprétez pas sans savoir, sans écouter mes explications... Tout de suite les grands mots... « Une accusation grave », vous dites ? Et une accusation mensongère, d'après vous, c'est moins grave ? Alors laissez-moi mieux vous expliquer, et veuillez excuser ma réaction, disons, un peu vive. Mais il faut me comprendre, j'ai tellement supporté de calomnies, notamment de la part de gens qui ne savaient rien mais qui se permettaient quand même de donner leur avis... Alors laissez-moi parler... Laissez-moi mieux vous expliquer... Laissez-moi aussi vous dire pourquoi j'ai pensé à vous pour écrire ce livre, pourquoi c'est d'un écrivain que j'ai besoin, et pourquoi ce n'est pas l'innocence de mon fils que je souhaite démontrer…

— Ce qui pourtant me paraît être votre priorité…

— Mon cher monsieur - puisque vous semblez vouloir conserver une certaine distance avec moi, et que vous avez refusé de m'appeler Gisèle – ce que je veux, c'est que vous racontiez en utilisant le pouvoir de la fiction comment mon fils a été manipulé et malmené lors d'une audition menée par des policiers agressifs et inhumains. Ce que je veux, c'est dénoncer des pratiques d'un autre âge qui peuvent pousser un homme au suicide. L'objectif des enquêteurs n'a jamais été de s'approcher de la vérité mais de faire craquer celui que l'on avait désigné comme étant «le» coupable. Les preuves de l'erreur judiciaire existent, il suffit de se baisser pour les trouver, je n'ai donc pas besoin du travail d'un journaliste pour prouver que Sylvain a été victime d'une accusation mensongère.

— Et qui vous dit que moi je n'ai pas besoin d'être convaincu de l'innocence de Sylvain?

— Ce ne sera pas un problème. Je mettrai à votre disposition les pièces du dossier d'accusation.

— Je ne dis pas que j'ai un doute au sujet de l'intégrité morale de votre fils, mais…

— Il n'y a aucun souci. Je ne prends pas mal votre désir de vous documenter. Je trouve même cela plutôt rassurant… Cela indique que vous allez travailler sérieusement, sans chercher à trop vous éloigner de la réalité.

— Vous comprenez qu'une affaire de pédophilie est un sujet suffisamment grave pour que je me renseigne quand même un peu en amont…

— Mais qui vous parle de pédophilie ? Sylvain n'a pas été accusé de tels actes par les parents de Manon, mais seulement de caresses, ce qui n'est pas comparable à une relation sexuelle…

— Je ne suis pas un spécialiste judiciaire, alors désolé de ne pas savoir où commence et où finit le principe de pédophilie…

— Quand vous saurez qui était vraiment Sylvain, quand vous apprendrez ce qui s'est réellement passé, vous comprendrez alors, comme l'avocat qui s'est intéressé à notre affaire, que nous avons été les victimes d'une cabale fomentée par des parents jaloux et soutenue par des policiers méchants.

— Mais alors, votre fils, il l'a caressée ou il ne l'a pas caressée, cette Manon ?

— Il ne l'a jamais caressée… Il l'a massée.

Gisèle Chabaud n'ayant pu décaler un rendez-vous, « prévu de longue date », chez son dentiste, nous n'avons pas eu le temps de tout nous dire au cours de ce premier déjeuner. Les frais de mon séjour audois étant payés par elle, et parce que je savais que cette région était également un terroir magnifique de production de vins de caractère, il n'a pas été difficile pour elle de me convaincre de la revoir le lendemain. J'avais, au moment de nous quitter, suggéré à Madame Chabaud de me remettre les copies des pièces du dossier que je me serais « fait un plaisir » – c'est la phrase que j'avais utilisée pour lui assurer qu'il n'y avait pas que l'aspect financier qui m'intéressait dans sa proposition – d'examiner le soir même dans ma chambre d'hôtel. Elle avait opposé un refus poli à ma demande car elle tenait à me remettre, en plus de ces pièces, un document qui nécessiterait de sa part quelques éclaircissements complémentaires. Je n'avais pas insisté.

J'avais pris dans un meuble posé à l'entrée du restaurant un dépliant touristique qui promettait une visite des vignes et une dégustation de vins de pays dans un « caveau médiéval mémorable », et parce que nous étions tous les deux, côte à côte sur le trottoir, sans nous parler, dans l'attente de l'arrivée de mon taxi – Gisèle Chabaud avait garé sa voiture dans un parking à l'extérieur des remparts et j'avais refusé fermement qu'elle me dépose à mon hôtel –, j'en ai profité pour engager une discussion autour d'une question que je ne lui avais pas encore posée :

— Finalement, pourquoi ne l'écrivez-vous pas vous-même, ce livre ?

— Parce que je ne saurais pas, et puis surtout parce que je suis la mère de Sylvain… Qui prendrait au sérieux un livre écrit par moi dans le but de défendre l'honneur de mon propre fils ? Personne ! C'est pourquoi il me faut utiliser une personne n'ayant aucun lien de famille avec nous, quelqu'un qui n'a pas connu Sylvain, mais qui serait offusqué que l'on puisse, à notre époque, provoquer la mort d'un homme en le malmenant psychologiquement.

— Permettez-moi de vous rappeler cette évidence : tout écrivain que je suis, je ne sais pas si j'arriverai à écrire le livre que vous désirez… Avant de commencer ce travail, il faut que vous admettiez que les risques que je vous déçoive sont élevées…

— Ce paramètre du projet me regarde. J'ai beaucoup réfléchi avant de vous écrire, le risque est donc faible que je me sois trompée sur vous…

J'avais assez entendu cette mère me déclarer son amour à l'égard de son fils disparu, et sa manière de me culpabiliser avant l'heure me rappelait de mauvais souvenirs. Et puis, mon taxi s'était garé à l'angle de la rue, visiblement pas pressé que je le rejoigne. Chaussée de ses godillots de marche aux semelles épaisses, Gisèle Chabaud me dépassait de quelques centimètres, et c'est ainsi, engoncée dans les boursouflures musclées de son corps imposant qu'elle a voulu me faire un dernier compliment.

— Vous voulez que je vous dise pourquoi je suis contente que ce soit vous, et pas un autre écrivain, qui écriviez l'histoire de mon fils? Pas seulement parce que je sais ce dont vous êtes capable, non, mais parce que je vous sais sincère, et que je pense que vous avez compris la légitimité de mon combat. Et puisqu'il n'y a rien de pire que de commencer une association sur un malentendu, je peux vous affirmer que rien de ce qui est arrivé à mon fils ne vous sera occulté. Rien de ce qu'il a fait, rien de ce que l'on a dit sur lui, et surtout, rien de ce que je pense de lui. Demain soir, vous rentrerez à Paris avec tous les documents officiels que je détiens, ceux de l'enquête – enfin de la parodie d'enquête – qui a été menée. Maintenant, ne vous posez plus de questions concernant Sylvain, et écoutez ce dernier conseil : si vous voulez visiter un domaine viticole digne de ce nom et déguster un bon vin, oubliez le dépliant publicitaire que vous avez pris dans ce restaurant, et rendez visite à mon cousin, celui qui est vigneron. Je vais vous donner son numéro de téléphone, il vous accueillera avec plaisir, surtout si vous venez de ma part... Il a très bien connu Sylvain, ils faisaient de la moto ensemble, peut-être qu'il vous parlera de lui...

C'est la fin de matinée, j'ai bien dormi, et je ne suis finalement pas allé déguster du vin dans les vignes des Corbières. Je n'avais aucune envie de discuter de Sylvain Chabaud avec un cousin de sa mère; et pas envie, non plus, de la vexer en rendant visite à un vigneron qu'elle ne m'aurait pas conseillé. Elle m'avait téléphoné plusieurs fois dans la soirée et je n'avais pas répondu, ce qui me permettrait de lui dire que je m'étais couché tôt. Je pourrais éventuellement exagérer les conséquences de notre discussion de la veille en lui disant que j'avais été «profondément choqué et sincèrement ému» par son histoire, ou que son drame familial était devenu un peu le mien ; tout un tas de conneries qui lui confirmerait qu'un artiste est avant tout une sensibilité. J'avais assez évoqué dans mon précédent roman le rapport de force, et les dégâts psychologiques consécutifs, qui se mettait en place presque systématiquement entre un «présumé coupable» et des enquêteurs adeptes de pratiques expéditives, pour me permettre de me reposer sur mes lauriers. C'est cet aspect de mon travail, j'imagine, qu'elle voulait acheter en priorité. Je lui dirais donc à la première occasion combien j'avais été choqué de la façon dont son fils avait été interrogé, et qu'elle pouvait compter sur moi pour réagir littérairement contre ces pratiques déloyales, et sûrement illégales… Persuadé d'avoir en main la bonne méthode pour amadouer Gisèle Chabaud, je m'apprêtais à rejoindre la réception de l'hôtel lorsque la voix de la patronne m'a interpellé au niveau de l'ascenseur. «Je descends avec vous !», m'a-t-elle dit, avant d'ajouter qu'elle avait un message à me transmettre «de la part d'une dame qui n'arrive pas à vous joindre». Il s'agissait bien sûr de Gisèle Chabaud qui me proposait de nous retrouver dans un restaurant hors des remparts de Carcassonne, estimant que celui d'hier n'était qu'un «attrape-touriste». La patronne m'avait dessiné un itinéraire avec un stylo rouge sur un plan mis gratuitement à ma disposition par l'office de tourisme; «qui fait décidément bien les choses», m'a précisé la femme qui exhalait une forte odeur d'humidité. J'avais quinze minutes de marche avant de retrouver Gisèle Chabaud et j'en profitais pour téléphoner à mon agent littéraire afin de lui confirmer de me réserver un billet de retour pour le soir même. Je n'avais rien à lui dire de très encourageant, je ne savais pas encore comment lui annoncer que j'allais exiger contractuellement que mon nom n'apparaisse pas sur la couverture du livre que j'écrirais. Pour faire de l'histoire du fils Chabaud un machin digne d'être appelé roman, et surtout d'être édité, il allait me falloir puiser en moi une énergie que je n'avais pas, ou une énergie que je n'avais pas envie de céder à Gisèle Chabaud. J'avais besoin d'elle, mais pas de son histoire; et finalement, j'ai réussi à forcer ma jovialité, et donc à renforcer l'optimisme d'Isabelle. Elle m'a affirmé une nouvelle fois qu'elle avait confiance en moi, elle ne m'a pas reproché de ne pas lui avoir téléphoné la veille, après mon déjeuner, elle a compris mon «besoin» de réflexion, m'a rassuré en évoquant ce fameux «savoir-faire», celui qui me permettait d'« ajouter du noir sur du gris », c'est-à-dire d'assombrir encore un peu plus ce qui l'était déjà ; et moi je n'ai rien osé répliquer. Sa voix résonnait dans le haut-parleur du téléphone et l'entendre déclamer ce qu'elle pensait de moi était plutôt gênant, surtout que depuis j'avais pris la décision d'écrire dans l'ombre un roman que je méprisais par avance, et que je renierais certainement. Je l'ai quand même remerciée pour ses encouragements et j'ai éteint mon téléphone en arrivant devant La Tête bêche, le restaurant choisi par la maman du héros de mon prochain livre. Un véhicule imposant et maculé de boue était garé devant l'entrée. J'ai pensé qu'il devait s'agir de l'engin utilisé par Gisèle Chabaud pour se déplacer car il correspondait parfaitement à son aspect physique. J'ai poussé une porte branlante qui a fait tinter la sonnette et un serveur moins guindé que celui de la veille m'a accueilli avant de me présenter la table réservée à mon nom. Je me suis installé après avoir commandé un verre d'un « vin rouge typique du coin » et j'ai attendu avec au moins cette première certitude à mon actif : le véhicule tout-terrain garé devant le restaurant n'appartenait pas à Madame Chabaud ; ce qui me permit, au moment de porter à mes lèvres le verre posé par le serveur, cette seconde réflexion : se fier aux apparences était décidément un défaut indigne d'un écrivain.

Chapitre I

Gisèle Chabaud vient de traverser la salle de La Tête bêche d'un pas lourd. C'est le deuxième verre de vin que j'ai vidé en son absence, elle n'a donc pas à s'excuser puisque ce moment passé sans elle fut un plaisir. Je l'écoute me dire qu'elle regrette de m'avoir fait attendre, je n'ose pas lui répondre que je ne lui reproche rien, je la regarde en souriant, ignorante – comme elle le sera toujours – de ce que je pense vraiment. J'ai eu le temps de remarquer qu'elle boitait, qu'elle balançait sa jambe droite avec moins d'aisance que la gauche. Elle avait posé sur l'une de ses épaules une saharienne grise pliée comme un parachute et était coiffée d'un chapeau kaki aux bords élimés. Elle a soufflé avant de déposer son sac à dos sur le sol, et m'a tendu une main immense qui a englouti la mienne pour la secouer. Elle a déplié la saharienne, de la poussière grise s'est répandue sur le sol du restaurant, et elle s'est assise au moment où le serveur lui a demandé si elle aussi souhaitait déguster un verre de vin pour l'apéritif. Elle a répondu « Plutôt une Suze… », avant de me préciser qu'elle n'était jamais venue « dans cet endroit », mais qu'on lui avait dit que l'on pouvait y manger sans être dérangé par le bruit, « ce qui n'a pas été le cas hier ». Elle a voulu savoir si j'avais réfléchi à son projet, si la nuit m'avait « porté conseil », et je lui ai répondu qu'objectivement son histoire me fascinait mais que j'aurais encore besoin de quelques précisions concernant la chronologie des événements afin de ne pas écrire un texte trop éloigné d'une réalité à laquelle elle semblait tenir. Ce que je venais de dire l'a rassurée, car cela lui confirmait que j'avais décidé de l'aider dans son entreprise, et elle m'a répondu qu'elle trouvait logique que «n'importe qui d'un peu sensible» soit touché par le suicide de Sylvain.

— Quand j'ai eu fini de lire votre roman, le dernier, j'ai pensé que vous aussi vous aviez dû souffrir... Je veux dire... comme votre héros... pour aussi bien décrire sa descente aux enfers...

— Un écrivain n'a pas besoin de vivre les choses pour les ressentir.

— C'est-à-dire que vous seriez un peu médium?

— Je n'ai pas dit ça. Mais une certaine forme de sensibilité peut permettre de comprendre ce que ressentent les autres.

— Je vous parle de médium, parce que figurez-vous que j'en ai consulté un...

— Et dans quel but?

— Je voulais qu'il me dise comment mon fils avait vécu ses derniers instants... J'avais apporté des vêtements, son parfum préféré... Mais j'ai été déçue du résultat... Non pas que ce médium m'ait dit des choses que je ne voulais pas entendre, mais parce que j'ai compris grâce à certains détails que c'était un charlatan...

— Des détails?

— Rien d'important. Si je vous parle de cette mauvaise expérience, c'est que c'est à la suite de cette déception que j'ai pensé à vous…

Je n'ai pas insisté, en lui demandant si, par exemple, son médium lui avait conseillé de lire mes romans (ce qui aurait été la preuve d'une certaine clairvoyance) et je l'ai regardée sortir de son sac à dos une pile de documents, qu'elle a posée devant elle en repoussant son assiette et ses couverts. Ses grosses mains ont tapoté le tas de feuilles et elle a cherché ses mots pour finalement me demander :

— Vous savez ce que j'ai fait graver sur le tombeau familial ? Je peux vous le réciter de mémoire, c'est même devenu une sorte de devise, qui me permet de tenir debout et de refuser l'idée d'abandonner.

— D'abandonner ?

— Oui. D'abandonner le combat, celui que je mène depuis deux ans pour réhabiliter l'honneur de mon fils. Mais s'il vous plaît, ne m'interrompez plus. Ce que j'ai à vous dire est si émouvant que si je ne me lance pas toute seule, je ne vais jamais y arriver. J'ai tellement préparé ce moment, vous ne pouvez pas imaginer comme je vous suis reconnaissante d'être venu jusqu'à moi et d'avoir accepté de m'épauler. Mais j'ai besoin que vous me laissiez raconter ce que j'ai prévu de vous révéler, sans me couper la parole, sinon je vais perdre le fil et on n'avancera pas.

— Allez-y. Parlez sans crainte. Je ne vous interromprai plus.

— C'est gentil à vous. Je savais que je ne m'étais pas trompée et vous me confirmez que j'ai eu raison de vous téléphoner. Dans mon entourage, personne n'aurait eu ce courage.

— Ne perdez plus de temps, rappelez-vous que ce soir j'ai un train à prendre et qu'un taxi viendra me chercher à l'hôtel à quinze heures précises.

— Vous avez raison… Je monopolise votre attention en négligeant votre emploi du temps. Ne m'en veuillez pas, mais ce que j'ai vécu, et ce que je vis encore, est si éprouvant, surtout pour une femme de mon âge… Mais comme vous dites, ne perdons plus de temps…

— Vous en étiez au texte de l'épitaphe.

— Ah oui ! Alors voici ce que j'ai fait graver sous le nom de mon fils : « PARDONNER À CEUX QUI NOUS ONT OFFENSÉS NE FERA PAS REVIVRE SYLVAIN ». L'une de mes filles m'a reproché le ton de mon texte, mais je lui ai rétorqué qu'il ne fallait jamais craindre de dénoncer les mauvaises personnes. Le pardon ne me rendra pas Sylvain, mais dévoiler qui il était intimement me permet de penser à lui vivant, vous comprenez ? Et puis, il n'était pas question, compte tenu de la nature du drame qui a provoqué son suicide, que l'on résume mon fils à « Pensées éternelles » ou « À jamais dans nos cœurs », comme nous l'a suggéré le monsieur des pompes funèbres. Parce qu'il faut aussi que je vous dise que l'enterrement de Sylvain fut déterminant. C'est ce jour-là que j'ai découvert tous ses amis. Je savais mon fils digne d'être entouré d'affection, mais qu'autant de personnes aient souhaité être présentes, et surtout qu'elles aient toutes désiré me parler, m'expliquer pourquoi elles l'avaient aimé, comment ils s'étaient rencontrés, quel compagnon disponible et attentif il avait été, alors que bien sûr je n'ai jamais eu besoin de personne pour connaître l'enfant que j'avais conçu, et l'homme qu'il était devenu, m'a permis d'atténuer ma peine et de profiter de cette journée non pas pour pleurer sa mort, mais pour me souvenir de la vie qu'il avait eue, celle que je lui avais donnée. C'est le soir de l'enterrement que j'ai dit à mes autres enfants que Sylvain avait mérité d'être aimé et combien maintenant il méritait d'être respecté. Voilà pourquoi la présence d'un écrivain à mes côtés est importante… Il faudra m'aider à faire le tri entre mes exagérations de mère et les éléments objectifs dont nous aurons besoin, pour écrire un roman digne, mais intéressant à lire.

Son obsession à me faire croire qu'elle était prête à me céder le pouvoir de décision alimentait ma curiosité, et sa manière d'interpréter les agissements de son fils était digne d'être écoutée. Elle avait notamment, à propos du suicide, un avis tranché qu'elle affirmait avoir fait valider par plusieurs professionnels du sujet. Elle voulait également faire du livre la démonstration que l'on peut se suicider sans pour autant être dépressif.

— Personne, vous m'entendez? Personne n'a compris son geste ! C'était un passionné, vous voyez? Sylvain n'était jamais rassasié de nouvelles rencontres ou de nouvelles activités. Il pratiquait tant de sports, il savait tellement occuper son temps libre, il était si impliqué dans ses missions professionnelles que son suicide est resté incompréhensible aux gens qui le connaissaient. Tous ses amis, ses collègues avec lesquels il organisait des raids motocyclistes, ceux de la chorale, ceux du club de ping-pong, ceux de l'association culturelle, son voisin, avec lequel il réparait des épaves de voitures, les personnes du club de marche, celles de la fanfare du village… Personne n'a compris comment un être aussi passionné avait pu se résoudre à se donner la mort ! Personne n'a compris qu'un être aussi actif, si impliqué socialement, ait pu renoncer à toutes ses activités ! Personne ! Pas même son professeur de musique, que j'ai rencontré le jour de son enterrement… Ce brave homme pleurait comme on pleure un fils… Pourquoi me dévisager avec ce regard étonné ? Je ne vous avais pas dit qu'il avait appris à jouer de la flûte? Eh bien maintenant vous le savez… Sylvain était curieux de tout et c'est ce qu'il faut retenir du sacrifice de mon fils : on peut se suicider sans être dépressif.

Chapitre I

Gisèle Chabaud a subitement cessé de parler. Je l'avais écoutée, en démontrant par mon attitude l'intérêt que je portais à ce qu'elle venait de me dire. Peut-être qu'un jour elle se rendrait compte du ridicule de ses affirmations. Pour l'instant, je me retenais de lui exprimer la vérité de ma pensée. Je dodelinais de la tête pour la conforter dans ses bonnes dispositions à mon égard. Je jouais au type à qui l'on vient de révéler une information capitale et qui se demande comment il va en tirer profit, alors que ce que je venais d'entendre avait la consistance de l'anecdote et la pesanteur du souvenir de vacances. Si je pouvais comprendre son « aveuglement de mère », j'avais également appris, ayant personnellement côtoyé des parents moins sensibles aux effets de l'aura factice de leur enfant, à identifier l'origine de l'« amour indéfectible » qui, en vérité, masque mal un désir de possession, voire de domination ; le dégoût de son propre gosse étant, inversement, l'expression plus ou moins évidente d'un besoin de dépossession.

Finalement, ma patience et ses limites furent récompensées. Gisèle Chabaud se dispensait avec plaisir de mes commentaires, c'est exclusivement de mon attention qu'elle avait besoin, en attendant les effets de ma plume. Il ne fallait pas que je fasse de réflexions et je la vis soulagée de ne pas devoir répondre à mes questions. Elle avait d'ailleurs déjà tout prévu pour conclure son exposé. Se passer de moi faisait partie de sa stratégie : son porte-plume serait un porte-serviette, avec à l'intérieur les pages d'un texte écrit sous sa dictée.

— Maintenant vous savez tout. Il ne me reste plus qu'à vous confier le procès-verbal de l'audition de Sylvain, pour que vous soyez définitivement persuadé que tout ce que je vous ai raconté est la vérité. Je ne vous cacherai rien de cette affaire. Pour que vous écriviez le livre qui fera de mon fils un homme bien et non l'ordure que les policiers ont poussée au suicide. Quand vous l'aurez lu, je vous raconterai ensuite mon combat, qui a débuté dès que nous avons appris la mort de Sylvain. Je vous expliquerai comment j'ai réussi à faire punir les enquêteurs qui ont interrogé mon fils. Je vous dirai comment ces policiers ont reçu un blâme de leur hiérarchie. Vous me direz que « Ce n'est pas grand-chose », mais symboliquement c'est une première victoire. Enfin c'est ce que je pense. Maintenant, je vais vous laisser tranquille. Je ne parlerai plus. Quand vous aurez fini de lire ce document, je vous raconterai la suite.

Procès-verbal de l'audition de Sylvain Chabaud

Le 17 février 2018,

OFFICIER DE POLICE : Vous savez pourquoi vous êtes là ?

CHABAUD SYLVAIN : Je pense le savoir, oui. Ma femme et ma fille, que vous avez interrogées avant moi, m'ont tout raconté.

OFFICIER DE POLICE : Vous comprenez pourquoi nous avons préféré voir votre fille avant vous ?

CHABAUD SYLVAIN : Je vous avouerais que ça m'a un peu étonné… Ce n'est qu'une enfant… Mais bon… Peut-être que cela fait partie de la procédure… Je ne sais pas trop quoi vous répondre… Disons que ça m'a fait bizarre d'écouter ma fille me raconter pourquoi je devais à mon tour venir ici…

OFFICIER DE POLICE : Elle vous a dit quoi exactement ?

CHABAUD SYLVAIN : Que c'était grave… Que Manon avait laissé entendre que je lui aurais fait des choses... Il semblerait qu'elle m'accuse d'avoir tenté d'abuser d'elle...

OFFICIER DE POLICE : Alors, pour être précis, sachez que personne ne vous accuse de quoi que ce soit.

CHABAUD SYLVAIN : Je préfère ça.

OFFICIER DE POLICE : Ni Manon ni ses parents. Je dois aussi vous préciser que cette convocation est une audition, que vous comparaissez librement, qu'il ne s'agit pas d'un interrogatoire. Ce que nous attendons de vous, ce sont des réponses précises à des questions que nous allons vous poser suite à ce que les parents de Manon Durieux affirment. Il nous faut confronter les déclarations de chacun avant d'éventuellement prévenir un juge. Donc détendez-vous, et concentrez-vous bien sur ce que vous allez nous répondre. Les faits qui nous ont été rapportés remontent à quelques semaines seulement, vous ne devriez pas avoir de mal à vous souvenir.

CHABAUD SYLVAIN : Je ne comprends pas... Vous venez de me dire qu'on m'accusait de rien...

OFFICIER DE POLICE : La famille Durieux ne souhaite pas porter plainte contre vous. Les parents sont venus pour dénoncer des faits qu'ils pensent plausibles. Ils ne veulent pas vous attirer des ennuis, mais vous prévenir.

CHABAUD SYLVAIN : Me prévenir ? Mais me prévenir de quoi ?

OFFICIER DE POLICE : De ne plus importuner leur fille.

CHABAUD SYLVAIN : Cela fait des années qu'ils la laissent venir chez nous, bien contents que je m'en occupe, et maintenant ils changent d'avis ?

OFFICIER DE POLICE : C'est un peu ce qu'ils nous ont dit. Entre autres choses…

CHABAUD SYLVAIN : Je ne comprends pas leur attitude. S'ils avaient des choses à me reprocher, ils auraient pu me téléphoner, non ? Ce sont des gens que je connais, que nous avons fréquentés avec ma femme, amicalement je veux dire, avant de moins se voir parce que je ne travaille plus dans la région, et que le week-end je préfère consacrer mon temps à ma femme et à ma fille.

OFFICIER DE POLICE : Pour être franc, on peut comprendre l'émotion des parents Durieux. Ils paraissent très perturbés. On ne vous aurait pas dérangés, vous et les membres de votre famille, pour rien. La situation nous a semblé assez sérieuse pour vous convoquer. On aimerait entendre votre version des faits, dans votre intérêt.

CHABAUD SYLVAIN : Dans mon intérêt ?

OFFICIER DE POLICE : Il existe des raisons suffisantes pour vous soupçonner d'agression sexuelle sur mineure de moins de quinze ans, vous comprenez ? Alors ne perdons plus de temps.

CHABAUD SYLVAIN : Vous voulez que je commence par quoi ?

Officier de police : Par vous présenter. Parlez-nous un peu de vous, de votre femme, de votre profession, de votre vie.

Chabaud Sylvain : J'ai quarante-cinq ans. Je suis marié depuis seize ans à ma femme, Alice. J'ai une fille de treize ans. Elle s'appelle Cassandra. Que vous dire d'autre? Que je suis expert-comptable, que j'ai deux frères et deux sœurs?

Officier de police : Vous travaillez où?

Chabaud Sylvain : En Espagne.

Officier de police : Vous partez tous les jours travailler en Espagne?

Chabaud Sylvain : Non. Mon employeur me loue un petit appartement dans la banlieue de Barcelone. Je rentre tous les vendredis soir. Parfois le samedi... Quand j'ai trop de travail.

Officier de police : Parlez-nous des gens que vous côtoyez, des rapports que vous entretenez avec votre famille, vos frères et sœurs.

Chabaud Sylvain : Je fais beaucoup de sport, alors forcément je connais beaucoup de monde dans la région. Ça va être compliqué de citer les noms de tous mes amis. Avec mes frères, on se voit moins souvent que ce qu'on voudrait, alors on se retrouve à l'occasion de repas de famille. Une de mes sœurs vit en Australie, l'autre a épousé un homme qui ne plaît pas trop à ma mère, alors forcément, avec elles, c'est moins évident...

Officier de police : Moins évident?

CHABAUD SYLVAIN : Pour se voir… Ma mère vit dans une maison à côté de la nôtre. Elle s'occupe beaucoup de Cassandra, elle est très présente. Je pense que mes sœurs sont un peu jalouses de cette proximité géographique et affective.

OFFICIER DE POLICE : Et vos frères ?

CHABAUD SYLVAIN : Comme je vous l'ai dit, on se voit quand on le peut. Quand c'est important. D'ailleurs, ils étaient chez moi la semaine dernière, pour fêter l'anniversaire de ma femme.

CHABAUD SYLVAIN : Et concernant les parents de Manon Durieux ?

OFFICIER DE POLICE : J'ai connu le père quand j'étais conseiller municipal. Il est pépiniériste, il participait aux appels d'offres de la mairie.

CHABAUD SYLVAIN : Pourquoi dites-vous : « Il participait » ?

OFFICIER DE POLICE : Parce que je ne suis plus conseiller municipal. J'ai démissionné il y a quelques mois. Les petits arrangements entre copains, ce n'est pas mon truc. On m'obligeait à accepter des choses qui ne me semblaient pas correctes. Au début, j'ai fait mine de ne rien voir, et finalement j'ai préféré m'éloigner de tout ça. Je ne veux surtout plus entendre parler de politique. J'ai dit au maire qu'il ne faudrait plus compter sur moi à l'avenir, alors qu'en général j'aime me rendre disponible pour les autres. Et puis j'ai beaucoup de travail en semaine, le siège de mon employeur n'est pas en France, comme je vous l'ai dit. Je roule beaucoup… J'ai ma vie, quoi…

OFFICIER DE POLICE : Finalement, en démissionnant, vous avez continué de fermer les yeux, mais de loin.

CHABAUD SYLVAIN : Vous vouliez que je fasse quoi ? Au moins, en quittant le conseil municipal, je suis parti l'esprit tranquille, la tête haute.

OFFICIER DE POLICE : Revenons-en à William Durieux, le pépiniériste.

CHABAUD SYLVAIN : Ce n'est pas un ami. Juste un copain. Ce sont nos filles qui se fréquentent. Elles sont dans la même classe depuis que Manon a redoublé.

OFFICIER DE POLICE : Il semblerait que Manon Durieux vous apprécie beaucoup.

CHABAUD SYLVAIN : Elle m'apprécie. Mais pas que moi. Elle s'entend bien avec ma femme, ainsi qu'avec ma mère, qui l'a invitée chez elle, et pas qu'une fois. On l'a toujours accueillie avec plaisir. C'est une gamine très intelligente. Très dynamique.

OFFICIER DE POLICE : La famille Durieux nous a précisé que lorsque leur fille est invitée à dormir chez vous, vous insistez pour venir la chercher.

CHABAUD SYLVAIN : Je n'ai jamais insisté. Je trouve cela normal puisque la maison des Durieux est sur ma route. Quand je reviens d'Espagne, il me suffit de m'arrêter chez eux et de conduire Manon chez moi.

OFFICIER DE POLICE : On comprend. Et qui la ramène chez elle, ensuite ?

CHABAUD SYLVAIN : Moi.

OFFICIER DE POLICE : Parce que c'est plus pratique ?

CHABAUD SYLVAIN : Je ne sais pas. Question d'habitude, peut-être. Et puis j'en profite pour parler avec le père. Entre lui et Manon, les rapports sont compliqués, alors j'essaie parfois de lui donner des conseils.

OFFICIER DE POLICE : Des conseils à propos de quoi ?

CHABAUD SYLVAIN : Concernant l'éducation de sa fille. Manon a beaucoup de caractère. Je vous l'ai dit, j'apprécie de rendre service, alors bon, comme en général je m'entends bien avec les gens, autant que cela serve. Au travail je suis pareil, quand il y a un conflit entre deux salariés je suis là pour calmer tout le monde.

OFFICIER DE POLICE : Selon les parents de Manon, vous l'auriez caressée, chez vous, sur les fesses et sur les parties génitales.

CHABAUD SYLVAIN : C'est ce que m'ont répété ma femme et ma fille.

OFFICIER DE POLICE : Vous pouvez répondre quoi à ça ?

CHABAUD SYLVAIN : Ce que je peux dire, parce que je ne suis pas un menteur, c'est que oui, Manon et Cassandra étaient bien chez moi ce 12 octobre. Et comme je fais parfois des massages à ma fille, qui est très sportive, ce jour-là Manon m'a demandé de lui en faire un aussi.

OFFICIER DE POLICE : Parce qu'elle aussi fait beaucoup de sport ?

CHABAUD SYLVAIN : Je ne sais pas si elle fait autant de sport que Cassandra, mais elle m'a dit qu'elle serait curieuse de voir ce que ça faisait…

OFFICIER DE POLICE : Vous reconnaissez donc avoir massé Manon Durieux chez vous ?

CHABAUD SYLVAIN : Oui. Je n'ai rien à cacher. Je ne vois pas ce qu'il y a de répréhensible à masser la fille de gens que je connais.

OFFICIER DE POLICE : Vous avez fait ça où ?

CHABAUD SYLVAIN : Quoi donc, le massage ? Je ne sais plus, moi… Sûrement sur le canapé du salon… Ou dans la chambre de ma fille, sur son lit…

OFFICIER DE POLICE : Vous dites que vous massez votre fille ?

CHABAUD SYLVAIN : Oui. Je m'intéresse à tout ce qui permet de rester en bonne santé. Je mange sainement, je fais du sport de manière intensive, et j'ai l'intention de me mettre au yoga. Le massage est donc forcément une pratique qui me passionne, car lorsqu'on sollicite son corps, il faut savoir aussi l'entretenir. J'ai lu de nombreux livres sur les techniques de massage, vous pouvez vérifier, j'en ai deux dans ma bibliothèque.

OFFICIER DE POLICE : Selon les parents de Manon, vous lui auriez caressé le sexe, passé votre main sous sa culotte…

CHABAUD SYLVAIN : Ce sont eux qui affirment ça ou leur fille ?

OFFICIER DE POLICE : Elle se serait confiée à une personne proche de la famille qui l'aurait répété aux parents.

CHABAUD SYLVAIN : Je peux savoir à qui elle a dit ça ? Je n'arrive pas à croire que Manon ait pu m'accuser de tels gestes… C'est incompréhensible.

OFFICIER DE POLICE : Il s'agit de la fille des voisins. Une certaine Sidonie Plainchamp, vous la connaissez ?

CHABAUD SYLVAIN : Vaguement.

OFFICIER DE POLICE : C'est une jeune femme de dix-neuf ans, c'est elle qui a averti les parents de Manon. Nous l'avons interrogée et elle confirme qu'elle a longtemps hésité avant de se mêler d'une affaire qui ne la concernait pas, et puis lors d'un apéritif chez les Durieux, elle a conseillé à Manon de tout dire.

CHABAUD SYLVAIN : De tout dire ?

OFFICIER DE POLICE : Qu'importe. C'est votre version des faits qui nous intéresse, maintenant. Alors, racontez-nous ce que vous avez fait ce 12 octobre.

CHABAUD SYLVAIN : Comme je vous l'ai dit, je n'ai rien fait d'autre qu'un massage.

OFFICIER DE POLICE : Les deux filles étaient dans quelle tenue ? Vous leur aviez demandé de se déshabiller ?

CHABAUD SYLVAIN : Elles étaient en culotte, allongées sur le ventre. Je leur ai demandé de dégrafer leur soutien-gorge, c'est tout, pour pouvoir les masser, encore que ma fille n'en porte pas, elle n'est pas « formée », comme on dit. Manon est plus en avance que Cassandra de ce côté-là.

OFFICIER DE POLICE : De ce côté-là ?

CHABAUD SYLVAIN : Vous m'avez compris, je suppose. Ne m'obligez pas à préciser ma pensée, ça me gênerait.

OFFICIER DE POLICE : Il n'y a rien de gênant à dire ce que vous pensez, à savoir que la fille des Durieux est plus mature que la vôtre.

CHABAUD SYLVAIN : Voilà. Physiquement et intellectuellement, Manon est une enfant plutôt en avance.

OFFICIER DE POLICE : Vous leur avez massé seulement le dos ?

SYLVAIN CHABAUD : Le dos et les jambes. J'utilise une huile spéciale pour ça, au bois de santal. Vous pouvez vérifier, je fais ça de manière très professionnelle.

OFFICIER DE POLICE : Ce matin, quand vous avez retrouvé votre fille, à la maison, après sa déposition, elle vous a dit quoi ?

SYLVAIN CHABAUD : Elle pleurait. Elle semblait se reprocher que tout soit de sa faute. Manon est son amie, mais elle s'en veut de l'avoir fait venir chez nous.

OFFICIER DE POLICE : Elle ne vous a rien dit d'autre ?

SYLVAIN CHABAUD : Non. Elle semblait très perturbée.

OFFICIER DE POLICE : Quand vous avez terminé votre séance de massage, Manon aurait prévenu Cassandra que vous l'auriez caressée entre les jambes.

SYLVAIN CHABAUD : Cassandra ne m'a rien dit à ce sujet. J'imagine qu'elle n'a pas pris au sérieux ce que lui a dit sa copine. Sinon elle m'en aurait parlé. Enfin, c'est ce que je pense… Je trouve quand même très regrettable que Cassandra ait été impliquée dans cette histoire. Elle est encore très jeune…

OFFICIER DE POLICE : Nous aurions une dernière question à vous poser.

CHABAUD SYLVAIN : Je vous écoute.

OFFICIER DE POLICE : Si votre fille vous avait dit que le père de Manon l'avait massée, chez lui, quelle aurait été votre réaction ?

CHABAUD SYLVAIN : Je ne sais pas trop. Moi, des massages, j'en fais régulièrement, je connais la technique, c'est différent d'un massage, comment dire…

OFFICIER DE POLICE : Érotique ?

CHABAUD SYLVAIN : Si vous voulez.

OFFICIER DE POLICE : Vous auriez donc trouvé normal qu'un adulte masse votre fille de treize ans à condition qu'il connaisse les techniques de massage sportif ?

CHABAUD SYLVAIN : Voilà. Et pour le père de Manon, désolé de vous dire ça, mais je ne pense pas que ce soit un homme spécialiste des massages. Je le connais un peu quand même. Il est pépiniériste. Il n'est pas très sportif…

OFFICIER DE POLICE : Alors que vous, vous n'êtes pas qu'un expert-comptable…

CHABAUD SYLVAIN : Je suis sportif, comme ma fille, qui fait de la gymnastique depuis l'âge de quatre ans. Se faire masser, quand on fait beaucoup de sport, est très banal. Alors je pense que cela doit se savoir dans le village.

OFFICIER DE POLICE : Que vous aimez masser des enfants ?

Chapitre I

— Vous avez tout lu ? C'est bien... C'est très bien. Vous devez vous imprégner de toute cette ambiance, de l'enjeu aussi, car ce qu'il faudra écrire ne doit pas seulement évoquer la douleur d'une famille qui a perdu l'un des siens, mais le calvaire d'un honnête homme. Cette dernière phrase, prononcée par ce policier, est révélatrice d'un certain état d'esprit. Elle démontre que cette audition n'était finalement pas si banale que ça... Sylvain avait été convoqué en tant que témoin, alors pourquoi un prélèvement d'ADN a-t-il été effectué ? Pourquoi l'ont-ils pris en photo de face et de profil, comme un coupable ? C'est cette mise en scène qui a contribué à le déstabiliser, et c'est ce genre de mise en scène qui devrait être interdite, et qui le sera peut-être bientôt grâce à un député qui est d'accord avec moi sur le fait que la présomption d'innocence est trop souvent bafouée, dans un commissariat, par l'abus de pouvoir. Qu'il s'agirait même du mode de fonctionnement classique de beaucoup d'enquêteurs.

J'ai continué de lentement mâcher mon morceau de viande afin de ne pas prendre le risque d'être obligé de donner mon avis. J'avais déjà été confronté à ce genre de discussions lors d'une émission radiophonique et je m'en étais sorti grâce à la dérision ; mais ma dérision, Gisèle Chabaud n'en voulait pas. Elle ne s'était pas adressée à un écrivain pour qu'il l'aide à chercher, dans les tragédies de l'existence, le moyen de plaisanter.

— Je voudrais vous dire aussi que j'ai dû faire appel à un avocat pour avoir accès aux pièces du dossier. Parfaitement. Toute seule, je n'aurais pas pu les obtenir. Il y avait entre Sylvain et moi une paperasse inaccessible, alors on m'a conseillé un jeune avocat pénaliste de Lyon. Ce n'était pas près de chez moi, mais j'ai pensé qu'une grande ville serait mieux que Narbonne, ferait plus sérieux, que mon action serait plus respectée, que ma parole serait mieux entendue. C'est cet avocat qui a effectué les démarches auprès du parquet afin d'obtenir la restitution des pièces confidentielles. J'avais bien essayé de récupérer, à titre d'information, la déposition des parents Durieux, mais j'ai vite compris que la justice n'appréciait pas quand un individu lambda décidait de mettre le nez dans ses affaires. On est obligé de se battre, même quand on n'a rien à se reprocher, voilà ce qu'il faut retenir de mon combat. J'ai appris beaucoup de choses, en ne laissant à personne le droit de me conseiller de ne pas agir. Je pourrais écrire un guide juridique, je suis sérieuse, j'ai effectué tant de démarches, j'ai écrit tant de courriers.

Ce que je n'avais pas prévu, c'est que l'avocat réussirait à récupérer, en plus de tous les procès-verbaux des auditions, le rapport du médecin légiste. C'est quelque chose qu'il faut savoir : quand une personne se suicide, on la découpe en tranches pour valider les causes du décès. Je vous laisse imaginer ce que j'ai ressenti quand j'ai lu que Sylvain était mort «en bonne santé» à la suite d'un acte «autoagressif», quand j'ai compris qu'on avait découpé son crâne à l'aide d'une scie électrique, quand j'ai découvert que son cœur pesait 320 grammes et que dans son estomac il n'y avait rien, rien d'autre qu'un peu de bile mélangée à un liquide laiteux.

Plutôt que de me faire des idées, je suis allée questionner un médecin légiste pour qu'il me dise précisément comment ils procédaient, lui et ses confrères. C'est ainsi que j'ai appris que Sylvain avait été allongé sur une table métallique, que son torse avait été ouvert, et ses entrailles déposées séparément dans des vasques. Je n'ai pas bien compris l'intérêt de préciser que ses poils pubiens étaient coupés «assez court», mais d'apprendre qu'il avait sûrement dû, quelques minutes avant de se donner la mort, avaler le contenu d'un pot de yaourt fut un détail vraiment signifiant. Il faut vous dire que c'était la parade que j'avais trouvée, quand j'ai compris que, plus jeune, il recrachait en cachette les comprimés de médicaments que je lui donnais. En les mélangeant dans un yaourt, il ne les vomissait plus. Il a donc dû se souvenir de ce rituel quand il a avalé ce qui allait lui permettre de prévenir une éventuelle douleur au moment de se donner la mort. C'est ce qui m'a été confirmé par le médecin légiste que j'ai consulté. Les doses importantes de médicaments retrouvées dans son sang sont le signe d'une volonté de se mettre «en condition» avant de se trancher les veines. Ce détail est anodin quand on le lit dans un rapport médical, il est terrible pour moi car il m'oblige à imaginer tout ce à quoi Sylvain a dû penser au moment de «passer à l'acte», le plus cruel étant de se dire qu'il était décidé, prêt à se tuer, et que plus personne n'aurait pu lui démontrer l'absurdité de son geste. Une autre question m'a longtemps obsédée : et moi? J'aurais fait quoi à sa place? J'aurais choisi quelle méthode pour me suicider? Je ne suis pas certaine que j'aurais utilisé un couteau. Je pense que j'aurais pris des somnifères pour m'endormir après avoir ouvert une bonbonne de gaz, ce qui démontre que la douleur de vivre peut être plus intense que la douleur de mourir. Ce dont je suis sûre, c'est que je n'aurais jamais eu le courage de Sylvain, celui de me regarder partir, car c'est ce qui lui est arrivé, même sous l'emprise des médicaments, quand il s'est sectionné la carotide. On pense qu'il a tenté de refermer la plaie, pour ralentir l'expulsion de son sang, c'est tellement émouvant de se dire que l'instinct de survie ne raisonne pas, qu'il est en nous, qu'il est plus fort que notre volonté d'en finir, même quand on a décidé d'en finir.

Grâce au rapport du médecin légiste et à celui des gendarmes, on peut savoir tout ce qu'il a fait durant les minutes qui ont précédé sa mort. On sait qu'il s'est assis sur la banquette arrière de sa voiture, qu'il a testé la lame de son couteau en découpant le tissu des sièges, qu'il s'est tranché les veines du poignet gauche en restant assis à la place située juste derrière celle du conducteur, celle de sa fille quand ils partaient en balade en famille, qu'ensuite il a pensé à refermer son couteau, avant de le poser à côté de lui, qu'il est sorti du véhicule, qu'il l'a contourné, qu'il est tombé une première fois, qu'il s'est relevé, qu'il a titubé, qu'il a glissé dans la pente avant de se cogner la tête sur une grosse pierre, que j'ai depuis récupérée et déposée dans mon jardin, et qu'il est tombé dans un fourré. Les chasseurs qui ont alerté les gendarmes ont d'abord pensé à une voiture volée, avant de s'inquiéter en raison des traces de sang que mon fils avait laissées sur la carrosserie en contournant son véhicule. Sylvain avait sous ses ongles quelques restes de « pourritures herbacées », on imagine qu'il a gratté le sol instinctivement avant de mourir. Il était recroquevillé comme un enfant qui dort quand il a été retrouvé… Je ne cesse de penser à ses derniers instants, je voudrais tant savoir s'il a regretté son geste, quand même un peu, s'il aurait souhaité que je sois à ses côtés pour lui pardonner de nous abandonner. J'aurais tant souhaité lui dire que jamais je ne le jugerais, que je savais qui étaient les vrais coupables. Vous comprenez mieux, maintenant, pourquoi il ne me reste que la littérature pour me rapprocher de mon fils ? Pourquoi les photos de lui que j'ai accrochées sur les murs de ma maison ne suffisent plus ? Pourquoi la pierre encore tachée de son sang que j'ai déposée dans mon jardin est devenue inutile ? Vous me regardez et je sais que vous me comprenez. Vous me comprenez parce que je sais que vous aussi vous avez souffert, comme n'importe qui sur la Terre a souffert, car on souffre tous un jour, et que nous avons ce point commun, nous, les êtres humains, d'avoir tous connu un jour la douleur. Sylvain également a connu la douleur, celle d'être condamné sans aucune preuve, celle d'être jugé indigne de respect. Est-ce que vous avez songé à mettre un terme à votre existence, vous aussi ? En raison d'une souffrance trop intense ? Ne me répondez pas. Laissez-moi plutôt vous raconter comment *ils* ont essayé de m'empêcher de me battre pour réhabiliter l'honneur de Sylvain. Quand je dis *ils*, je pense à tous ceux qui représentent la justice, tous ceux qui font partie d'un monde dans lequel ils n'ont aucune envie de nous accueillir, nous, les braves citoyens modèles, sauf quand il s'agit de nous juger. Je mets les avocats et les juges dans le même sac. Le mien m'a presque conseillé de faire le deuil de mon fils et de cette affaire. C'est la stricte vérité. J'ai payé un homme pour qu'il me dise qu'il ne voulait pas de mon argent, c'est pathétique. Il m'a reçue dans son bureau, situé dans un quartier chic de Lyon, pour m'annoncer que ma cause était « perdue d'avance », alors que personnellement j'étais prête à constituer un dossier pour dénoncer les agissements des policiers. Si cet avocat a reconnu que ce qu'avait vécu Sylvain l'avait sûrement perturbé, il a dit aussi que cela faisait partie du jeu. « Un enquêteur qui cherche à intimider un suspect est une manière banale de procéder, les juges d'instruction le savent, cela fait partie du jeu… C'est la raison pour laquelle se mobiliser pour dénoncer ces pratiques est inutile », voilà comment il s'est exprimé. Et puis surtout, Sylvain s'était suicidé. Sa mort compliquait tout, s'attaquer à l'institution policière dans ces conditions lui paraissait fastidieux. Il m'a rappelé qu'il n'y aurait pas d'enquête, que la famille Durieux ne porterait jamais plainte, et que mon fils ne serait donc plus jamais accusé par personne de quoi que ce soit. « N'agitez pas le cocotier, madame Chabaud. Si je peux me permettre, s'attaquer à ces policiers ne vous rendra pas Sylvain… » C'est comme ça que j'ai compris qu'en me conseillant d'accepter le suicide de mon fils lui aussi voulait m'empêcher de pénétrer son monde. Il faisait partie de la même caste que celle des policiers et des juges, mais il ne se doutait pas que j'aurais le courage, même sans lui, de mettre un coup de pied dans leur fourmilière, parce que c'est ce que j'ai fait, je les ai tous identifiés, puis attaqués, les bourreaux de mon fils, mais c'est une autre histoire…

Gisèle Chabaud a fouillé dans ses poches avant d'en sortir une feuille de papier pliée en quatre. Elle m'a demandé de lire ce qu'il y avait écrit dessus, qu'il s'agissait de quelques phrases issues de son entrevue avec l'avocat qui l'avait éconduite, un dialogue qu'elle lisait tous les soirs, avant de s'endormir, pour se souvenir, car cela renforçait sa détermination.

— Maître. Et si malgré tout j'y arrivais ?
— À quoi, madame Chabaud ? À faire revivre votre fils ?
— À faire tomber du cocotier, comme vous dites, les deux policiers qui ont interrogé Sylvain comme on questionne un coupable.
— Personne ne peut vous interdire d'essayer. Mais ce sera sans moi.

Le serveur a posé sur la table le café que Gisèle Chabaud avait commandé et le verre de cognac dont j'avais besoin. Elle a bu rapidement le contenu de sa tasse avant de me demander si j'avais connu des personnes qui s'étaient suicidées. Pas étonné par sa question, je lui ai parlé d'un oncle qui s'était pendu, mais son cas ne l'a pas intéressée car je lui avais précisé qu'il était sujet à des hallucinations, qu'il entendait des voix, et qu'il prenait un traitement pour atténuer les effets de sa schizophrénie. Ce qu'elle voulait me faire comprendre, c'est que le suicide n'était pas réservé à une certaine catégorie de la population ; ou, plus précisément, que son fils n'était pas «zinzin» – selon un mot à elle qu'elle a prononcé en grimaçant. Elle avait rencontré, quand elle constituait le dossier destiné à dénoncer les «agissements» des deux policiers, les membres d'une association spécialisée dans la défense des victimes d'erreurs judiciaires, et c'est grâce à eux qu'elle avait appris que la principale cause de suicide, quand on n'est pas «programmé» pour ça, c'est-à-dire quand on n'est pas sujet à des troubles psychologiques, est la peur panique de la perte de son statut social.

— Quand, après avoir passé de nombreuses années à construire son existence, on est menacé d'être rejeté, méprisé, condamné à la prison. Quand les premiers amis s'éloignent, quand les membres de votre propre famille ne vous disent rien mais ne vous regardent plus comme avant, alors l'idée d'en finir peut s'imposer. Vous vous imaginez, vous, être obligé de prévenir votre maison d'édition que votre prochain roman n'aura pas lieu parce que des policiers vous ont accusé d'être un pédophile ? Il faut un peu se mettre à la place de mon fils, pour mieux comprendre ce qu'on lui a infligé…

J'en étais à me demander s'il ne serait pas judicieux, compte tenu de mon statut d'écrivain, de commander un deuxième verre de cognac, quand Gisèle Chabaud a insisté pour me dire, d'une voix mystérieuse venue des profondeurs de sa gorge ou de son estomac, ce qui m'a obligé à me pencher vers son visage pour mieux entendre ce qu'elle voulait me confier, que ce qui avait été négligé par les enquêteurs, et ce qui lui avait permis de démontrer que cette séance de massage n'avait rien d'un moment intime improvisé, lui avait été révélé par le secrétaire de l'association la plus active dans le cadre de la défense de personnes injustement accusées d'actes pédophiles. J'ai posé mon verre vide en fronçant les sourcils, pas pour lui démontrer mon implication, mais parce que j'aurais apprécié de pouvoir m'allonger tranquillement sur le lit de ma chambre d'hôtel pendant une petite heure en raison d'une lassitude soudaine, et je lui ai demandé de m'en dire plus. Ce «fameux détail» qui aurait été négligé par les enquêteurs devenait une attraction de plus dans le cérémonial qu'elle avait organisé et qui était destiné à me convaincre de participer à son entreprise, vouée à édifier littérairement la statue du fils et du père parfaits.

— Pour accuser un adulte de gestes «déplacés» envers un enfant, dans le cadre d'un massage, il faut démontrer que l'adulte et l'enfant étaient seuls. Or, dans le cas de mon fils, la présence de Cassandra est avérée. Et comme me l'a dit le secrétaire de cette association, qui lui-même est un ancien professeur d'éducation physique, le fait que Sylvain ait effectué son massage en présence de Cassandra, le fait qu'ils aient été trois dans la même pièce, démontre qu'il connaissait la loi, qu'il n'a pas couru le risque d'être pris en défaut.

— Connaître la loi, c'est justement ce qu'on peut lui reprocher...

— Je ne vous comprends pas.

— Il aurait pu obliger Cassandra à assister au massage.

— Mon Dieu, mais comment pouvez-vous penser à de telles horreurs ? Mon fils, prêt à organiser un genre de... d'apprentissage sexuel ? Un mélange de voyeurisme et de caresses incestueuses ?

— Je ne pensais pas à cette perversion-là. Je m'appuie sur ce que vous venez de m'apprendre : qu'en présence d'un témoin, une personne qui pratique un massage sur un enfant peut protéger légalement sa réputation. Si votre fils a pensé à cette « couverture », si je peux me permettre l'emploi de ce terme, alors ce n'est pas à mettre à son crédit...

— Vous oubliez une chose.

— Et laquelle ?

— Le témoin auquel vous faites allusion n'est pas un adulte, mais une adolescente...

— Raison de plus. Mais rassurez-vous, tout ce que je viens de vous dire, je ne le pense pas... Je voulais simplement vous montrer les risques de la fiction. Quand on commence à écrire autour d'un sujet, ce ne sont pas les pistes narratives qui manquent...

— Soit. Mais vous vous êtes engagé à respecter la mémoire de Sylvain, rappelez-vous, je vous ai même posé la question au moment de signer notre contrat, quand vous m'avez parlé de la liberté de l'écrivain, du pouvoir de la fiction et de ses risques…

— Je me souviens très bien de ce que vous m'avez demandé.

— « Vous n'allez quand même pas faire de mon fils un coupable ? »

— Et je vous ai répondu…

— « Rassurez-vous, je suis convaincu que Sylvain n'était pas un pédophile. »

— Et je n'ai pas changé d'avis.

Le serveur a déposé sur la table une addition que personne ne lui a demandé d'apporter, une addition que Gisèle Chabaud s'est proposé de payer. Je n'ai pas insisté pour ne pas la vexer, mais j'aurais préféré régler la note à sa place, ce qui m'aurait permis de commander un autre verre de cognac. Elle a fermé les yeux un court moment, un peu comme on le fait avant de se jeter à l'eau, elle semblait peu sûre d'elle, subitement moins à l'affût d'une interprétation alambiquée de ma part. Le dossier qui devait contenir les « pièces officielles » de l'enquête et celles qui avaient monopolisé deux années de son existence et lui avaient permis d'obtenir des sanctions contre les inspecteurs de police qui avaient interrogé son fils, était posé devant elle. D'un geste martial, elle a poussé le tas de feuilles vers moi telle une joueuse de casino prête à sacrifier tout ce qui lui reste. Il s'agissait d'un amoncellement un peu disparate de documents aux formats variés, de photocopies en noir et blanc, de coupures de presse qui relataient des événements similaires, à savoir le suicide de personnes « accusées à tort », de « captures d'écran » principalement axées sur les raisons de se suicider, d'annotations et de réflexions écrites sur des feuilles de brouillon, de quelques dessins qui tentaient de donner aux événements une logique géométrique ; rien d'organisé, rien de classé, un fouillis qui devait ressembler à celui qui empêchait cette femme de « raisonner » la mort de son fils, un chaos dont elle m'espérait capable de tirer un livre.

Elle venait de se libérer de deux années de sa vie, c'est ainsi que j'ai interprété son geste, celui qu'elle avait fait en me donnant ce paquet de documents qui n'était en rien un « dossier » mais plutôt une accumulation de pages. Elle me paraissait soulagée de me savoir lesté d'une partie concrète de son tourment, et je me suis permis de lui demander si, cachées dans l'amas de feuilles que j'avais commencé à rassembler, les auditions de sa belle-fille et de sa petite-fille s'y trouvaient. En lisant le contenu de l'audition de Sylvain, on pouvait déduire aisément que les membres de sa famille l'avaient précédé au commissariat. J'étais curieux de savoir comment elles s'étaient dépêtrées de la « poisserie » des questions des policiers. Leur manière d'affronter cette épreuve me fournirait des indications précieuses quant à leur personnalité. J'avais posé ma question tout en continuant de feuilleter quelques documents pris au hasard. Le silence me fit lever la tête. Gisèle Chabaud regardait devant elle. Or, devant elle il n'y avait que le crépi marron de la salle du restaurant.

— Non. Vous ne trouverez pas dans ce dossier les copies des auditions d'Alice et de Cassandra et la raison en est simple : je ne veux pas les impliquer dans ce projet littéraire. Être convoquées par la police les a suffisamment perturbées. Il n'est pas nécessaire de leur rappeler ce souvenir. Entendre que votre mari ou que votre père est un pédophile n'est à souhaiter à personne. Alors, pour l'instant, et si vous n'y voyez pas d'inconvénient, il faudra faire sans.

Après cette phrase, prononcée d'une voix morne, elle m'a subitement dévisagé, un peu comme si on venait de me poser devant elle, par surprise. Elle a souri, puis elle a commencé à fouiller à l'intérieur de son sac à dos. Elle voulait me confier un autre document.

— Plutôt que de vous raconter oralement ce qui s'est passé avant et après l'audition de Sylvain, je préfère vous remettre un manuscrit que j'ai écrit.

Je lui ai fait répéter le mot « manuscrit » et elle m'a confirmé que sa première idée avait été d'écrire un livre, de le signer et de le revendiquer, avant de se raisonner et d'admettre qu'elle aurait été obligée de se justifier, ce qui n'aurait pas contribué à l'aider dans son combat (qui consistait avant tout à dénoncer les véritables responsables de la mort de son fils). Malgré tout, elle ne regrettait pas d'avoir consacré plusieurs mois à l'écriture de ce texte qu'elle considérait comme critiquable stylistiquement, mais d'une sincérité implacable, « ce labeur quotidien ayant contribué à calmer ma haine ». Elle m'a parlé d'un vieil oncle qui peignait du côté du Pays basque et qui vouait une véritable fascination à Frida Kahlo. Elle m'a dit : « Il avait écrit, sur une poutre blanche, cette phrase d'elle que je lisais quand j'avais quinze ans sans comprendre ce qu'elle signifiait, et que maintenant j'ai fait mienne ». Avant de pianoter sur l'écran de son téléphone, de le rapprocher de son visage, et de lire : « Emmurer la souffrance, c'est prendre le risque qu'elle te dévore de l'intérieur. » Elle m'a ensuite dévisagé, je n'avais rien à répondre à cette évidence, sauf peut-être qu'il n'y avait que les artistes pour oser faire céder le ciment de la connerie, qui faisait de nos âmes les emprisonnées de la souffrance.

— J'ai d'ailleurs conseillé à la femme de Sylvain de faire comme moi, d'écrire pour apprendre à vivre avec un absent, mais ce qu'elle m'a fait lire est, comment vous dire ça, un peu banal… Sûrement pas au niveau du drame que notre famille a vécu. Je ne dis pas que j'écris mieux qu'elle, mais ce dont je suis convaincue, c'est que mon fils vaut mieux que des confidences écrites dans un cahier d'écolier.

Il mérite un livre à la hauteur de son calvaire, un livre écrit par une personne dont c'est le métier, il mérite donc un livre écrit par vous…

J'ai regardé ses grosses mains s'introduire à nouveau dans le sac, fouiller à l'intérieur, puisqu'elle avait interrompu ses recherches pour me parler, avant d'en ressortir un paquet de feuilles qui n'avaient pas été reliées. Elle m'a fait promettre d'être indulgent à propos de ce qu'elle avait écrit. Elle ne considérait pas son manuscrit digne, « en l'état », d'une œuvre littéraire. « Je sais rester modeste », m'a-t-elle dit. Elle espérait humblement que son texte me servirait de « base de travail », même si elle aurait préféré n'avoir rien écrit pour ne pas être assimilée à ceux qui se permettent d'utiliser la littérature pour se « faire du bien », ou qui écrivent par thérapie. Elle méprisait les « scribouilleurs » qui confondent sensibilité et sensiblerie ; ce qu'elle me proposait était plus ambitieux que la réécriture d'un fait divers. Et puis, n'était-elle pas la « mieux placée » pour évoquer le drame intime de Sylvain ?

— J'ai tout de même fait naître cet enfant, on ne s'est jamais quittés, je l'ai regardé grandir, alors que personne ne vienne me dire que je n'avais pas le droit de m'approprier ses derniers jours, moi qui lui ai permis de vivre les premiers.

Elle n'avait rien inventé. Aucun détail de son texte n'était le résultat de son imagination. Tout ce qu'elle avait écrit pouvait être vérifié. Son fils venait fréquemment la voir, quand il avait besoin de lui raconter comment il avait occupé ses journées, et plus rarement quand il était contrarié, car finalement il était d'une nature optimiste. C'était celui de ses enfants dont elle était le plus proche, avec lequel elle discutait le plus facilement.

— On se ressemblait sur bien des points. De profil, plus jeunes, on aurait pu nous confondre, c'est vous dire que son suicide ne m'a pas seulement perturbée. Sylvain m'a entraînée avec lui, et celle qui vous parle n'a pas qu'un pied dans la tombe. Le plus difficile fut donc de ne pas exagérer, dans ce manuscrit, l'importance des sentiments que nous éprouvions l'un pour l'autre, ou plutôt, de ne pas évoquer avec impudeur ce cordon qui nous relie encore. Je ne veux pas que ses frères et sœurs se sentent lésés affectivement. Personne de ma famille n'a lu et ne lira ce texte, c'est vous dire la confiance que je place en vous. Alors, s'il vous plaît, promettez-moi de ne pas vous moquer, et surtout, jurez-moi de n'en jamais parler à quiconque… Si vous décidez d'utiliser quelques bribes de ma prose, si quelques-unes de mes phrases vous semblent dignes de figurer au cœur de votre texte, alors cela sera notre secret. J'espère que mon travail sera une source d'inspiration pour vous. Je sais que j'écris de manière un peu classique, ou que mon style vous paraîtra peut-être démodé, mais je suis tout de même fière de moi, fière d'avoir mené ce projet à son terme. Aussi fière que d'avoir réussi à faire condamner les policiers qui ont interrogé Sylvain.

Je suis rentré à Paris en tant que «porte-plume», puisque le mot «nègre» n'est plus utilisé pour désigner le travail d'esclave qui consiste à écrire, à la place d'un autre, un livre que l'on ne pourra pas revendiquer. Je serai un exécutant au service d'un point de vue, et ce point de vue, je ne devrai pas le critiquer, si peu le commenter, et surtout ne jamais le contredire. Isabelle sera contente. Je ne reviens pas les mains vides, même si le plus compliqué reste à faire, c'est-à-dire écrire un texte conforme aux exigences de notre commanditaire et dont le titre – *La vérité sur le suicide de Sylvain Chabaud* – est imposé contractuellement car il correspond parfaitement à ce que Gisèle Chabaud souhaite exprimer à travers ce roman, «inspiré d'une histoire vraie», qu'elle signera de son nom. Je ne suis pas un habitué de ce genre de contrat et j'imagine que, «sous la contrainte», ce que j'écrirai sera plus conventionnel et moins sincère que ce que je me permettrais d'écrire en temps normal, mais je n'éprouve aucun remords. J'ai même affirmé à Gisèle Chabaud que de l'assister dans son combat serait plus important que de poursuivre mon œuvre. Je vais écrire un livre de plus, qui ne me permettra pas de revendiquer un troisième roman à mon actif, mais je vais renflouer mes finances. Le plus important n'est pas ma survie littéraire, mon ego a finalement moins d'appétit que mon estomac. Je ne le dis pas en ces termes à Gisèle Chabaud, mais lui fais comprendre qu'elle pourra compter sur ma discrétion au moment de la publication de son livre. Je n'avais pas prévu qu'elle aurait préféré que j'insiste pour tirer un pan de la couverture du livre à moi, alors pourquoi ne pas l'avoir précisé dans le contrat ?

« Mon notaire m'a conseillé de commencer par vous effacer avant de vous proposer, éventuellement, si votre travail me convenait, de vous mettre en avant… »

Elle est assez gentille, ou particulièrement intelligente, de me dire qu'elle espère que le roman que j'écrirai pour elle sera intimement lié à ma personne et donc au reste de ma production ; et que je serai d'accord, à cette condition, pour le revendiquer si elle me le demande.

Les immeubles gris et bariolés de dessins annoncent mon arrivée prochaine en gare de Lyon. J'ai eu le temps de penser à ce qui m'attend et je suis satisfait de mon sort. Sans rire. Un fils a été enlevé à sa mère à la suite d'une accusation mensongère, celle-ci souhaite me confier la rédaction du livre qui révélera son calvaire, à moi maintenant de savoir apprécier la chance qui m'est proposée de mettre à la disposition d'une noble cause mon savoir-faire de romancier. Si je me consacre sérieusement à cette tâche, je pourrais même ne pas me reprocher plus tard d'avoir été utilisé tel un pantin. N'ayant aucunement l'intention de trahir mon engagement – financièrement, je n'en ai pas le courage –, je veux écrire consciencieusement un texte qui conviendra, qui servira la cause de la famille Chabaud malgré ce que je pense de ceux qui font de boucs émissaires la cause de leurs tourments. Je n'éprouve aucune inquiétude de me savoir « attendu », je sais exactement comment manœuvrer, je n'ai jamais écrit de textes « sur commande », mais plus jeune j'inventais à la chaîne des slogans dans une agence de publicité. Cette capacité à produire à la demande des phrases courtes et aisément mémorisables me sera très utile pour écrire un livre facile à lire qui enchaînera les phrases définitives et les idées reçues. J'ai dit à Gisèle Chabaud que je saurai en quelques mots faire claquer les consciences comme le fouet qui fait trembler le sable. Je lui ai proposé une phrase telle que celle-ci : « Mon fils a été victime d'une injustice, de cette injustice je veux faire un exemple, et de cet exemple le moyen qu'il n'y ait plus de victime » qui fut très appréciée. J'en trouverai d'autres afin de justifier le suicide de Sylvain Chabaud, l'objectif de sa mère étant de démontrer que se donner la mort n'est pas réservé à une certaine catégorie de la population.

Chapitre I

Une fois que j'aurai remis mon texte, il sera temps de passer à autre chose, et peut-être même qu'avant cette échéance mon agent m'aura trouvé un sujet qui m'inspirera vraiment. En attendant, je sais ce qu'il me reste à faire : accepter sans rechigner les consignes de Gisèle Chabaud et surtout me contraindre à ne pas céder aux charmes vénéneux de mon inspiration.

Il faut imaginer une pièce carrée, aux murs gris, sans décoration particulière, sans bibliothèque, et tristement éclairée à l'aide d'une ampoule qui pendouille accrochée à son fil électrique. Au centre de ce bureau, une table de camping a été installée, et devant la table un tabouret de pêche à l'assise entoilée d'une matière imperméable. Sur la table de camping est posé mon ordinateur portable, c'est un modèle un peu ancien. J'ai besoin, pendant l'acte d'écriture, d'être peu à mon aise. Entendre les grincements de la table, chercher mon équilibre sur mon tabouret de pêche – en ajustant l'emplacement de mes pieds et l'angle de pliement de mes jambes – est un préalable à ma mise en condition. Certaines lettres du clavier de l'ordinateur s'enfoncent difficilement, et je peine parfois à retrouver celles dont l'inscription s'est effacée. Lorsque les touches deviennent des mots qui m'échappent, c'est que ma concentration n'est pas à son paroxysme, que je ne suis pas encore dans ce long tunnel hypnotique qui guide mon inspiration vers une issue que je serais incapable, en pleine conscience, de décrire ou de justifier.

Au moment d'écrire les premiers mots du livre commandé par Gisèle Chabaud, je n'ai pas cherché à modifier le protocole qui précède l'acte d'écrire. Malheureusement, après deux heures consacrées à équilibrer mon corps et à enfoncer quelques touches de mon clavier récalcitrant, je dois reconnaître que tout ce que j'ai écrit ne méritait pas tous ces efforts. Je décide donc de passer au plan B. C'est une solution de secours, lorsque mon esprit rechigne à se laisser manipuler, et je viens figer ma corpulence devant la seule fenêtre de mon bureau qui me permette d'apercevoir la tour Eiffel à la condition de grimper sur un escabeau. En m'éloignant de ma « table » de travail, je comprends que le mépris que j'ai éprouvé à l'égard du drame de cette famille, en raison de la manière dont il m'a été présenté, s'est transformé en curiosité ; et que la curiosité est un vilain défaut quand on a accepté de percevoir une rémunération destinée à la contraindre. La personnalité de la mère Chabaud m'a suffisamment exaspéré pour me donner maintenant envie de m'insinuer dans la pensée de son fils ; et si je me sens capable de faire ce trajet, si j'en éprouve le désir, c'est d'abord pour tenter de mieux la comprendre à travers lui.

Chapitre I

Ce n'est pas pour effectuer ce genre de périple que j'ai été sollicité, il me suffirait de relire les termes de notre accord pour me ramener sur terre, perché que je suis sur la quatrième marche de mon escabeau, mais l'excitation que j'éprouve me rassure puisque cela signifie que je suis encore un auteur vivant. Je ne serais donc pas devenu un écrivain improductif en raison d'un manque de motivation. Gisèle Chabaud a peut-être réveillé la bête qui fait d'un écrivain un dépeceur de destins. Je n'étais pas « en panne d'inspiration », je découvrais – il était temps – que le véritable enjeu n'est pas de savoir écrire, mais de refuser de dépendre d'un objectif imposé.

Je désire en parler avec mon agent littéraire ; c'est aussi pour être rassuré que j'ai accepté de lui confier la gestion de ma carrière. Mais que vais-je lui dire ? Que je souhaiterais profiter de l'absence de Sylvain Chabaud pour prendre sa place, afin de lui faire dire ce qu'il n'aurait jamais pu écrire ? Ou que cette opportunité est une chance de comprendre littérairement ce qui peut inciter un homme à se suicider ? Elle pourrait s'inquiéter. Me reprocher de vouloir proposer une vision trop personnelle de la décision d'en finir, alors que j'ai accepté d'écrire un livre chargé de dénoncer des coupables. J'ai beau me raisonner, je reviens inlassablement à cette pensée obsédante : et si l'histoire de Sylvain Chabaud pouvait m'aider à mieux me connaître ? Et mieux se connaître, c'est ne plus être en perdition dans sa propre peau. Tout cela est encore un peu confus, les contorsions que j'effectue pour tenter d'apercevoir une tour Eiffel rendue invisible par la construction d'un nouvel immeuble en sont la preuve, ce ne sera pas parce que je le veux que je pourrai écrire un bon roman, mais parce qu'il me sera donné.

Cette hypothèse ne contrarie pas mon enthousiasme, bien au contraire elle le stimule. Je n'y avais pas pensé, obnubilé que j'étais, mais peut-être que Gisèle Chabaud n'a trouvé que ce stratagème pour me forcer à réagir. Sinon, comment expliquer qu'elle ait souhaité confier l'écriture d'un texte aussi important pour elle à l'auteur d'un roman dans lequel l'innocent est un coupable ?

Gisèle Chabaud ne serait-elle pas en manque d'une version plus sincère de son fils ? Son deuil ne lui a pas permis de mieux le connaître, ce qui expliquerait sa lubie de penser que la littérature puisse détenir les réponses à ses questions. Son besoin d'explication aurait donc fini par supplanter son désir de vengeance. Reconnaître, en tant que mère, que le suicide de son fils doit être un prétexte à savoir qui il était vraiment est certainement un aveu difficile à formuler. Me forcer la main en conservant son aura de mère protectrice lui permettait d'obtenir ce qu'elle voulait tout en revendiquant ma propre arrogance : celle de l'écrivain qui refuse d'être manipulé. Ce contrat pourrait donc être une manière déguisée de me donner « carte blanche » ; un obstacle posé devant moi dans le seul but que je le franchisse. Je veux croire à cette possibilité, car elle me soulage de quelques remords en préparation. Et même si je me trompe, qui pourrait m'empêcher d'écrire autre chose que le roman attendu ?

— Tu n'as pas signé un contrat pour écrire un roman personnel.

— Je sais… Je me suis laissé dépouiller, sans renâcler, de mon libre arbitre pour de l'argent. Mais seul devant mon clavier d'ordinateur, je n'arrive à rien.

— Force-toi. Quand tu auras terminé d'écrire le roman qu'elle attend, alors on prendra le temps de te trouver un projet plus conforme à tes désirs.

— Le problème, c'est que la personnalité de Gisèle Chabaud me donne envie de comprendre comment le drame s'est installé dans cette famille…

— Je te rappelle les termes de l'article 5 du contrat : « Le commanditaire peut mettre son veto à toutes tentatives littéraires visant à corrompre sa vision personnelle du drame vécu par sa famille. »

— Justement, ça me motive… Et peut-être que c'est ce qu'elle attend, que je lui fournisse un texte écrit à partir de mon intuition et non de toute sa paperasse…

— Tu délires. Si Gisèle Chabaud a fait intervenir son notaire, c'est pour protéger sa réputation et celle de sa famille.

— Je ne sais pas. Tu as peut-être raison, mais j'ai vraiment envie de l'aider à changer de point de vue sur son fils.

— Je ne te comprends plus. Tu veux sciemment corrompre la vision personnelle de Madame Chabaud ?

— Pas du tout. Ce qui serait fascinant, c'est d'en démontrer l'absurdité.

Finalement, nous sommes convenus de me laisser « tenter le coup ». Je vais pendant plusieurs jours écrire un début de roman à partir du manuscrit que m'a remis la mère de Sylvain Chabaud et des pièces du dossier d'enquête. Ensuite ? C'est mon agent qui choisira la meilleure stratégie à adopter en se fiant à la qualité littéraire de ce que je lui ferai lire.

— Soit je me permettrai de t'inciter à cesser d'écrire ce que tu ressens. Soit je tenterai de convaincre Gisèle Chabaud d'accepter le résultat de tes intuitions.

La vérité de Sylvain

Manon est la meilleure amie de ma fille. Alice, mon épouse, est persuadée que les quelques mois qui la séparent de Cassandra sont un gouffre. Je suis dubitatif, pas convaincu par cet argument. Les deux filles se connaissent depuis cinq ans, j'ai donc pu assister à leur transformation en temps réel. Cette maturité tellement visible est sûrement la raison qui explique pourquoi les parents de Manon sont si désorientés, pourquoi ils n'agissent plus en tant que parents soucieux de prodiguer à leur enfant une éducation adaptée à sa personnalité. Je ne tire aucune fierté de savoir mieux m'y prendre. Ces gens n'ont pas eu la chance, comme moi, de bénéficier d'une formation qui me permet maintenant de mieux appréhender la psychologie des personnes que je côtoie professionnellement ou dans le cadre de ma vie privée. En marge de mon diplôme d'expert-comptable, j'ai pu en effet suivre quelques sessions d'initiation à la gestion humaine et, en toute objectivité, j'estime que c'est un atout de mieux connaître l'autre pour l'aider efficacement.

Je travaille toute la semaine en Espagne, chez Matader'osa. C'est un abattoir réputé de blondes de Galice, une race qui produit une viande savoureuse. Une majorité de nos clients sont des grossistes français, mais récemment une société allemande s'est intéressée à notre production. Je reviens chez moi en général le vendredi soir, rarement le samedi. Cet éloignement est bien vécu par tout le monde, j'ai tout organisé pour qu'il en soit ainsi. Le siège social de Matader'osa n'est situé qu'à trois heures de route de Montagnac, le village où nous possédons une maison. Et puis il est un élément déterminant qui ne me fera pas changer de travail : je perçois un salaire très valorisant. Mes frères se plaignent plus souvent que moi de la « hausse du coût de la vie » ou de la « baisse du pouvoir d'achat des ménages ». Alors je sais la chance que nous avons, ma femme et moi. Par exemple, Alice n'a plus besoin de travailler à plein temps. Comme je le dis souvent : « Tout est pour le mieux, dans le meilleur des mondes ».

Si j'ai accepté que Manon puisse me téléphoner quand elle le désire, plus précisément quand elle en a besoin, puisque, chez elle, « ce n'est pas la joie » – c'est son expression favorite lorsque quelqu'un lui demande des nouvelles de ses parents –, je lui ai conseillé de faire ça discrètement. Je connais très bien William Durieux, son papa, qui serait le premier à m'accuser de chercher à le dessaisir de son pouvoir de père, alors que bien sûr, ce n'est pas mon objectif.

Quand je le peux, je réponds aux appels de Manon. Le plus souvent, ce sont des messages écrits que je reçois sur mon téléphone. J'en ai gardé certains car ils sont émouvants. Ils me rappellent ma propre adolescence.

Si je me permets de révéler à Manon ce que je ressens, en tant qu'homme, ce n'est pas seulement parce que je suis plus âgé qu'elle. J'ai eu la « chance » de vivre avant elle les affres d'une maturité précoce, c'est-à-dire que je ne me suis pas laissé dominer par la mélancolie des premières tristesses. Je tente de faire comprendre à ma « protégée » qu'elle doit profiter de sa liberté d'enfant pour ne pas trop maîtriser ses émotions.

Mon extrême sensibilité aurait pu me fragiliser, à mes débuts, mais j'ai su faire de mon caractère un atout dans ma vie d'adulte. Je sais que c'est mon goût pour le partage qui m'a remis en selle après bien des déboires qu'un autre que moi aurait jugés injustes. « On n'apprend que de ses défaites », répétait un de mes professeurs à un cancre de notre classe de sixième. Sans le savoir, c'est à moi qu'il s'adressait. J'étais un bon élève, je ne laissais rien paraître, mais je connaissais déjà le goût de la défaite.

Avec le temps, j'ai choisi mon camp. Je me suis rapproché de celles et de ceux qui étaient d'accord pour me faire confiance. J'ai puisé dans la reconnaissance la force de vivre. J'ai appris à partager mes convictions avec plus d'efficacité. Je suis devenu une personne que l'on consulte. Il est donc totalement logique que Manon soit en quête de mes conseils, notamment sur la manière de moins dépendre de certains effets de sa personnalité. Je veux aussi qu'elle apprenne à mieux accepter l'autorité de ses parents. C'est stratégique. Elle doit se convaincre qu'elle ne gagnera rien à s'opposer systématiquement à son père.

Je ne peux m'empêcher d'apporter à Manon le réconfort affectif que ses proches sont incapables de lui donner. Je ne cherche pas à prendre la place de ses parents, mais à me rendre utile, et Manon semble apprécier de pouvoir compter sur mon soutien. J'ai moi-même dû assumer les conséquences d'un couple qui se déchire, celui formé par mon père et ma mère, alors si je peux permettre à la meilleure amie de ma fille de mieux supporter l'ambiance familiale avec laquelle elle sera obligée de composer jusqu'à sa majorité, pourquoi lui refuser ma main tendue ?

J'ai tout de même imposé à Cassandra de ne pas inviter Manon à dormir en pleine semaine ; il ne faut pas exagérer. Je ne veux pas que l'on vienne nous reprocher d'influencer Manon (qui d'ailleurs n'a besoin de personne pour affirmer que ses parents seraient presque soulagés si elle partait vivre loin de chez eux).

Le papa de Manon est un homme que j'ai rencontré lorsque j'étais conseiller municipal. Il s'occupait de l'entretien des bacs à fleurs du village et de la décoration des trois ronds-points de Montagnac avant qu'un appel d'offres ne confie ce travail à un autre. Certains disent qu'il n'a pas apprécié que ce soit le concurrent d'un village voisin qui le remplace, mais c'est ainsi. Même dans une commune aussi petite que la nôtre, il y a des règles à respecter, des procédures à mettre en place pour éviter que l'argent public ne finance des intérêts particuliers.

Alice, ma femme, pense que le père de Manon est un être asocial, qu'il serait même jaloux de notre mode de vie. Il est vrai que nous participons activement à la vie de Montagnac, que nous ne nous cloîtrons pas chez nous en passant nos journées devant la télévision. Je sais bien que, depuis que j'ai acheté un modèle récent de berline allemande, certains se posent des questions à notre sujet, que notre train de vie fait des envieux ; mais les jaloux, je préfère les ignorer. J'ai suffisamment d'amis pour ne pas m'occuper de ceux qui voudraient m'empêcher de profiter de l'existence tranquillement. Et puis, avec ma femme, nous méritons ce que nous gagnons. Je suis expert-comptable et Alice travaille quatre jours par semaine dans une pharmacie ; elle représente une marque de cosmétiques réputée. Elle apprécie de rapporter à la maison des échantillons qu'elle offre à ses amies et parfois à ma mère, qui vit dans une maison voisine de la nôtre.

Je suis fasciné par la puissance dévastatrice de l'ennui, par sa nocivité. Quand j'assiste aux suppliques d'un mendiant, je ne peux m'empêcher de me demander ce qu'il a fait pendant sa journée. Je n'arrive pas à concevoir une existence sans occupations et sans passion… Selon moi, l'ennui est un précipice dans lequel on tombe, et la mort le moment de l'extinction de toutes les possibilités que nous offre la vie de nous distraire. Avoir assisté, dans un village perdu de Tunisie, lors d'un périple à moto, à l'ennui des habitants d'un village, les entendre me dire, en ouvrant la paume de leur main, que le bonheur « est là » fait partie de mes souvenirs de voyage les plus traumatisants. Je me rappelle ma fébrilité à l'énoncé de cette absurdité en comparant ma propre existence – faite de loisirs et de rencontres amicales ou professionnelles – à leur désarroi quotidien.

Lors des soirées que j'organise, afin de diffuser le film des expéditions effectuées avec ma bande de copains, je commence par montrer les gros plans des visages rencontrés, des figures qui expriment une joie inexplicable. Je me souviens des sourires absurdes de deux gamins du Niger lors d'une pause près d'un puits, alors que mes copains et moi ressassions nos derniers kilomètres dans les dunes. «Comment peut-on sourire quand on vit dans le désert?» est une question qui m'obsède car, lorsque je m'imagine désœuvré, un goût de mort me fait déglutir à la manière d'un type qui se noie. Ce n'est pas de la peur de mourir qu'il est question, mais de la crainte du vide, de la hantise des profondeurs noires d'une vie sans passion. Ou pour exprimer les choses différemment : la panique devant l'ennui. C'est la raison pour laquelle, lorsque je diffuse à mes proches les images de mes périples effectués dans des contrées qu'il est préférable de visiter sans penser à y vivre, je commente systématiquement d'un sonore «Faudra m'expliquer!» ces démonstrations d'un bonheur absurde, puisque fondé sur rien de concret.

Lorsque je reviens d'Espagne, le vendredi soir, il m'arrive de récupérer Manon chez elle. Je profite de ce que sa maison est située sur ma route. Je l'attends au croisement entre la nationale et le chemin de terre qui mène au lotissement des Arbousiers car elle ne veut pas que ses parents me voient. Elle préfère leur faire croire qu'elle prend le bus pour rejoindre Montagnac; il est parfois des mensonges qui valent mieux que des disputes ou d'inutiles discussions.

Nous profitons de ce que nous sommes seuls pour parler de sa vie. Ayant toujours été passionné par la manière dont un destin s'élabore, ce que me confie la meilleure amie de Cassandra me fascine. Lorsque le scandale de ses photos publiées sur Internet s'est propagé telle une traînée de poudre, Manon a tout de suite voulu m'en parler. La seule chose qu'elle n'a jamais souhaité me révéler, c'est le nom des garçons qui l'avaient forcée à se déshabiller. Je ne lui ai jamais dit ce que je pensais pour qu'elle ne se sente pas jugée ; mais je n'arrive pas à croire à la théorie du harcèlement. Je suis convaincu que Manon ne se serait jamais laissé faire. Il suffit de la regarder se comporter en présence d'un adulte pour comprendre qu'aucun garçon de son collège n'aurait eu le courage de lui imposer de baisser sa culotte.

En tant que père, je ne sais pas comment j'aurais réagi si Cassandra avait été impliquée dans une telle histoire. J'aurais bien voulu en parler avec les parents de Manon, mais nous ne sommes plus aussi intimes qu'avant. Finalement, ce n'est pas plus mal que nous ne nous fréquentions plus car tout ce que j'aurais pu leur dire aurait été mal interprété.

Manon m'avait confié, à l'époque des faits, qu'elle n'avait pas apprécié que son père décide, sans la prévenir, d'aller se plaindre auprès de la direction du collège. Sa démarche avait provoqué plus de dégâts que la simple diffusion des photos. Elle avait été reniée par quelques-unes de ses relations qui l'avaient accusée de se faire passer pour une victime, alors que forcément ces photos, notamment celles de son tatouage, avaient été prises avec son accord. Ses professeurs ne se cachaient pas pour affirmer en pleine classe, lorsque le sujet du harcèlement était abordé, que si les photos érotiques de Manon avaient été rendues publiques, c'était en raison d'une querelle amoureuse et non d'un harcèlement ou d'un chantage.

Si de nombreux adultes continuent de douter de la bonne foi de Manon, nous sommes encore quelques-uns à la soutenir. Ses parents n'en font pas partie, je pense même qu'ils lui reprochent encore non pas de s'être laissé manipuler par un amoureux, mais d'avoir accepté de se laisser photographier par un inconnu.

Lorsque j'arrive à destination, la silhouette de Manon se dessine dans le halo de mes phares. Sans surprise, elle est en train de pianoter sur son téléphone portable. Ses parents l'autorisent à en posséder un, voilà encore un détail qui montre que nous n'avons pas la même conception de l'éducation de nos filles.

Manon fait semblant de ne pas savoir que c'est moi, c'est un jeu entre nous. Lorsque je baisse la vitre de ma portière après avoir ralenti à sa hauteur, elle me dit systématiquement : « Mais enfin, monsieur, vous espérez quoi ? Vous me prenez pour qui ? Monter avec un homme de votre âge, dans votre voiture ? Mais vous n'y pensez pas… Que vont dire les voisins ? »

Durant le trajet qui nous mène jusqu'à chez moi, elle me raconte sa semaine, ses fâcheries, les sorties qu'elle a faites sans en informer ses parents. Je suis flatté d'être le seul adulte à qui elle se confie sans gène. Je ne me lasse jamais de sa manière de s'exprimer. Sa voix est à l'image de sa personnalité, elle en impose quand elle monte le ton pour dénoncer les façons de faire de certains de ses professeurs. Elle méprise l'enseignement prodigué par « ceux qui pensent tout savoir », comme elle les surnomme. Je lui conseille de se faire un peu oublier, dans le village elle ne passe pas inaperçue, mais sa capacité à se ficher de l'avis des autres m'intrigue. Elle dit souvent : « Ce que pensent de moi tous les ploucs de Montagnac, je m'en balance. » Je sais qu'elle ne me range pas dans la même catégorie, elle m'a confié un soir qu'elle me comprenait. Elle faisait allusion à mon activité professionnelle, qui me permettait, durant la semaine, de vivre loin de chez moi.

Je me gare devant la porte du garage, à l'intérieur duquel sont alignés mes motos et les vélos. Cassandra est déjà là, à nous attendre, et disparaît aussitôt avec Manon dans la maison. Je n'ai pas vu ma fille depuis plusieurs jours, mais elle me témoigne rarement sa joie de me revoir. Je ne lui fais aucune remarque. C'est pour lui faire plaisir que nous acceptons, ma femme et moi, d'accueillir sa meilleure amie à la maison tous les vendredis soir. J'installe systématiquement un lit pliant dans la chambre de Cassandra mais je sais pertinemment que Manon n'y dort pas. Les deux filles préfèrent discuter dans le lit de Cassandra. Je les surprends parfois, au milieu de la nuit, lorsque j'éprouve le besoin de me rafraîchir. Elles sont endormies côte à côte et j'envie cette complicité entre copines. Il est vrai que chez nous, nos parents nous interdisaient d'inviter des amis à dormir.

Si Manon ne fréquente pas que des « gens bien », ce n'est pas de sa faute. Elle a le contact facile et son apparente assurance attire l'attention des garçons plus âgés qu'elle. Il n'est pas rare que des individus de piètre réputation réussissent à s'immiscer dans son cercle intime. Elle n'a pas le réflexe de se méfier, mais elle a cette qualité rare de n'être pas rancunière, ou alors pas longtemps. On se ressemble sur ce point, je sais moi-même tourner assez vite la page. Je peux faire abstraction du passé s'il ne m'a pas été favorable. Je ne ressasse pas les mauvaises expériences. J'enfouis tout, quelque part dans mon inconscient, en croisant les doigts pour que rien ne sorte de l'oubli dans lequel j'ai entassé les épisodes de ma vie qui m'ont perturbé.

Quand Manon décide de me raconter ses petits tracas, elle me bluffe chaque fois par sa façon d'assumer alors que son père fait tout pour la culpabiliser. C'est peut-être pour l'aider à oublier cette ambiance familiale que je lui ai proposé de venir assister à des envols de parapentes. Elle m'avait déjà fait quelques allusions significatives à mon goût pour les défis physiques. Je savais que mes nombreux périples à l'étranger avaient beaucoup fait parler chez elle ; je passais pour un « aventurier » aux yeux de son entourage. C'est la raison pour laquelle elle a accepté avec enthousiasme de m'accompagner, « pour voir en vrai le courage de risquer sa vie »... Il n'était pas question, en raison de son âge et des dangers encourus, qu'elle vole. Je lui avais dit « Tu regarderas, le spectacle est déjà superbe... », mais elle avait réussi à obtenir de ses parents une autorisation écrite. Pour la dissuader de se jeter dans le vide, j'avais évoqué la possibilité du vertige, en prenant l'exemple de Cassandra qui était peureuse en avion. Manon m'avait répondu qu'elle serait parfaitement à l'aise en altitude. Je me souviens de sa phrase exacte : « Le vertige ? C'est moi qui le provoque... »

C'est alors que je garais ma voiture sur le parking de l'aire d'envol dit « du Bosquet » que Manon m'a fait comprendre que venir jusqu'ici « juste pour me regarder voler » ne l'aurait pas intéressée. Elle avait fait croire à ses parents qu'il s'agissait d'une sortie organisée par le collège et par faiblesse je me suis laissé embobiner par sa candeur. J'ai accepté de lui offrir ce baptême auquel elle semblait tant tenir.

Peut-être que cela me permettait d'atténuer ma déception, consécutive aux refus systématiques de Cassandra lorsque je lui proposais en vain de venir me voir voler.

Et puis, il fallait que j'assume, c'est moi et personne d'autre qui lui avais parlé des sensations que l'on éprouve quand on plane, quand on s'éloigne des contraintes terrestres. Je lui avais dit : « Tu verras, d'en haut, ceux qui nous tourmentent deviennent insignifiants. » Elle avait rigolé pour me répondre et me dire : « Tu as toujours une manière bien à toi de me convaincre... »

Manon vient de me téléphoner. Cela fait plus de deux heures que je l'ai ramenée chez elle mais je pense qu'elle veut continuer de me raconter ce qu'elle a ressenti lors de son vol effectué en duo, en toute sécurité, avec un moniteur. Je peux la comprendre. Moi aussi, j'avais vécu ma « première fois » avec beaucoup d'émotion. Ce dont je vais vite m'apercevoir, c'est que si cet appel est bien la conséquence de notre escapade, il ne concerne malheureusement pas les sensations qu'elle a ressenties. Le dentiste chez lequel elle avait rendez-vous a téléphoné à ses parents pour les informer que Manon ne s'était pas présentée à son cabinet. Subitement, je prends conscience que c'est un détail que j'avais négligé. Je m'étais persuadé que Manon avait tout organisé pour que personne ne s'inquiète de son absence, mais je m'étais trompé. Il est maintenant trop tard pour me lamenter et regretter de lui avoir fait confiance. C'est à moi, en tant qu'adulte, de prévoir un alibi.

— Mes parents ont tellement insisté pour savoir où j'étais que j'ai été obligée de leur dire que j'étais allée faire du parapente, et franchement ça ne leur a pas plu.

Je cherche désespérément une branche à laquelle me raccrocher. Je me connais, je ne suis plus très loin d'un sentiment de panique incontrôlable. Subitement, cela me revient. Je me souviens que Manon a fourni au directeur du club de parapente une attestation signée par ses parents. Je reprends espoir et revendique un étonnement bien compréhensible. Je rappelle à Manon l'existence d'un document signé par son père et sa mère qui me permet de lui répondre que ses parents vont devoir prendre leurs responsabilités :

— Je refuse d'assumer à leur place le rendez-vous manqué chez ton dentiste. Qu'ils ne viennent pas me dire qu'ils ne savaient pas où tu étais !

— Parce que tu crois que mes parents m'auraient laissée faire un sport aussi dangereux ? Surtout avec toi !

Je n'aime pas sa manière de me parler. Et si ma femme avait raison ? Et si Manon était une menteuse systématique ? Et si je ne m'étais pas assez méfié ? Malheureusement pour ma crédibilité, Manon se fiche bien de ma déception. Elle me dit, avec sa façon particulière de savoir se faire respecter : « Tu ne vas pas maintenant me reprocher d'avoir eu le courage de t'accompagner ? »

Évidemment qu'elle a raison, qu'elle n'a rien à se reprocher, que le seul responsable, c'est moi. J'aurais dû me douter que ses parents ne lui auraient jamais donné l'autorisation d'effectuer un baptême de l'air en parapente sans savoir avec qui, puisque je ne leur avais rien demandé, que je n'avais pas « fonctionné » selon mon habitude, c'est-à-dire en prévoyant tout, sûrement aveuglé par l'idée de donner un peu de plaisir à Manon, dont le quotidien au sein de sa famille n'est pas aussi apaisant que celui de Cassandra.

Cela fait plusieurs minutes, déjà, que je questionne Manon pour mieux apprécier la réaction de ses parents. Je veux estimer l'ampleur du problème dont je vais devoir m'occuper. Elle m'explique qu'ils lui ont juste demandé si c'était vrai, cette sortie en plein ciel, si ce n'était pas un mensonge de plus ; « Et moi, je leur ai dit de me laisser tranquille, que j'en pouvais plus de leurs manières de surveiller ma vie, d'être sans arrêt derrière moi, à me chercher des poux dans la tête, et je me suis enfermée dans ma chambre… »

J'ai essayé de raisonner Manon, de lui expliquer qu'il fallait comprendre ses parents, que le parapente n'était pas un sport banal, qu'il était onéreux et surtout pas sans risques. Elle a dit « Le problème, ce n'est pas le parapente. Le problème, c'est l'identité de l'homme qui m'a accompagnée. C'est ça qui les intéresse... », avant de décider subitement d'abréger notre discussion.

Je suis resté le regard fixé sur l'écran de mon téléphone. J'hésitais. Je voulais envoyer un message à Manon mais je connaissais son caractère, son impulsivité. Je savais qu'il était préférable d'attendre qu'elle se calme. La provoquer ne servirait à rien. Ce n'était plus une enfant que l'on pouvait sermonner, comme habituellement un adulte peut gronder une adolescente de treize ou quatorze ans.

C'est à cette époque que la maturité de Manon m'est apparue de façon évidente, et la jeunesse de Cassandra encore plus visiblement. C'est à cette époque que la photo de son tatouage a été diffusée dans tout le village. C'est aussi à cette époque que mes véritables ennuis ont commencé.

Je viens de recevoir un message du moniteur de parapente. Il me prie de le rappeler « au plus vite » et je commence à me demander dans quel sac de nœuds je me suis fourré par la faute de Manon.

L'homme me dit qu'il vient de téléphoner aux « parents de la jeune fille ». Il aurait trouvé facilement les coordonnées de la famille Durieux puisque le panneau de leur pépinière est visible depuis la nationale. Il m'explique que le certificat médical fourni au nom de Manon n'est pas valable et que « le papa de la fille » lui a répondu qu'il n'était « au courant de rien ».

— C'est ma faute, monsieur Chabaud. J'aurais dû vérifier plus attentivement le document que la jeune fille qui vous accompagnait m'a remis. Mais je vous connais bien, vous êtes un fidèle du club de parapente. Comment vouliez-vous que je sache que le certificat médical était un faux ?

Un faux… De quoi on parle ? Je n'ose pas imaginer que Manon ait pris le risque de me faire passer pour un irresponsable. Je réponds au type que je vais me rapprocher de la « meilleure amie de ma fille » pour qu'elle me justifie son comportement, je lui dis que je ne comprends pas son attitude, que c'est une gamine que nous connaissons bien, qu'avec ma femme nous la considérons presque comme notre propre enfant, et que je suis étonné qu'elle ait osé me mentir. L'homme semble me comprendre et m'affirme qu'il se considère comme aussi fautif que moi.

— Je m'en veux… Quand mon assureur m'a renvoyé les documents en me disant qu'ils étaient faux, je suis passé, moi aussi, pour un irresponsable.

— Les documents ?

— Ah oui, parce que ce que j'ai oublié de vous dire, mais le papa de la jeune fille m'a bien confirmé qu'il n'avait jamais signé l'autorisation parentale…

Je tente de le rassurer, je lui dis que je connais bien les parents de la jeune fille qui m'accompagnait, mais le moniteur de parapente souhaite conclure notre conversation. Il me dit qu'il compte sur moi pour que tout s'arrange au plus vite et je le rassure en lui affirmant que cela fait partie de mon métier.

— Qu'est-ce qui fait partie de votre métier, monsieur Chabaud ?

— De faire face aux impondérables, de trouver une réponse adaptée à un problème ponctuel…

— Je vois ça… Eh bien, si vous voulez un conseil, ne traînez pas trop…

Je ne veux pas inquiéter ma femme en arrivant trop tôt à la maison, puisque je lui ai dit que je serais présent à Montagnac en fin de soirée, alors je décide d'aller surprendre Cassandra. Je sais qu'à seize heures une réunion a été organisée au gymnase pour informer les parents de l'actualité du club. J'ai été obligé de dire à Cassandra qu'il me serait impossible, travaillant loin, d'être présent, mais maintenant j'ai envie de lui faire cette surprise.

Je me suis garé devant le collège et je patiente. Habituellement, Cassandra prend un bus scolaire qui la dépose quasiment devant notre lotissement. Elle n'a qu'à faire une centaine de mètres pour rejoindre la maison et récupérer son vélo. C'est moi qui lui ai conseillé de profiter des quelques kilomètres qui séparent le gymnase de notre maison pour parfaire sa condition physique. Notre fille est comme tous les jeunes, elle préférerait se déplacer à scooter ou à trottinette électrique, alors il n'a pas été facile de lui dire : « C'est le vélo ou la marche. » Heureusement, c'est une enfant plus docile que Manon.

J'aperçois enfin Cassandra, elle sort de son collège accompagnée de quelques copines. Je lui souris car, en plus de son cartable, elle porte fièrement son sac de sport. Cela me semble incongru, puisqu'elle est obligée de passer par la maison pour récupérer son vélo.

Je klaxonne et elle s'approche de la voiture. Elle me demande ce que je fais là et je lui réponds que j'ai profité d'avoir quitté mon travail plus tôt pour assister à la réunion du club de gymnastique. Elle me dit « Ah bon ? » et je sors lui ouvrir le coffre pour qu'elle y dépose son sac de sport. Je m'installe ensuite au volant et Cassandra me demande : « Maman sait que tu es à Montagnac ? » Je lui réponds « On lui fera la surprise en rentrant » et je me dépêche de rejoindre le gymnase. Je ne questionne pas Cassandra au sujet du sac de sport. Je ne veux pas la gêner, l'obliger à me dire que c'est pour impressionner ses camarades du collège qu'elle se coltine ses affaires de gymnastique alors qu'il serait plus logique de les laisser à la maison. On est tous un peu fragiles, maladroits avec notre désir d'apparaître, aux yeux des autres, tel qu'on le souhaiterait.

Une apparence réclame plusieurs années de travail avant qu'on n'ait plus à s'en préoccuper. Il n'y a que le temps qui passe qui nous donne l'espoir de nous libérer des casseroles de notre jeunesse… Cassandra est encore jeune, alors si elle a besoin de s'aider d'un sac de sport pour affirmer sa personnalité, je n'ai rien à lui dire, rien qui pourrait la mettre mal à l'aise. À son âge, j'utilisais un couteau de chasse pour impressionner mes camarades du collège. Je le cachais dans un repli de mon cartable et je l'exhibais discrètement au moment des récréations. Je ne saurais dater la fin de ce rituel, mais je garde le souvenir plaisant d'avoir été au centre de l'attention simplement grâce à ce couteau de trappeur.

De nombreuses voitures sont garées devant le gymnase. C'est rassurant de constater que cet événement, organisé par les responsables du club, a pu mobiliser autant de parents. L'objet de cette rencontre est de nous sensibiliser aux techniques de massage dans le but de prévenir les blessures musculaires. L'entraîneur de Cassandra nous accueille chaleureusement et nous présente la personne qu'il a fait venir pour l'aider à animer la soirée. L'homme est sympathique. Il s'appelle Toussaint et a ouvert il y a six mois un salon de massage «réservé aux adultes» dans une ruelle de Montagnac. Je lui demande s'il a fait une étude de marché sans lui dire ce que je pense vraiment. Je suis sceptique quant à ses chances de réussite, mais Toussaint me fait un clin d'œil en me disant : «Je capte une clientèle qui préfère la discrétion.» Je n'ai pas le temps de le questionner plus précisément car une maman présente prévient l'entraîneur de gymnastique qu'elle ne pourra pas rester très longtemps en notre compagnie. Je me permets de demander où sont les autres parents et Toussaint me répond que les voitures garées devant le gymnase sont celles des membres du Cyclo Dingo, une association de cyclotouristes vétérans.

Parmi les rares parents présents, je reconnais aisément la maman de Joachim, qui est un jeune espoir du club qui a été sélectionné pour les championnats de France. Cassandra m'indique d'un geste de la tête la mère d'une jeune fille de douze ans que ma fille me décrit comme étant «trop fière quand elle fait de la poutre». Le reste de l'assemblée est composé de trois jeunes d'une quinzaine d'années qui font partie de l'équipe junior.

Toussaint nous explique que se faire masser une fois par an, ou trois jours avant une compétition, est absurde. Un massage intensif pratiqué sur un corps qui n'a pas l'habitude d'être manipulé, peut se révéler délétère et causer un inconfort musculaire. Je me questionne sur la pertinence du mot «délétère», utilisé dans le cadre d'une initiation à la pratique du massage, mais cela ne contrarie pas mon attention. Ainsi, j'apprends que pour ne pas dégrader les fibres d'un muscle, il faut que celui-ci soit «éduqué et habitué» à être manipulé. Toussaint nous conseille donc de masser les jambes de nos enfants une fois par semaine et surtout longtemps après l'effort. En effet, les massages pratiqués à l'issue d'une séance de gymnastique peuvent provoquer des microlésions dans le muscle. Je note également que deux types de massages sportifs existent : le massage circulatoire, dit «de récupération», dont le but est d'évacuer les toxines accumulées dans les cellules pour améliorer le retour veineux; et le massage relaxant, dit «musculaire», dont l'objectif est de diminuer les douleurs du sportif. Cassandra se penche vers moi pour me dire : «C'est celui là… Toi, tu ne me masses que le dos et jamais là où il faut.» au moment où Toussaint demande à l'assistance la participation d'un, ou d'une, volontaire. Je m'avance en hésitant, je suis le seul papa présent, je ne veux pas mettre mal à l'aise les femmes de l'assistance, mais l'entraîneur de Cassandra m'encourage à les rejoindre. J'enlève mon pantalon et je m'allonge sur un matelas de gymnastique. Toussaint me demande d'enlever également mes chaussettes et puis il commence à expliquer aux deux mamans, et aux enfants réunis, comment il faudra s'y prendre pour soulager les muscles de nos «futurs champions». Il s'agenouille pour illustrer son propos, les mamans sont attentives, et je me laisse manipuler.

— Il faut donc aller du pied vers la cuisse en respectant le sens du retour veineux, avant de renouveler le même mouvement. N'appuyez pas trop fort sur la peau. Sans être caressant, maintenez une pression constante. Ne pensez pas que c'est en faisant mal à votre enfant que vous prodiguerez un massage efficace. Faites des mouvements non saccadés, prenez votre temps, profitez du moment. Je conseille de diffuser une musique douce… Cela peut vous aider à maintenir une pression régulière. En comptant cinq centimètres par seconde, il vous faudra trente minutes environ pour les deux jambes. Utilisez une huile de massage végétale à l'arnica et n'oubliez pas d'attendre quelques heures après un effort physique avant de manipuler le corps de votre enfant.

Il est temps maintenant de quitter le gymnase. Je remercie longuement Toussaint et l'entraîneur de Cassandra pour leur initiative, et ce dernier me rappelle que c'est moi qui ai beaucoup insisté pour que le club organise une rencontre « autour du massage ». J'aurais bien voulu discuter avec les mamans présentes, j'aurais apprécié qu'elles me disent ce qu'elles avaient pensé de cette initiation, mais nous sommes les derniers à nous attarder dans le gymnase. Je prends un dépliant publicitaire que Toussaint me donne en me précisant « Si vous voulez, avec madame, on a des formules duo », et je salue l'entraîneur qui rappelle à Cassandra : «N'oublie pas, dans quinze jours ce sont les sélections pour le challenge régional.»

Dans la voiture, ma fille me dit : «Je n'aime pas comment il me regardait.» Je lui réponds que Toussaint possède effectivement un «regard très pénétrant» et je profite que la Librairie du centre soit ouverte pour me garer devant. Cassandra préfère rester dans la voiture et je vais rapidement choisir deux livres, dont l'un est consacré aux massages orientaux.

Je viens de «terminer» les jambes de Cassandra. Nous n'avons pas pu attendre, ou bien c'est moi qui ai insisté. J'étais impatient de mettre en pratique sur ma fille les conseils de manipulation prodigués par Toussaint. Mes doigts sont encore imprégnés du gras de l'huile de massage. J'ai retrouvé, dans un tiroir du meuble de la salle de bains, un tube que j'avais acheté lorsque je m'étais foulé le poignet lors d'une chute à ski. Puis ma femme est arrivée à la maison. Elle s'est étonnée de nous voir ensemble, Cassandra allongée à côté de moi sur le canapé du salon. Je lui ai expliqué que j'avais voulu leur faire une surprise, à toutes les deux, arriver plus tôt que prévu. Alice m'a demandé de téléphoner à ma mère, qui insistait depuis deux jours pour que je n'oublie pas de passer la voir afin de réparer «sa machine à laver le linge ou la vaisselle, je ne sais plus». J'irai d'abord me rincer les mains avant d'informer ma mère que je ne pourrai pas passer la voir avant samedi matin, c'est-à-dire après mon rendez-vous chez le dentiste.

Samedi. Le dernier. Il est neuf heures du matin et Cassandra vient de sortir de sa chambre. Tout en descendant les marches de l'escalier, elle me demande si elle peut visionner sur l'ordinateur des vidéos qu'une copine lui a envoyées. Elle connaît la « règle du jeu ». Elle doit nous prévenir, sa mère et moi, dès qu'elle veut utiliser l'ordinateur. C'est mieux ainsi.

Je lui donne le code pour accéder à une application spécialement conçue pour les enfants, je transfère le lien envoyé par sa copine, elle s'installe devant l'écran, et moi, je monte en direction des chambres pour prendre une douche et me changer avant d'aller chez mon dentiste qui doit vérifier une couronne qui me fait souffrir.

Je suis maintenant habillé, je retrouve Alice et Cassandra dans le salon. Elles s'amusent toutes les deux en visionnant des vidéos et je leur dis que je serai de retour dans deux heures. Je sors de la maison. J'hésite. Puis je me dis qu'il serait plus raisonnable de prendre la voiture. Si je me fais anesthésier la mâchoire, rouler à moto ne serait pas prudent.

Le dentiste ne m'a pas rassuré. Il semblerait que je sois concerné par le bruxisme, c'est-à-dire que pendant mon sommeil je grincerais des dents. L'homme me pose des questions à propos de mon travail, de ma vie de famille. Selon lui, la fatigue et la nervosité peuvent expliquer ce phénomène. Je lui dis que je travaille en Espagne, à trois heures de route de mon domicile, et que pendant la semaine je dors dans un appartement que je loue à l'année. C'est un logement peu décoré et donc un peu triste, ma femme insiste souvent pour m'aider à l'équiper de meubles et de quelques tableaux, mais je préfère ne pas dépenser de l'argent inutilement. Je demande au dentiste : « Vous pensez que le fait de loger seul dans un appartement à la décoration anonyme pourrait contribuer à me rendre nerveux? » L'homme estime que c'est peut-être ce qui expliquerait ce qu'il ressent quand il me parle, « une certaine anxiété ».

— Ce ne doit pas être facile de vivre éloigné des siens pendant plusieurs jours.

Je réponds au dentiste que ce qui n'est pas facile, c'est de faire semblant d'être serein « quand on vous annonce que vous êtes atteint de bruxisme, un mot qui inspire la méfiance ». Nous sourions car ma remarque l'amuse et, plus sérieusement, il me demande de ne pas négliger le phénomène :

— La contraction involontaire des mâchoires pendant le sommeil provoque une usure importante des dents. La couronne qui s'est déchaussée est l'une des conséquences du bruxisme. Je vous conseille de consulter votre médecin généraliste qui pourra vous proposer un traitement pour vous détendre nerveusement.

De retour à la maison, je découvre sur la table du salon un mot écrit par Alice. Elle me dit qu'elle est partie au commissariat avec Cassandra. Un policier a téléphoné pendant que j'étais chez le dentiste. Il leur a demandé de passer, « si possible » avant lundi. Dans son mot, Alice imagine que c'est encore en lien avec Manon, que ses incartades, ou ce qu'elle a subi, se propagent maintenant à l'ensemble de notre petite communauté. Alice émet l'hypothèse qu'une nouvelle série de photos compromettantes aurait été diffusée sur Internet, elle écrit même en toutes lettres : « Certains commerçants en savent plus que nous et me conseillent de moins nous occuper de qui tu sais… » Pour vite évacuer le problème, Alice n'a pas hésité à se rendre au commissariat sans attendre. Elle écrit : « Je pense que nous serons de retour avant 13 heures, je rapporterai un poulet rôti du centre commercial. J'espère que ta dent te fait moins souffrir… »

J'allume mon ordinateur portable pour vérifier à quoi correspond exactement le bruxisme et je lis que « c'est en 1907 que le terme de "bruxomanie" est introduit pour la première fois ; il sera ensuite appelé "bruxisme". Ce dernier décrit les activités de serrement et de friction dentaire sans but fonctionnel, et laisse place au terme plus courant de "grincement dentaire". Il s'agit donc d'un trouble fonctionnel incontrôlé qui se déclare pendant le sommeil. Les personnes sujettes aux grincements de dents sont la plupart du temps soucieuses, angoissées ou frustrées. Il peut être utile de consulter un dentiste régulièrement pour examiner l'état des dents. Se faire accompagner psychologiquement est judicieux afin d'identifier plus aisément les sources d'angoisse et de stress. Un aménagement des conditions de travail suffit parfois à venir à bout du bruxisme, en complément de la pratique d'une activité physique régulière. En conclusion, le bruxisme est un phénomène non anodin qui indique un état psychologique défaillant. »

Je termine ma lecture, regarde l'heure : il est onze heures dix. J'envoie un message à Manon pour lui demander si tout va bien chez elle depuis l'épisode du parapente. Je pense qu'il est nécessaire que je me comporte différemment, et je veux la prévenir qu'il serait préférable qu'elle vienne moins souvent à la maison. Je souhaite qu'elle explique à Cassandra que c'est à cause de ses parents si elle ne peut plus dormir chez nous comme avant. Je me demande si elle me dira d'elle-même que d'autres photos ont été mises en ligne sur les réseaux sociaux par des personnes malveillantes. J'attends quelques minutes, mais je ne reçois aucune réponse de la part de Manon. Je préfère éteindre mon téléphone et consulte ma montre. Il est temps pour moi de retrouver ma mère.

Il est onze heures trente quand je me faufile par le passage que j'ai taillé dans la haie pour accéder plus facilement à la maison voisine, c'est-à-dire sans être obligé de faire le tour en passant par la rue comme n'importe quel visiteur. Je distingue son imposante silhouette dans le reflet de la vitre de la baie. Elle est debout et lit son journal. Je pense à ces échassiers qui dorment sur une patte : ma mère aussi se dandine d'une jambe sur l'autre depuis son opération de la hanche.

J'ouvre la porte d'entrée et annonce mon arrivée d'un sonore « Ton fils est là ! », comme j'ai l'habitude de le faire. Je lui dis que je profite d'être seul, puisque « mes femmes sont au commissariat », pour venir réparer le clapet de sa machine à laver le linge qui fait un « bruit infernal », pour reprendre ses propres termes. Elle me demande « Comment ça, au commissariat ? », et je lui rappelle les problèmes passés de Manon, la divulgation de photos privées. « De sa jolie paire de fesses, tu veux dire… » précise ma mère en riant nerveusement. Elle sait que je n'apprécie pas qu'elle juge trop sévèrement le comportement de « la fille Durieux », puisque c'est ainsi qu'elle préfère l'appeler. Elle me dévisage. Qu'espère-t-elle ? Que je prenne la défense de Manon, comme d'habitude, quand je lui demande de l'appeler par son prénom ? Elle sera déçue. Le dentiste m'a conseillé de me calmer, alors dorénavant, les problèmes de Manon ne me concernent plus.

Je suis affairé sur la machine à laver, ce qui n'empêche pas ma mère de revenir à la charge. Elle me questionne pour savoir pourquoi la police a eu besoin de convoquer Alice et Cassandra au commissariat. Je soupire, et lui réponds que les deux filles étant «de proches amies», il est normal que Cassandra soit interrogée.

— Et toi? Pourquoi tu n'es pas au commissariat pour soutenir ta fille?

— Bien sûr que j'aurais préféré les accompagner, maman, tu me prends pour qui? Mais je n'étais pas à la maison quand l'officier de police a appelé. J'avais rendez-vous chez le dentiste, si ça t'intéresse. Tu as déjà entendu parler du bruxisme? Tu sais ce qui se cache derrière ce terme inquiétant? Bien sûr que non. Qui autour de nous est capable de donner une définition précise du bruxisme? Personne.

— Ton père aussi grinçait des dents. Pas seulement la nuit, d'ailleurs. Il était nerveux en permanence…

Parfois, je me demande si tu me comprends vraiment. Je me demande si tu n'as pas besoin de moi uniquement pour que je vienne réparer tes appareils électroménagers. Peut-être même que toutes les semaines, tu les sabotes pour m'obliger à venir te voir.

J'ai fini de démonter le capot de la machine à laver. Ma mère est dans son jardin. Elle sait que je préfère bricoler tranquillement, sans personne pour me regarder. Je constate rapidement que le clapet de la machine n'est pas seulement desserré, il faudrait le changer, une réparation immédiate est donc impossible, ou alors elle n'aura qu'un effet temporaire. Pour qu'il n'y ait plus de fuites, il faudrait, en plus de cette pièce, changer les joints et le moteur d'évacuation. *Il serait surtout plus judicieux de t'acheter une machine neuve.*

Je ne sais pas comment annoncer à ma mère ce que je viens de comprendre. Je la connais. Sa déception me perturbera. Quand il fallait lui révéler une mauvaise nouvelle, c'est mon frère aîné qui s'y collait. Petit, j'étais obnubilé par l'expression du visage de notre mère. Je ne voulais contempler que ses sourires, qui étaient rares, obligée qu'elle était de vivre dans la même maison que son mari, en compagnie d'un homme qui la haïssait. Lui épargner toute contrariété était l'objectif de mes journées. Lui mentir pour qu'elle soit heureuse, ma préoccupation permanente.

Je ne vais donc pas oser te conseiller, même pour un temps, de faire moins de lessives. Je commanderai sans te le dire un clapet similaire sur Internet, sur un site auquel je suis abonné car c'est là que je trouve le plus facilement des pièces détachées pour mes motos. Je ne te montrerai jamais l'étendue des dégâts. Mais alors comment sauras-tu que mon intervention aura été déterminante ?

J'utilise son ordinateur pour vérifier le prix d'un clapet d'occasion et la retrouve assise sur le banc qu'elle m'a demandé d'installer, il y a quelques mois, devant le pommier qui un jour ne donnera plus de pommes puisqu'un parasite a déjà éradiqué tous les pommiers du village. Je lui explique que le problème semble plus grave que ce que je pensais, mais que j'ai réussi à identifier l'origine de la panne. Comme prévu, elle me regarde avec fierté. Elle va chercher un billet de banque selon un rituel entre nous, et j'ose enfin lui dire ce que j'ai découvert en utilisant son ordinateur.

— Quand Cassandra vient chez toi, elle visite des sites qui ne sont pas de son âge. Elle se sert pour cela d'un identifiant qu'elle a créé pour échapper à mon contrôle.

— Visiter des sites ? Ça veut dire quoi ?

L'ordinateur que possède ma mère n'est pas un modèle récent. C'est celui de mon précédent travail. Mon ancien employeur n'avait jamais osé me le réclamer et je l'avais longtemps utilisé à titre personnel avant de le lui donner. Elle le mettait rarement en marche, préférait utiliser son téléphone portable, alors c'est Cassandra qui, sous prétexte de rendre visite à sa mamie, profitait de la situation.

Les «filtres parentaux» avaient été désactivés et l'historique de navigation effacé. Tout indiquait que Cassandra savait prendre ses précautions et se fichait bien des contraintes que j'avais mises en place pour la préserver des dérives du Web. J'ai réfléchi à la manière de lui dire ce que j'avais découvert la concernant. J'ai préféré modifier le mot de passe qui permettait de faire fonctionner l'ordinateur sans en parler à ma mère, mais n'ai pas eu le temps de mener à bien la procédure de réinitialisation car mon téléphone s'est mis à sonner. C'est Alice, qui m'annonçait son retour et me demandait de la rejoindre rapidement. J'ai regardé ma montre, il était presque treize heures. Effectivement, il était temps de se mettre à table.

Chapitre II

Je ne suis pas loin de me reprocher cette ultime «facilité». Je pense à mon ancien éditeur, celui qui a publié mes deux premiers romans. Il n'appréciait pas lorsque j'essayais discrètement de parsemer mes récits d'un calembour ou d'un jeu de mots qu'il estimait indigne de mon talent. «Le risque est grand de passer pour un auteur insignifiant quand on ne se prend pas au sérieux» me disait-il régulièrement lorsqu'il tombait par hasard sur un article écrit par un journaliste auprès duquel j'avais eu la faiblesse de proposer une réponse plus rigolote que pertinente. «Ce trait de caractère est le pansement posé sur ma fêlure», je lui disais, en tentant de mettre plus de panache dans la défense de mon honneur que dans la promotion de mes livres. Il me rappelait que le service des attachés de presse qu'il finançait méritait, de la part de ses auteurs, un minimum de respect; et il avait raison. Mais comment lui expliquer que, sans la «plaisanterie», ma vie pouvait aisément basculer dans un cauchemar que je ne souhaitais à personne de vivre? Il y avait donc une certaine logique à galvauder mon travail et à mépriser l'écrivain que j'étais; mais par respect pour mon agent littéraire, j'ai décidé, cette fois-ci, de me prendre au sérieux.

En relisant ce texte que j'ai intitulé *La vérité de Sylvain*, je me reproche de n'être pas loin de créer le chaos au cœur d'une famille. Je savais que ce n'était pas le désir de vérité qui m'avait incité à ne pas écrire sous la dictée de Gisèle Chabaud. Il fallait autre chose de franchement plus intime pour désirer «faire sa peau» à une chronologie des faits et aux convictions d'une mère de famille éplorée. N'importe quel écrivain un peu consciencieux aurait pu raconter en bon français le calvaire de Sylvain Chabaud et démontrer la respectabilité de sa décision, celle de mettre fin à ses jours. L'empathie ainsi créée, à l'égard d'un homme «comme vous et moi», aurait fait des lecteurs les témoins d'une descente aux enfers au trajet balisé par deux flics aux méthodes de cow-boys. Tout le monde aurait été amené à se questionner sur ce qui nous guette, un «ce» qui n'arrive pas toujours qu'aux autres, et la maman de Sylvain Chabaud aurait peut-être trouvé, dans cette complaisance de traitement, le moyen de se consoler. Mais je n'étais pas un écrivain consciencieux, et j'avais à l'égard du genre humain plus de certitudes que de doutes, telle que celle de penser qu'une victime n'a pas toujours besoin d'un bourreau pour exister.

Gisèle Chabaud souhaite-t-elle qu'une œuvre littéraire naisse sous sa dictée, sans égard pour ma liberté de penser et donc de créer, ou attend-elle que je m'affranchisse des termes de notre accord ? En m'engageant, achète-t-elle les mots et la crédibilité d'un écrivain en activité ? Ou espère-t-elle que je lui fournirai un roman qui révèle la face cachée d'un fils que le suicide a transformé en énigme ? A-t-elle besoin de ma sensibilité ou de mon style ? De ma soumission ou de mon intuition ? De mon mépris pour les victimes ou de ma fascination pour les bourreaux ?

Si j'imagine assez aisément Sylvain Chabaud tremblant et dévoré par le vertige – plus à l'aise accroché à un parachute qu'au-dessus d'un précipice creusé par la rumeur –, il me faut, avant de le pousser dans le vide, des précisions que seule Gisèle Chabaud peut me fournir. Si je ne travaille jamais à partir d'une documentation véritable – contrairement à d'autres écrivains qui revendiquent leur goût pour la constitution d'un matériau préalable –, je sais que sans les auditions de la femme et de la fille de Sylvain, je ne réussirai pas à faire de ce drame familial un roman digne d'être publié. Je n'ai pas le désir de mener une enquête, je ne suis pas journaliste, je souhaite uniquement que l'on mette à ma disposition la réalité des faits avant que je puisse les interpréter. J'aimerais savoir «en vrai» comment cette femme et sa fille ont réagi lors de leur convocation au commissariat, ce qu'elles ont dit pour défendre leur mari et leur père, si elles ont été étonnées ou choquées. J'ai d'ailleurs préparé une lettre à envoyer à Gisèle Chabaud pour la convaincre de me confier l'intégralité du dossier judiciaire.

En tentant de m'influencer, de m'imposer son point de vue, Gisèle Chabaud a provoqué chez moi l'envie d'aller voir là où elle ne voudrait surtout pas me trouver. Je sais qu'elle ne souhaite pas me faire connaître le contenu de certaines auditions, alors je vais tenter de provoquer une réaction en lui écrivant une lettre. J'ai cogité longtemps sur les phrases de cette missive, qui doit me permettre d'accéder à des pièces essentielles de l'enquête. L'une des phrases a pour but de provoquer une réaction. Je prends un risque, celui que Gisèle Chabaud se rétracte et refuse de me les transmettre, mais je suis prêt à tenter ma chance. Cette phrase, qui évitait soigneusement d'évoquer la possibilité d'un acte pédophile, la voici :

«Raconter l'histoire de Sylvain, ce n'est pas seulement évoquer "ce" qui l'a conduit à faire "ce" qu'il a fait (son suicide), mais tenter de déduire "ce" qu'il est en m'inspirant de "ce" que les témoins du drame ont vécu. Si vous souhaitez imposer au lecteur l'idée que "ce" que votre fils a fait (son suicide), n'importe qui aurait pu le faire, alors vous n'apprendrez rien de plus sur lui et vous resterez prisonnière de "ce" que vous pensez être la vérité. Je pense, pour ma part, que Sylvain est un être plus complexe que "ce" qu'il laissait paraître et que "ce" qu'il a fait (son suicide), peu de monde aurait osé le faire. Je me permets donc de vous suggérer, si votre désir est de savoir "qui" il était vraiment, de me communiquer l'ensemble des auditions afin de… »

Cette lettre, je n'aurai pas à l'envoyer, car Gisèle Chabaud me précédera par l'intermédiaire d'un courrier adressé officiellement à mon agent littéraire. Selon Isabelle – qui vient de m'appeler pour se renseigner au passage sur ce que j'ai déjà écrit –, Gisèle Chabaud attend de moi que je lui confirme « expressément et conformément à nos accords passés » que j'écrirai bien le livre qui servira sa cause. Elle n'a pas écrit « votre livre » mais « le roman qui devra démontrer les manigances policières qui ont provoqué le suicide de Sylvain Chabaud, mon fils ».

En écoutant mon agent littéraire me lire au téléphone le courrier de Gisèle Chabaud, je m'étonne de sa clairvoyance, bien que tardive. Elle a compris que je ne réussirai jamais à écrire un livre conforme à ses attentes et elle souhaite donc préserver les membres de sa famille. J'avais un temps éprouvé un doute, espéré qu'elle m'inciterait à ne pas respecter l'histoire officielle, celle qu'elle élaborait depuis deux ans, mais je m'étais trompé. Notre accord était bien destiné à mater mes velléités d'artiste, pas à me donner envie de me libérer de mes chaînes. Il me restait l'espoir que mon agent puisse la convaincre que ce n'était pas en occultant certaines vérités qu'elle pourrait revendiquer une œuvre digne d'être éditée.

Le ton comminatoire de la missive de Gisèle Chabaud est tout de même intrigant. Cette femme n'a jamais prévu que je m'intéresse réellement à son fils, cela faisait même partie de son plan. Elle a été d'accord pour me donner quelques « biscuits » à utiliser dans le cadre de mon travail d'écriture et fait maintenant tout pour me tenir à l'écart de la personnalité complexe de Sylvain. Cette évidence ne flatte pas mon ego mais perturbe mon orgueil : Gisèle Chabaud n'a jamais eu besoin de moi, elle s'est offert un intermédiaire. Je n'ai pas été sollicité pour mes talents d'écrivain ; elle s'est payé la crédibilité d'un type du sérail. Elle a voulu utiliser la réputation de la littérature pour faire de son fils une victime, de cette victime un martyr, et de ce martyr un héros ; et il n'est pas question que je perturbe ses plans. Malheureusement, pour la réussite de son projet, elle s'est trompée d'écrivain. Elle avait pourtant le choix ! Des scribouillards dans mon genre, qui ont besoin d'argent, il en existe autant que de livres publiés. Elle aurait pu comprendre, en lisant *Aveu de faiblesses*, que je ne pouvais pas être l'auteur de la situation. Elle a fait comme la majorité des lecteurs de romans, elle a interprété mon texte en fonction de son intimité pour manigancer la réalité à son profit. La vie de famille banale de Sylvain Chabaud, sa personnalité si insignifiante qu'elle en devient intrigante, son désarroi permanent, les réponses qu'il a faites aux policiers lors de son audition, la crainte qu'il a ressentie (pas celle d'être accusé mais celle d'être «découvert»), l'obsession de cette mère persuadée qu'il n'y aura que la littérature pour faire de son fils un exemple sont les pièces d'un puzzle psychologique que j'ai maintenant envie de tenter d'assembler avec précision.

Je pourrais galvauder ma liberté d'écrivain en m'apitoyant sur la condition humaine par sympathie pour Gisèle Chabaud. Je pourrais me renier, entraver mon inspiration et m'intéresser simplement à la détresse d'une mère. Pourquoi pas… Mais le problème, c'est que c'est la première fois depuis longtemps que j'éprouve le besoin, et surtout le plaisir, d'écrire. Lorsque j'arrive aussi facilement à empiler les mots, cela me ramène à une époque lointaine. Je travaillais dans une usine qui emballait des poulets morts, tous destinés à se retrouver présentés sur les tablettes des gondoles de supermarché. Je ne réfléchissais pas, j'exécutais ma tâche sans me plaindre, sans me poser de questions ; je n'étais pas conscient de ma chance. L'acte d'écrire, quand il est vécu avec simplicité, me procure le même réconfort, la même satisfaction du devoir accompli : celui d'avoir empilé proprement. La rémunération compte si peu quand on ne pense à rien, et que l'on peut profiter sereinement du résultat d'un travail mené sans effort.

La modestie de ma condition passée est un luxe. Elle me permet de faire l'économie de décors immenses ou de personnages charismatiques et inquiétants pour démontrer l'immensité de l'absurdité de la condition humaine (certains de mes confrères préfèrent parler de détresse). Ce fait divers sans envergure est donc parfait pour me permettre de tirer, à partir de « pas grand-chose », une noirceur à chialer ; celle qui semble convenir à un éditeur que connaît mon agent, qui souhaite proposer à ses lecteurs non pas ce qu'il est plaisant ou distrayant de lire, mais tout ce qui peut les perturber. Ensemble, nous décidons de ne plus me laisser prisonnier des termes d'un accord. « Écris comme tu le sens, et ensuite on avisera... » me dit Isabelle qui ne pouvait pas trouver de mots plus efficaces pour me donner le courage de suivre ma voie. « Peut-être que la qualité du roman que tu auras écrit convaincra Gisèle Chabaud qu'elle avait tort et que tu avais raison» ajoute-t-elle avec enthousiasme. Mais c'est sa dernière réplique qui me donne envie de ne plus perdre de temps : «Au nom de la littérature, mettons l'accord là où tu penses...»

Il ne me reste donc plus qu'à écrire la suite et la fin de *La vérité de Sylvain*, selon mon point de vue, et en méprisant les clauses d'un accord qu'un véritable écrivain n'aurait jamais accepté de signer ; ou alors un type obligé de faire l'aumône pour financer le remplissage de son frigo.

La vérité de Sylvain

(suite et fin)

Je n'ai pas encore décidé ce qu'il faudra bien, un jour, raconter à ma famille et aux amis. J'espère réussir à faire de cet épisode de ma vie un sujet de plaisanterie, mais je n'y crois pas ; alors pour l'instant, j'ai besoin que Cassandra et Alice se taisent. Devant moi et devant les autres. Rien ne doit être su, car tout est sujet à interprétation et les interprétations me seront systématiquement défavorables ; c'est ce dont je me suis persuadé pendant le chemin parcouru entre le commissariat et mon domicile. Je leur ai donc demandé de n'en parler à personne. Et pour leur faire comprendre que je n'accepterai de leur part aucune incartade, aucune initiative destinée à attirer autour de mon cas un soutien dont je ne veux pas – car je sais que je n'arriverai à considérer aucun soutien comme parfaitement sincère –, je tente de justifier mon besoin de discrétion en leur racontant comment les policiers se sont comportés lors de mon audition. Il faut qu'elles comprennent que les quelques heures passées dans ce commissariat ont perturbé mon caractère, qu'il me faudra de nombreuses années avant de redevenir le mari et le père qu'elles ont toujours connu. Le personnage que je me suis inventé, diront mes ennemis, et moi, je ne saurai pas comment les contredire. Perdu dans ce décor, dans cette maison qui ne m'évoque plus aucun bon souvenir, l'homme qui gesticule est un intrus. Je suis encore assez lucide et les rictus et les regards peu assumés de Cassandra et d'Alice me confirment que je ne serai plus jamais le même.

Cette convocation au commissariat ne m'a pas seulement déstabilisé, elle m'a transformé en quelque chose de froid et de triste.

En me qualifiant de «pédophile», les policiers m'ont exclu d'un monde que je pensais avoir organisé pour ma tranquillité, loin de la brutalité des autres, des jugements et des trahisons. Alice et Cassandra sont devenues des étrangères, nous ne sommes plus ensemble sur le même bateau. J'assiste à la disparition d'une vie, la mienne, puisque celles de ma femme et de ma fille continuent de se dérouler devant moi.

Il m'est impossible d'expliquer à Alice ce que je ressens. Je n'ose pas lui révéler que je ne sais plus quelle est la bonne attitude à adopter car cela ne me ressemble pas, et que je n'ai pas encore accepté l'idée qu'elle puisse découvrir l'étendue de mon désastre, celui que je contemple depuis que je suis revenu chez nous, alors qu'il serait tellement plus simple de lui avouer que quelque chose s'est brisé dans le «fonctionnement» de son mari.

Je sais maintenant que les policiers ne cherchaient pas seulement à faire de moi un coupable. Ils ont voulu me démontrer que mon comportement serait interprété, commenté, avant d'être jugé et condamné. Ils m'ont convaincu que «même innocent», il resterait quelque chose de sale et de déshonorant accolé à mon nom. Ils m'ont fait comprendre que me battre pour défendre ma dignité serait une provocation de plus. Ils ont évoqué leurs propres enfants, je n'ai pas aimé quand ils m'ont conseillé de ne surtout pas m'approcher de leurs gamines – «qui ont l'âge de la tienne». Je suis devenu un homme à éviter sans même une enquête pour m'accuser, je ne serai plus celui qu'on appelait «le bon samaritain» puisque tout le monde dans le village saura de quoi on me soupçonne. Je n'ai plus aucun doute à avoir, l'un des policiers me l'a dit clairement : plus jamais je ne pourrai vivre normalement, «parce que nous, on va se charger de dire aux gens du pays le genre de type que tu es… ».

La vérité est simple à énoncer : je sais qu'il est déjà trop tard.

C'est dimanche. La fin de soirée ne me procure pas l'apaisement escompté. Ma mère vient de téléphoner, cette fois-ci sur le fixe de la maison. C'est Alice qui a répondu. J'avais éteint mon téléphone portable, je ne voulais pas qu'on me dérange. « C'est ta maman, sa cafetière ne marche plus, ou alors c'est qu'elle fuit, je n'ai pas bien compris... Tu devrais y aller, ça te fera du bien de penser à autre chose... » m'a-t-elle dit en espérant peut-être que je changerais d'avis et que je raconterais à ma mère comment les parents de Manon se sont comportés à mon égard.

Je traverse le jardin pour rejoindre la maison d'en face, mais cette fois-ci je pénètre à l'intérieur de la bâtisse en passant par la cuisine sans m'annoncer comme je le fais d'habitude. Quand je vais saluer ma mère, le samedi ou le dimanche, après un événement sportif ou une balade à moto, je suis douché. Je mets le parfum qu'elle m'offre à chacun de mes anniversaires, je sais qu'elle apprécie quand je « sens le frais », c'est ce qu'elle me dit quand nous nous embrassons et qu'elle ajoute en murmurant : « Ta femme a beaucoup de chance de vivre avec un homme qui sent si bon... »

Aurai-je la nostalgie de certains moments de ma vie, ou serai-je apaisé de ne plus être obligé de penser à ce que j'ai fait ?

Chapitre II

Ce soir n'est pas un soir comme les autres, et ma mère me pose trop de questions. C'est ma faute. Je l'ai habituée à mon bavardage et contrairement à ce qu'avait espéré Alice, je n'ai envie de me confier à personne, surtout pas à celle que je pourrais décevoir.

Elle me dit qu'elle regrette de me déranger à nouveau, qu'elle a compris en me respirant que je n'ai pas eu le temps de prendre ma douche. Elle se reproche de m'avoir interrompu dans mes occupations. Je lui dis que je n'ai rien fait de ma journée, à cause de « toute cette pluie », et elle me dit que « c'est bizarre ». Elle compare mon odeur à celle d'un sportif après un effort intense et je lui répète qu'elle se trompe, puisque je suis resté à la maison. Dépitée, doutant de ma sincérité, me soupçonnant de lui cacher quelque chose, culpabilisante comme elle sait si bien l'être, c'est-à-dire sans rien dire, elle me laisse seul devant sa cafetière et retourne dans son salon. Je la lui ai offerte à l'occasion de la fête des Mères. J'ai eu tort de lui choisir un modèle trop moderne. Elle n'a pas réussi à s'habituer à son fonctionnement. Comme elle ne sait pas activer le système de vidange, l'eau chaude stagne régulièrement et dépose une couche de calcaire qui empêche l'infusion du café. Je commence à démonter la machine en me concentrant sur ce que je fais, mais je n'arrive pas à utiliser cet intermède pour me faire du bien. Je ne peux m'empêcher de réfléchir à la façon dont je vais lui annoncer ce que je ne lui ai pas encore dit. Je remets tout en place en prenant soin de n'oublier aucune vis et je lui dis que c'est réparé.

Je sais que je vais lui parler. Je voulais l'épargner, faire en sorte qu'elle ne s'oblige pas à me consoler, mais c'est décidé. Il est temps qu'elle sache que Jean-Marc est mort. Elle me répond : «Je comprends mieux ton attitude», alors que je ne suis pas venu chercher chez elle des explications, mais un soutien.

— Jean-Marc… C'est bien cet ancien copain, celui que tu as perdu de vue quand tu as démissionné de ton emploi précédent, celui où on t'avait obligé à licencier des salariés?

Je la regarde faire semblant de se souvenir alors qu'elle sait très bien qui est Jean-Marc. Je lui demande : «Tu n'es pas plutôt curieuse de savoir comment il est mort?» Je lui explique, sans attendre sa réponse, qu'il s'est jeté du quatrième étage de la maison qu'il avait louée en Tunisie, le pays natal de sa femme, pour passer des vacances en famille. Ma mère cache son embarras en appuyant frénétiquement sur les boutons de la cafetière et puis elle me dit qu'elle est soulagée que j'aie pu réparer sa machine avant mon départ pour l'Espagne. Elle me remercie pour la seconde fois d'avoir fait l'effort de venir la voir. «Demain, je penserai à toi quand je boirai mon café» me dit-elle, avant de subitement me demander :

— On est bien certain qu'il s'est jeté dans le vide volontairement? Que ce n'est pas un accident? Parce que bon... Qu'un père de famille puisse abandonner sa femme, et ses deux enfants, en pleines vacances, et surtout dans de telles circonstances, c'est... comment dire...

— Non, ce n'est pas un accident. Jean-Marc s'est bien suicidé. Il y avait des témoins, des touristes accoudés à leur balcon, des employés de l'hôtel qui ont déclaré aux secours qu'ils ont vu un homme escalader la rambarde avant de basculer dans le vide sans même crier. Il a atterri sur le bitume, quasiment devant l'entrée de l'hôtel. Les enfants étaient chez leurs grands-parents et sa femme dans la salle de bains. Elle aurait entendu comme un sac de noix qu'on aurait jeté du haut d'un balcon, elle n'a pensé à rien d'autre qu'à un sac de noix.

— Un sac de noix? Quelle drôle de comparaison...

— Ce n'était donc pas un accident... Enfin pas comme tu l'entends...

J'aurais voulu que tu comprennes un peu mieux Jean-Marc. Que tu me dises qu'il devait être très malheureux pour décider de se tuer à ce moment précis de sa vie. J'aurais apprécié que tu ne me laisses pas seul dans ta cuisine, avec le bruit de ton frigo que je ne supporte pas quand il se met à vibrer, quand le moteur se met en branle, un frigo que tu trimballes depuis trente ans, un «enquestre» – comme on dit chez nous – qui n'a plus sa place dans une maison moderne, mais auquel tu sembles tenir comme si ta vie en dépendait.

Tu es allée, sans surprise, chercher un billet de banque pour me remercier d'avoir réparé ta cafetière. Cette fois-ci, je ne vais pas respecter notre rituel, je refuse l'argent que tu veux me donner.

Tu me répondras que tu sais très bien que je n'en ai pas besoin. Tu vas encore me répéter, comme à chaque fois, que c'est ta manière de me dire que tu es fière de mes capacités de bricoleur, heureuse de ma présence à tes côtés. Entre une mère et son fils, il ne devrait pas être question d'argent pour se dire «je t'aime» ou «merci». Toi, ça fait des années que tu me paies comme si tu cherchais à garder le contrôle sur moi. Comme si, en me donnant de l'argent comme à un gosse, tu ne voulais pas que je devienne un homme.

Je m'en irai sans rien lui dire d'autre que «Prends soin de toi». Quand elle refermera la porte de sa maison, quand je regarderai son jardin dans la pénombre, je me dirai que, décidément, quand plus rien ne vous donne envie de continuer à vivre, le noir, et ce qui se cache derrière, est bien la seule couleur qui peut vous inciter à hésiter.

Lundi matin, je sors de la chambre conjugale après avoir attendu qu'Alice finisse par s'endormir grâce au somnifère que je lui ai versé dans un verre d'eau. J'ai pris mon sac de voyage, préparé après ma visite chez ma mère. Malgré les événements de samedi, je n'ai pas modifié mes habitudes. J'ai eu le courage de me comporter banalement, je ne voulais plus inquiéter Alice. Tenter de la rassurer fut ma dernière attention à son égard.

Je me suis habillé dans le salon. J'ai tenté de ne penser à rien, de ne pas regarder les photos posées sur les étagères de la bibliothèque. J'ai vérifié une dernière fois que mon ordinateur portable était bien rangé dans ma mallette de travail, je n'ai pas oublié de brancher la machine à café, j'ai fait attention à ne laisser aucun indice.

J'ai tracé, comme je le fais tous les lundis, une ligne noire sur les jours passés du calendrier de la cuisine, ceux de la semaine écoulée, et j'ai pris les deux derniers yaourts du frigo. En refermant la porte de la maison, je me suis empêché de penser que je ne reviendrais plus jamais chez moi. Quand Alice et Cassandra se réveilleront, elles croiront que tout est normal et c'est mieux ainsi ; pourquoi les inquiéter en leur laissant une lettre posée en évidence sur la table de la cuisine ? Et pour leur dire quoi ? Si j'avais croisé Alice au moment de partir, si elle s'était levée seulement quelques minutes après moi, si elle m'avait surpris en train de rédiger une lettre d'adieu, comment aurait-elle réagi ? Elle aurait appelé à l'aide les voisins ? Ma mère ? La police ?

Ce que j'ai décidé de faire est la meilleure solution. Un départ discret me laisse la possibilité de revenir, même si je n'en ai plus envie.

J'ai fait démarrer la voiture un peu après trois heures du matin et je me suis éloigné du village en passant par le rond-point de la Treille. Ensuite, je rejoindrai la nouvelle rocade dont le revêtement a été refait à neuf. J'aurais pu choisir un autre itinéraire pour rejoindre la frontière qui sépare la France de l'Espagne, mais la fine bruine qui a rendu les chaussées glissantes m'incite à la prudence.

Une voiture puis une moto me doublent bruyamment. Je suis étonné de ne pas être plus seul à une heure aussi matinale. Après quelques kilomètres, je repère un chemin forestier peu visible depuis la route et qui s'enfonce dans un bois dense. Malgré la terre meuble, les roues de mon Audi ne patinent pas. Je pense en souriant au vendeur, qui avait comparé la voiture que j'avais commandée à un véritable véhicule tout-terrain; il ne m'a pas menti. Je franchis sans problème quelques ornières inondées et me gare à couvert, à l'abri d'une futaie parfaitement entretenue. J'arrête le moteur et baisse la vitre de ma portière pour écouter le calme. En me retournant, je suis étonné d'avoir aussi facilement gravi la pente détrempée. Les Audi sont vraiment de bonnes voitures, «fiables et valorisantes», comme me les avait décrites le patron de la concession à laquelle je m'étais adressé.

Je me demande ce qu'Alice décidera à propos de la voiture. J'aimerais lui conseiller de la vendre. Une femme seule n'a rien à faire d'un tel véhicule. Lorsque je m'étais garé, la première fois, sur le parking de Matader'osa, le chef du personnel avait fait le tour de la berline avant de siffler entre ses dents et de me dire : « C'est vrai que gagner de l'argent et ne pas le montrer, ça ne sert à rien, non? » Je regrette qu'il ne soit pas là, dans ce bois, avec moi, pour constater que mon achat était dénué du besoin de paraître. Il faut que j'arrête de penser à cette voiture. Alice en fera ce qu'elle voudra. Je me fiche de cette Audi et de tout le reste.

J'ouvre la boîte à gants dans laquelle je sais que j'ai laissé les tablettes de médicaments que j'ai achetées pour me calmer. En sortant du commissariat, j'ai profité de l'ordonnance du dentiste pour demander des comprimés contre la douleur. J'en avale plusieurs en même temps que le contenu des deux pots de yaourt. J'ai lu qu'il ne fallait pas prendre plus de quatre comprimés par jour. J'en ai ingurgité plus d'une dizaine en espérant qu'ils me permettront de ne pas trop souffrir. Il faut maintenant que je me dépêche, ce serait trop idiot de s'endormir dans la voiture. Je pense à mes douleurs de mâchoire. Le bruxisme m'a saboté les gencives et une partie de la denture. Mais dans ce bois, ce n'est pas de penser à mes dents qui me fait pleurer.

C'est la peur.

Pas seulement la peur du noir, de ce qui existe quand on n'existe plus, mais la peur de ce que l'on dira de moi.

Chapitre III

C'est parce que Gisèle Chabaud s'est mise à contester systématiquement mes intuitions, qu'elle s'est permis de me reprocher mes interprétations, les considérant contraires à ce qu'elle pensait savoir de son fils, que j'ai compris qu'il n'y avait pas qu'un honneur à réhabiliter mais une personnalité à modifier. Ses contradictions sont devenues incessantes, exprimées dès que je lui téléphone pour éclaircir un point de détail parmi la somme d'informations que je découvre dans le dossier qu'elle m'a confié, ou lorsque je me permets de lui révéler ce que je pense d'une phrase prononcée lors d'une audition, ou que j'ai le tort de caractériser, à partir d'un événement quelconque, l'intimité psychologique du personnage principal du livre que j'écris.

Ce matin, j'ai été obligé de lui rappeler que la vie de Sylvain devait m'inspirer, ne surtout pas m'influencer, et cette remarque lui a déplu. Le héros auquel j'attribue des faits et des gestes de mon invention n'a pas de consistance familière, ce qui effraie Gisèle Chabaud, qui assiste à la création d'un personnage qui devra incarner son fils sans pour cela correspondre à ce qu'elle souhaite que l'on dise de lui.

«Non. Vous vous égarez. Mon fils n'était pas comme ça», vient-elle de me dire. Je lui ai exposé mon «intime conviction» concernant la propension de Sylvain à pratiquer autant d'activités sportives, et ma conclusion ne lui convient pas. J'avais émis l'hypothèse que la frénésie était parfois comparable à un refus de questionnement, à la crainte d'une réalité, au déni de ce qu'on pourrait découvrir quand, dans le calme de la réflexion, on ose enfin se «regarder», loin de la protection de l'agitation.

«Non. Vous vous trompez. Sylvain était un passionné, un homme curieux. Il ne fuyait pas quand il s'occupait. Il s'amusait. Il se distrayait. Il profitait de la vie. Il ne faisait rien d'autre. Alors, s'il vous plaît, cessez de chercher la petite bête…»

Elle ne comprend pas pourquoi je tente systématiquement de faire de «mon» personnage un fils si différent du sien, alors je lui réponds que je n'ai jamais écrit sur commande et que le seul moment où j'arrive à enchaîner quelques phrases qui se tiennent, c'est lorsque je ne réfléchis pas à ce que j'écris, quand je fais confiance non pas à ce que j'ai accumulé en tant que matériau créatif, mais à tout ce que j'ai digéré. Gisèle Chabaud me reproche de ne pas l'avoir prévenue de cet aspect de ma personnalité avant d'accepter de signer le contrat qu'elle m'a proposé. Elle a raison, mais elle n'est pas la seule à avoir été abusée, nous sommes deux à découvrir en même temps quel écrivain je suis réellement.

«Je ne vous ai pas choisi pour contrarier mes convictions.»

Depuis cette réprimande, je n'éprouve plus aucun état d'âme. J'ai décidé d'écrire le roman de mon choix, sans me soucier des remarques de Gisèle Chabaud, et me suis même permis de lui rétorquer qu'elle n'avait rien compris à la littérature. Je lui ai reproché son manque de sérénité face aux interprétations, alors qu'elle m'avait affirmé, lors de notre premier rendez-vous, bien avant l'envoi de sa «mise en demeure», qu'elle ne serait pas un frein «à l'expression de mon art». Mais rien n'y fait. Gisèle Chabaud défend son rejeton avec la même vigueur qu'un avocat, surtout quand celui-ci sait que tout accuse son client et que le seul moyen de créer le doute est un excès de son éloquence. Elle a pour elle sa conviction – qui est un sentiment rarement consécutif à la lucidité – et une maîtrise parfaite de ses émotions. Ses réactions ne sont pas épidermiques, mais pragmatiques. Elle consolide autour de son enfant, avec autorité, l'apparence de la respectabilité. Elle utilise, tels des tics de langage, les mêmes expressions pour me ramener dans le chemin de sa logique. Il est devenu fatigant de devoir lui expliquer que ses maniaqueries sont des freins à la création d'un véritable roman. Si j'admets volontiers que j'ai besoin d'elle, de son histoire, pour en inventer une plus tragique encore, elle n'arrive pas à comprendre qu'un suicide n'est qu'une péripétie s'il n'est pas installé au cœur d'un drame qui irait plonger ses racines dans le passé et les secrets d'une vie.

Il n'y a rien à faire pour la convaincre. L'injustice subie par son fils suffit à son malheur. Elle ne veut pas que je l'oblige à « comprendre », elle préfère se choisir des ennemis, les combattre lui a permis de mieux accepter l'absence. La justice, la police, Manon et ses parents, la méchanceté, la jalousie… Elle aimerait que je me concentre sur ces cibles et que je laisse reposer Sylvain en paix. Elle commence même à douter de l'intégrité de mes sentiments et je suis obligé de lui rappeler que jamais je n'aurais accepté d'écrire un livre qui aurait tenté de défendre la réputation d'un pédophile. Je veux qu'elle sache que je suis convaincu de l'« innocence » de son fils, mais que je suis tout aussi persuadé que l'ambiguïté sera *le* sujet à proposer aux lecteurs.

Je profiterai même d'une ultime conversation téléphonique pour lui affirmer qu'elle a tort de penser que les gens heureux se suicident, qu'il faut au contraire une bonne dose de désespoir pour passer à l'acte, et pas seulement durant les cinq minutes qui précèdent le geste fatal ; ce qui justifie de chercher dans le passé de Sylvain les indices d'une blessure jamais véritablement refermée.

— Vous essayez de me dire quoi ? Que mon fils aurait été un enfant malheureux ? Que je me suis mal occupée de lui ?

— Pensez ce que vous voulez. Je n'écris pas des romans pour distribuer des bons points.

— Finalement, je me demande si c'est une bonne idée d'avoir fait appel à vous.

Elle a raison. Avec moi dans les pattes, jamais elle ne réussira à faire de son fils un martyr ; encore moins une victime du pouvoir policier. Sylvain Chabaud a été confronté à l'incompétence de deux jeunes flics, on est loin d'une séance de torture. Je commence à comprendre l'origine de l'empressement de Gisèle Chabaud. Si elle a très vite porté plainte contre les enquêteurs, et qu'ils ont été sanctionnés, c'est parce qu'elle n'a pas fait la bêtise de chercher à prouver l'innocence de son fils. Elle n'a pas pris ce risque. Elle a vite compris que ce combat serait inutile. Elle a profité de son suicide – qui ne permettra jamais, sur le plan judiciaire, de savoir ce qui s'est réellement passé entre Manon Durieux et Sylvain Chabaud – pour démontrer que certaines procédures n'ont pas été respectées lors de l'enquête. Son combat, qui n'est pas celui de la vérité mais celui de la préservation des apparences, n'a rien de romanesque ; il n'aurait intéressé aucun lecteur. Je me permets de lui demander ce qui peut inciter une mère à vouloir faire passer son enfant pour une victime, alors qu'il n'est même pas coupable. Elle me répond que « décidément », je ne comprends « rien à rien ».

— Ce n'est pas pour moi que je me suis battue. Ce n'est pas pour vérifier si Sylvain est innocent, c'est pour les autres. Je veux que les gens parlent de mon fils en bien, vous comprenez ? Son suicide ne lui a pas donné le temps de s'expliquer, c'est donc à moi de le faire. Mais avec vous, je commence à en douter !

Mon agent m'a obligé à téléphoner à Gisèle Chabaud, d'abord pour m'excuser, ensuite pour lui proposer de la retrouver à Carcassonne. On me demande de repartir sur « de bonnes bases ». Un éditeur serait sur les rangs pour publier le texte, Isabelle n'a pas envie de gâcher cette opportunité. Elle souhaite que « j'enterre la hache de guerre », elle ne veut pas que je gaspille tout ce que je connais de l'histoire de Sylvain Chabaud. Elle a finalement lu les quelques lignes que j'ai écrites, en utilisant le « je » du comptable de l'abattoir de Montagnac, et elle dit que je ne suis plus très loin de véritablement me lancer, que je vais devoir ne pas me focaliser seulement sur le fils, qu'il faudra que j'englobe toute la famille dans mon roman. Elle voudrait également que je me concentre sur l'incipit, cette partie d'un texte qui en est la tête, et qu'elle compare à une « rampe de lancement » car elle sait que dès que je le « tiens », alors tout le reste en découle, telle une évidence :

— Souviens-toi de ton précédent roman. Il t'a suffi d'écrire « Je suis laid, depuis le début » pour savoir ce que tu allais faire d'Yvan Gourlet, et pas seulement de lui… De sa mère bien sûr, de son père, de ses copains de classe… De tout le village…

Je sais qu'elle a raison et c'est presque inquiétant d'être si peu mystérieux, surtout quand on se targue d'être écrivain. Bien sûr qu'il me suffira d'une phrase pour élaborer un Sylvain Chabaud plus crédible que le portrait du fils parfait. Mais pour l'instant, je dois retourner à Carcassonne après une réconciliation forcée. J'ai pour cela menti à Gisèle Chabaud. Je lui ai téléphoné et je lui ai annoncé que je ne voulais plus lui disputer la dépouille de son fils. Je lui ai dit : « Je n'avais pas le droit de profiter de votre peine » ; et elle a apprécié que je reconnaisse mes torts. Elle m'a fait part de sa fierté d'apprendre que le contenu de son manuscrit m'avait inspiré. Elle ne s'est pas inquiétée de la manière dont je l'avais interprété, conformément à l'engagement que nous avions pris de travailler « maintenant » en bonne intelligence. Je lui ai proposé de nous retrouver à La Tête bêche, où nous commencions à avoir nos habitudes ; ce qu'elle avait reconnu avec beaucoup d'enthousiasme. J'ai compris qu'Isabelle était passée derrière moi pour la rassurer. Elle avait dû évoquer la « sensibilité particulière » des artistes, qui ne comprendront jamais le monde avec sérénité, lui dire qu'en sa qualité d'agent littéraire elle saurait canaliser mon inspiration et faire de mes excentricités des peccadilles ; tout un tas de conneries qui avaient convaincu Gisèle Chabaud de me retrouver avec plaisir. Elle m'a écouté avec une bienveillance un peu exagérée, et en me faisant comprendre que dorénavant elle avait décidé de moins se méfier de moi, de mes « sautes d'humeur » et de mes affirmations intempestives. Elle a été étonnée que je souhaite subitement l'impliquer davantage dans le processus de ma réflexion, elle qui s'était résignée à penser que je n'accepterais jamais d'écrire sous son influence. Ce que je ne lui ai pas dit, c'est que dorénavant le drame de Sylvain m'appartenait, qu'il n'y avait rien à faire contre cette évidence. Depuis le premier jour, depuis la première phrase que j'ai écrite à son sujet, plus personne ne pouvait me déposséder de ma créature. Et si je souhaitais maintenant continuer à sonder les failles du bonhomme, ce n'était pas seulement par curiosité, mais par respect pour sa mémoire.

J'avais remis à Isabelle les pièces du dossier d'enquête que Gisèle Chabaud regrettait peut-être de m'avoir confiées. Mon agent littéraire ne m'avait rien demandé, mais j'avais espéré qu'elle aurait la curiosité ou la conscience professionnelle de lire l'épais fouillis qui encombrait mon inspiration. Habitué à plus de frivolité littéraire, l'écriture de ce troisième roman exigeait d'assembler, avec une précision de géomètre, la fiction aux fondations d'une réalité à laquelle j'avais du mal à m'identifier. Je me targuais d'être capable de régler son compte à la matérialité des faits, au nom de la littérature, mais pourquoi le nier : j'avais l'inspiration en bandoulière comme le promeneur du dimanche sa besace. Je devais réagir, travailler mon texte avec le sérieux d'un explorateur et non le dilettantisme d'un surdoué que je n'étais pas. Les «peut mieux faire» de mes bulletins scolaires dataient de l'école primaire ; j'avais, depuis, démontré que les fulgurances de ma jeunesse n'avaient été que des coups d'éclat dans l'eau.

J'étais perché sur mon escabeau à contempler le clavier de mon ordinateur, qui ressemblait à cette altitude à une tablette de chocolat, lorsque mon téléphone a sonné. J'ai pensé «Tiens, enfin du monde…» Il s'agissait d'Isabelle, à qui j'ai fait croire qu'elle me dérangeait. «Je ne serai pas longue», m'a-t-elle dit en utilisant sa voix de l'après-midi, qui est beaucoup plus autoritaire que celle du matin. Elle m'a parlé d'un document qui avait retenu son attention et j'ai laissé le silence typique du gars qui réfléchit s'exprimer à ma place. Je ne voulais pas interrompre son enthousiasme et je n'avais pas le souvenir d'un document ayant retenu mon attention.

— Il s'agit d'un article paru dans la presse locale, quelques jours avant l'enterrement de Sylvain Chabaud.

Elle m'épargne la lecture de l'objet de son appel pour ne m'en citer que le titre. Isabelle me conseille de me servir de cet article pour me rapprocher de Gisèle Chabaud. «Je me suis déjà excusé ! », ai-je répliqué tel un enfant qui n'a aucune envie d'aller dire pardon à la vendeuse de bonbons à qui il a dérobé une poignée de friandises. Mais Isabelle a rapidement appris à trouver les bons mots pour me convaincre, en l'occurrence il s'agissait des bons chiffres, ceux correspondant à l'argent que j'avais déjà encaissé en échange de mon travail.

— Tu veux que je fasse quoi, exactement?

— J'aimerais que tu retournes à Narbonne au prétexte de rencontrer le journaliste qui a écrit cet article.

— Et je lui dirai quoi, à ce monsieur?

— Tu lui demanderas pourquoi il a choisi un tel titre et tu en profiteras pour déjeuner avec Gisèle Chabaud. Quand elle saura que tu t'intéresses à un article de presse qui qualifie son fils d'« homme d'exception», je pense qu'elle sera rassurée sur nos intentions.

— C'est si utile que cela de la rassurer?

Chapitre III

— Contrairement à toi, je ne fais pas des autres des ennemis à combattre. Alors fais-moi confiance, et travaille un peu à ta gloire future en te faisant diplomate.

Je n'aurais jamais pensé qu'être obéissant était si apaisant. Mon agent littéraire a pris en main ma carrière littéraire et ma crainte du lendemain a presque disparu du paysage qui défile à cent quatre-vingts kilomètres-heure. Je suis assis en voiture 11, ce qui n'a aucune espèce d'intérêt, sauf si je précise dans la foulée que cela fait la troisième fois, depuis mon installation à bord de ce train, que je lis l'article qui fait de Sylvain Chabaud un homme d'exception. Je profite également de ce voyage pour réfléchir à la façon dont je vais expliquer à Gisèle Chabaud que si sa manière d'imposer ses points de vue et de traverser les salles de restaurant démontre sa conviction, ce n'est pas avec des certitudes que l'on fait de la grande littérature, mais avec des doutes. Je vais préparer minutieusement mes arguments afin de lui faire accepter l'idée que la douleur d'une mère d'avoir perdu un enfant est un sujet trop banal pour intéresser des lecteurs, que le récit de son combat judiciaire serait peu passionnant à lire, que ranger d'un côté les méchants et de l'autre la victime serait trop convenu, et que le suicide de son fils ne devait pas servir à prouver que n'importe qui peut se suicider, car justement Sylvain n'était pas n'importe qui. « Caresser dans le sens du poil » cette mère louve au dentier bien acéré est une idée d'Isabelle. En faisant de Gisèle Chabaud une alliée, nous espérons qu'elle acceptera de me confier les dernières auditions qui manquent à mon inspiration : celles de la femme et de la fille de Sylvain.

C'est pour toutes ces raisons que j'ai appelé le journaliste qui avait écrit le seul article en souvenir du fils Chabaud. Le journal pour lequel il travaille est le supplément local d'un titre national. En marge de quelques reportages, Gilles Coulon occupe le poste d'attaché de presse dans un club de football de troisième division. Au téléphone, après m'être présenté, et avoir expliqué que j'écrivais un roman inspiré de « l'affaire Chabaud » – ce qui l'a fortement intéressé –, je lui ai exposé ma volonté de mieux appréhender la personnalité du concerné :

— Je suis tiraillé entre mon désir d'interpréter les faits et mon obligation contractuelle de respecter la volonté de Gisèle Chabaud…

— La volonté de Gisèle Chabaud ?

— Celle de réhabiliter l'honneur de son fils…

— Bien sûr… Bien sûr…

— Affronter seul le fouillis d'informations auquel j'ai eu accès entrave mon travail de création. Je pense donc que votre point de vue peut m'aider à mieux appréhender la personnalité des protagonistes de ce fait divers.

— Je serais flatté de pouvoir vous aider.

— Pour tout vous dire, j'ai parfois tendance à chercher au pied des statues des fientes moins visibles que celles que les pigeons déposent sur leurs épaules.

— Je pense avoir saisi ce que vous voulez dire…

— Vraiment ? Parce que personnellement….

— Promis !

— Ce défaut m'oblige, aujourd'hui, à revenir vers Gisèle Chabaud avec plus de déférence à l'égard de son fils. Et pour commencer à bâtir une petite vénération à l'égard de Sylvain Chabaud, j'aurais besoin de quelques éléments objectifs…

— Si je vous suis bien, vous aimeriez en somme mieux connaître la personnalité de Sylvain Chabaud ?

— C'est un peu ça. Je serais également curieux de savoir ce qui a pu vous inciter à donner un titre aussi ridicule à votre article.

— Comment ça, « ridicule » ?

— « Un homme d'exception » vous a peut-être été imposé par la famille ?

— Pas du tout. Je ne suis pas un journaliste à qui on peut imposer le contenu ou le titre de ses articles.

— Vous connaissiez donc si bien que ça Sylvain Chabaud ?

— J'ai fait sa connaissance lorsqu'il a été élu au conseil municipal de Montagnac. Je l'ai tout de suite apprécié. J'ai pu me rendre compte de ses qualités, de son honnêteté, de sa gentillesse… On est devenus copains assez vite. On a fait quelques sorties à vélo.

Même le jour de sa démission du conseil municipal j'étais là, quand il a compris que la politique n'était pas son truc. On est allés boire un verre. On a beaucoup parlé… Il s'est confié à moi… Il était assez bavard. Il semblait se reprocher de n'avoir pas dénoncé les magouilles auxquelles il avait assisté, mais il a refusé de me donner des noms, j'étais prêt à le soutenir. Il préférait tirer un trait sur cet épisode de sa vie. Il m'a fait l'effet d'un type honnête qui découvre un peu tard que le monde n'est pas aussi parfait qu'il l'espérait.

— Tout ce qui justifie que vous l'ayez qualifié d'« homme d'exception »…

— Pour tout vous dire, je me suis un peu inspiré du titre d'un film qui m'a énormément perturbé lors de sa sortie en salle. J'ai dû le revoir une dizaine de fois pour mieux comprendre comment le réalisateur se jouait de la réalité aux dépens du spectateur.

— Vous avez cherché à vous amuser avec la réalité en écrivant votre article ?

— Je ne me le serais jamais permis… Ne serait-ce que par respect pour la famille.

— Et vos lecteurs…

Gilles Coulon m'a répondu très calmement qu'avec ce titre, il avait cherché à ce qu'on lui pose une question très précise. Il devait avoir raté son coup, me dit-il, puisque jamais personne ne la lui avait posée. J'ai réfléchi dans l'espoir de justifier mon statut d'écrivain doté d'un pouvoir de déduction supérieur à la moyenne, mais j'ai bien été obligé de lui dire qu'aucune question originale ne s'imposait à moi. Le journaliste a expiré un peu bruyamment pour me signifier sa déception et je lui ai répété que j'étais désolé, que je ne comprenais toujours pas le choix d'un titre aussi ridicule.

— C'était fait exprès, je vous l'ai dit !

— Et Gisèle Chabaud, elle sait pourquoi vous avez choisi de qualifier son fils d'« homme d'exception » ?

— Surtout pas ! Elle n'aurait pas apprécié que Sylvain soit mis au second plan. Surtout le jour de son enterrement…

— Au second plan, vous dites ?

— Oui… Eh, eh…

— Je commence à comprendre…

— Vous dites vrai ? Parce que si c'est le cas, vous seriez bien le seul…

— Si je ne me trompe pas, vous venez de me confirmer que je ne possède pas encore la clé dont j'ai besoin…

— La clé de quoi ?

— La clé qui ouvrira la porte qui sépare le banal compte rendu d'un fait divers d'un grand roman.

— Et qui possède cette fameuse clé ?

— Je vous le dirai quand je l'aurai récupérée… Si je peux la récupérer.

— Alors je vous souhaite sincèrement de parvenir à vos fins.

— Les Chinois pensent que c'est la tête qui pourrit en premier…

— Pourquoi vous me dites ça ?

— Parce que je crois qu'en littérature, il faut s'intéresser à ce qui pue, parce que ce qui pue ne se voit pas.

— Si j'écrivais mes articles en respectant ce principe, mon journal perdrait des abonnés.

— Mais gagnerait à être lu…

Le visage de Gilles Coulon, se questionnant pour tenter de comprendre à quel stade de notre discussion j'avais décidé de me foutre de lui - ou si au contraire je lui affirmais ce que je pensais vraiment - aurait mérité un moment de contemplation, mais je n'avais pas tout mon emploi du temps à consacrer à la distraction. Nous étions convenus de mener cette discussion par écrans interposés, le mien, plus haut que large, avait du mal à contenir la bouille du journaliste qui était plus ronde que rectangulaire. Ce détail inutile vous permettant de situer Gilles Coulon dans l'échelle de la bonhomie.

— J'ai rendez-vous dans deux heures avec Gisèle Chabaud. Si ça vous intéresse, je vous raconterai comment elle réagira quand je lui poserai cette fameuse question à laquelle personne n'a pensé.

— Vous êtes bien certain de faire ça ? C'est comme vous voulez, mais franchement… avec ce genre de personnes, il vaut mieux ne pas se fâcher, à mon avis… C'est une… comment on dit déjà…

Chapitre III

— Une procédurière, peut-être ?

— C'est ça ! Quand on sait comment elle a réussi à faire muter deux policiers, en Nouvelle-Calédonie je crois, je parle de ceux qui ont interrogé les membres de sa famille, on peut craindre pour sa peau…

— C'est passionnant ce que nous faisons, franchement, je ne pensais pas que vous me feriez autant participer à la rédaction de votre roman. Je n'ose pas encore dire « notre », mais le travail que nous venons d'effectuer me laisse entrevoir l'espoir que peut-être nous pourrions le signer à deux, ce livre, car cela permettra d'encore mieux faire comprendre aux lecteurs que tout ce que nous allons écrire ensemble est inspiré d'une histoire vraie… Finalement, votre agent littéraire a raison. Vous êtes moins terrible que ce que vous paraissez…

J'avais exposé à Gisèle Chabaud quelques-unes de mes réflexions et proposé qu'elle me raconte plus en détail des épisodes de la tragédie, notamment le moment de l'annonce, par des gendarmes, de la découverte du corps de Sylvain ; ou bien celui de l'enterrement, au cours duquel elle avait fait connaissance avec tous les amis de son fils. Chaleureuse et recoiffée, habillée de manière plus citadine que lors de nos précédentes rencontres, elle était rassurée et insatiable quand je lui posais des questions précises pour, lui disais-je, m'aider à situer correctement les différents événements vécus par chacun des membres de sa famille dans la chronologie des faits. Elle faisait semblant d'hésiter devant l'étalage de ses souvenirs, alors que bien sûr elle savait très bien ce qu'il fallait me répondre pour enceindre la figure du fils, la protéger comme une citadelle détentrice d'un secret. Elle affirmait son point de vue en feignant de bégayer sous l'emprise de l'émotion. Elle se comportait sans cette fragilité, visible dans les gestes que l'on fait, que seuls les véritables questionnements provoquent à notre détriment. Elle justifiait péremptoirement les sentiments vécus par d'autres, distribuait les compliments à l'attention des personnes qu'elle voulait que nous préservions et les remarques acerbes à destination de ceux qu'elle qualifiait aléatoirement d'ennemis, de méchants ou de salauds. Je prenais des notes compulsivement pour évacuer un énervement similaire à celui que j'avais éprouvé en lisant le manuscrit qu'elle m'avait confié et qui m'avait confirmé la réalité de ses motivations hagiographiques. Je m'étais engagé à respecter sa « douleur de mère ». J'aurais accepté de la soutenir ; mais je me serais trompé : Gisèle Chabaud n'avait besoin de personne pour surmonter son chagrin, finalement moins visible que sa colère.

Sur un coin de table, j'avais laissé négligemment traîner l'article de Gilles Coulon – il s'agissait d'une photocopie en noir et blanc que la patronne de l'hôtel avait eu la gentillesse de m'imprimer – en espérant que ce soit elle qui en évoque la présence. Je me serais alors servi de sa curiosité pour m'assurer définitivement de son soutien. Mais nous avions déjà longuement évoqué le moment de la cérémonie et l'article avait été écrit quelques jours avant l'enterrement de Sylvain, justement pour inviter les gens du village à se retrouver afin de « commémorer la mémoire de cet homme d'exception » ; il serait peu probable que Gisèle Chabaud me propose de remonter le temps puisque le moment de son combat judiciaire semblait avoir sa préférence. J'ai donc pris la feuille en feignant de la relire et j'ai demandé à la mère de Sylvain Chabaud ce qu'elle avait pensé en découvrant le titre de l'article.

— Je me suis dit que c'était trop.

— Comment ça, « trop » ?

— Eh bien, tout de même… Qualifier un homme d'exceptionnel, ce n'est pas anodin. J'ai même eu peur que l'on pense que c'était moi, la maman, qui avais imposé ce titre à Monsieur Coulon. Mais finalement, ç'a été bien accepté. Et je crois me souvenir que le curé, à l'église, y a même fait allusion…

— Il est certain que c'est un titre qui incite à la réflexion…

— Vous pensez qu'il ne faudrait pas en parler ? Que ce serait mal interprété ? Si vous me conseillez de le supprimer des annexes de notre livre, je suis d'accord avec vous…

— Non, bien au contraire. Quand la réalité dépasse la fiction, il faut savoir en tirer parti…

— Dire de mon fils, dans un article, qu'il est exceptionnel, vous appelez ça de la réalité qui dépasse la fiction ?

— Écoutez. Dans un roman, si je décide que le héros doit être qualifié d'« homme d'exception », ou de « personne hors du commun », le lecteur aura besoin d'y croire, sinon l'histoire elle-même commencera à perdre en crédibilité, vous comprenez ?

— Je comprends très bien ce que vous cherchez à me dire.

— Si les lecteurs, ou des journalistes, découvrent de surcroît que la mère de l'intéressé est à l'origine de l'écriture de ce roman… je vous laisse imaginer les conséquences sur le sérieux de notre entreprise…

— N'en dites pas plus. Ce titre, qui est pourtant la réalité, sera jugé peu crédible dans un roman car notre projet n'est pas de chercher à démontrer que Sylvain était un homme exceptionnel mais que des policiers n'avaient pas le droit de le harceler. Donc je vous fais confiance, et comme je vous l'ai suggéré, autant ne pas citer cet article dans notre livre.

— Le problème, c'est que j'ai très envie de l'évoquer, cet article…

— Je ne vous comprends plus.

Chapitre III

— C'est l'ambiguïté du titre qui me donne envie d'extrapoler littérairement ce que les gens qui ont connu votre fils pensaient réellement de lui…

— C'est risqué, tout ça, non ?

— Moins que de se jeter dans le vide…

— Et puis, quel serait l'intérêt de créer de la confusion ? Pourquoi ne pas éviter l'incompréhension ? Nous avons un message très clair à faire passer, pourquoi le compliquer en citant un titre d'article de presse qui pourrait être mal compris ?

— Parce qu'il peut nous servir…

— Nous servir ? Mais à quoi ? Votre agent littéraire a raison, vous êtes parfois difficile à suivre.

— Parler de l'article, en retranscrire des extraits au cœur même de notre roman, incitera les lecteurs à se questionner.

— Je ne pense pas que cela soit très judicieux. Ne serait-il pas plus utile de leur fournir des réponses ?

— Bien au contraire. La littérature n'a pas pour mission d'apporter des réponses.

— Alors elle sert à quoi ?

— À aider les lecteurs à se poser les bonnes questions. Il serait donc dommage de ne pas profiter de cet article…

— Bon. Soit. C'est vous le spécialiste, mais vous souhaitez que les gens se posent quel genre de questions ?

— J'aimerais qu'ils se demandent qui peut donc être la femme d'un homme si exceptionnel. Je veux qu'ils se questionnent sur votre belle-fille. Ou, pour vous dire les choses franchement, qu'ils souhaitent la connaître.

— La connaître ? Mais...

— Tiens ! D'ailleurs... Vous comptez me la présenter quand, la femme de Sylvain ?

Gisèle Chabaud a d'abord refusé que je rencontre Alice, la veuve de son fils. Elle a prétexté le traumatisme de la mort de Sylvain qui n'avait pas encore été surmonté, une personnalité moins expansive que celles des Chabaud, des blessures psychologiques presque refermées qu'il serait dommage de rouvrir, et puis surtout elle m'a rétorqué que j'avais refusé d'aller voir son cousin, le vigneron, « alors pourquoi maintenant avoir envie de perturber Alice ? ».

— C'est vrai, ça, pourquoi désirer la rencontrer ?

— Cela me semble intéressant. Incontournable, même. Elle a vécu au plus près les événements qui ont précédé le suicide de son mari, elle pourra me donner des détails que vous auriez négligés.

— Il me semblait que la réalité vous intéressait moins que votre imagination.

— Disons que... je pense avoir besoin d'un peu d'aide pour pousser mon inspiration dans ses derniers retranchements.

— C'est votre lucidité qu'il faudrait pousser dans ses retranchements.

— Parler avec Alice me sera aussi utile que d'avoir lu les documents que vous m'avez confiés.

— Malheureusement, je ne pense pas qu'elle acceptera.

— La femme de Sylvain a quand même été informée que vous vouliez faire éditer un livre qui raconterait les événements qui ont précédé la mort de votre fils ?

— Pas précédé, provoqué. Ne commettez pas ce genre d'erreur au moment d'écrire votre livre, ce serait dommage que nous ne soyons pas sur la même longueur d'onde. Et pour en revenir à votre souhait de rencontrer ma belle-fille, ce que je vous propose, c'est d'organiser un rendez-vous quand vous aurez terminé le travail pour lequel je vous ai déjà payé.

— Pour que ce travail soit bien fait, j'aurais préféré discuter avec la femme de Sylvain avant.

— Si vous insistez, c'est que cela doit être important pour vous. Je ne voulais pas vous contrarier, mais je ne souhaite pas imposer cette rencontre à Alice. Laissez-moi le temps de lui parler. En ce moment, elle est en vacances avec des amis et sa fille, dans une station de ski, dans les Pyrénées, pas très loin d'ici. Il me faudra quelques jours pour organiser tout ça…Vous restez à Carcassonne jusqu'à quand ?

Comme d'habitude, j'allais rentrer seul à mon hôtel et, comme d'habitude, Gisèle Chabaud avait proposé de me ramener; mais, contrairement aux fois précédentes, je refusais cette fois avec politesse. Des sentiments plus apaisés, et mon engagement oral, m'avaient incité à moins lui reprocher ce qu'elle tentait irrémédiablement de faire, c'est-à-dire de m'influencer. Son autorité avait imposé à sa famille sa décision d'écrire un livre sur Sylvain, il ne lui restait plus qu'un dernier réfractaire à faire céder. Elle cherchait constamment à peser sur mon jugement, elle guettait mes réactions pour contredire sans délai mes interprétations, celles qui lui expliquaient son fils d'un point de vue qui la perturbait, et ses réflexes presque «guerriers» avaient maintenant tendance à me fasciner, et surtout à me fournir des indices pour mieux comprendre la complexité des rapports qu'elle avait instaurés avec son fils. Elle s'était éloignée de la détresse d'être une maman survivante de l'un de ses enfants sans jamais la perdre de vue, à sa manière. Je n'avais ni à la mépriser ni à la juger; je me devais d'être moins présomptueux puisque moi, je n'avais aucune peine à assumer. J'ai donc décidé de m'intéresser à son cas avec le détachement d'un découpeur de cadavre qui ne doit pas comprendre ce qui se cache derrière l'apparence, mais simplement faire l'inventaire des entrailles qu'il identifiera. Et puisque je n'avais pas besoin de discuter avec sa belle-fille pour m'aider à écrire, je lui ai dit qu'elle avait raison, qu'Alice était encore une femme blessée, que je me passerais de la connaître plus intimement et que j'inventerais un personnage qui ferait l'effort de lui ressembler sans la simplifier.

— Ça me perturbe toujours autant quand vous parlez d'invention. Avant que le livre ne soit imprimé, quand il sera prêt à être lu, nous établirons ensemble une liste des gens que vous aurez mis en scène et vous me laisserez le temps de les prévenir.

— Vous voulez les prévenir de quoi ?

— Qu'ils ont été interprétés.

— Si c'est ce que vous désirez, il n'y a aucun problème. Mais je préfère vous avertir, la liste sera longue et les fâcheries nombreuses…

— Les fâcheries, vous dites ?

— Personne n'aime lire un portrait qui n'est pas fidèle à celui que l'on met parfois une vie à peaufiner…

— Une vie ?

— Dans le meilleur des cas, oui.

Subitement consciente qu'une telle proposition allait nous conduire dans une impasse, Gisèle Chabaud a baissé la tête. Elle s'est reproché son manque de confiance, sa pudeur permanente qui l'empêchait d'imaginer la révélation, sur la place publique, de l'histoire de sa famille. Elle regrettait de m'avoir sollicité sans avoir au préalable admis l'enjeu d'un projet romanesque aux conséquences plus perturbantes qu'apaisantes. Elle a souhaité me rassurer. Me dire qu'elle m'avait compris, que pour m'aider dans mon travail, il lui faudrait apprendre à « lâcher prise » ; et, dans un ultime élan de bonté, elle accepta cette évidence que je tentais de lui imposer depuis notre première rencontre : ce n'est pas en voulant tout maîtriser qu'elle me permettrait d'écrire un grand livre.

J'avais réussi à la guider dans mon enclos sans la forcer ; elle s'était laissé finalement apprivoiser assez facilement. J'avais incarné à la perfection l'auteur qui accepte enfin de contraindre son ego et cette soumission l'avait perturbée. Mais peut-être avais-je négligé son intelligence, ou mes talents de manipulateur. Et, quand elle s'est approchée de son véhicule, qui était garé comme les fois précédentes devant le restaurant, elle a accepté l'idée que se passer du personnage d'Alice était inconcevable. Je lui ai confirmé que je pourrais me débrouiller avec ce que je savais déjà, sans avoir besoin de rencontrer sa belle-fille, et elle a insisté pour me démontrer qu'elle avait entendu ce que j'attendais d'elle.

— Comme je vous l'ai déjà dit, Alice a relaté dans un cahier les événements qui ont débuté au moment de l'audition de Sylvain et qui se sont achevés le jour de la découverte de son corps. Son objectif était de ne rien oublier, au cas où elle aurait dû faire appel à un avocat. Je détiens ce cahier. Et je suis d'accord pour vous le transmettre. Je ne sais pas trop ce que vous tirerez de tout ça, certains passages me paraissent un peu naïfs, peu intéressants, mais puisque vous m'avez convaincue de ne plus décider pour vous ce qui doit être dit…

Je l'ai remerciée et elle s'est éloignée après m'avoir salué d'un geste las, au lieu de la poignée de main virile et du regard un peu hautain habituels. Je l'ai regardée s'installer au volant de sa voiture, puis démarrer le moteur qui a bruyamment expulsé une fumée noire et puante. Le véhicule s'est ensuite éloigné péniblement, en se balançant sur des suspensions trop souples, il a tourné au coin de la rue en crachouillant ses volutes tel un vieux char d'assaut qui ne fera plus aucune guerre ; et c'est à ce moment précis de mes pensées que le serveur est sorti du restaurant pour me dire d'une voix essoufflée : « La dame a oublié son sac à dos ! »

J'ai décidé d'adopter la posture de l'écrivain convaincu de tenir *le* sujet qui fera de son prochain livre la pierre angulaire de quelque chose, ce sur quoi reposera tout le reste, pourquoi pas l'événement déterminant de sa carrière. Je me motive. Et puis mon agent m'a prévenu. La maison d'édition à qui elle a proposé de confier mon manuscrit en exclusivité attend de moi un texte digne des compliments dont Isabelle me gratifie. Mais ce n'est pas le moment de me laisser pénétrer par la transe créatrice puisque, derrière son comptoir, la patronne de l'hôtel vient de se pencher pour me dire à voix basse : « Il est assis là sans bouger depuis deux heures… » Elle me précise qu'il s'agirait d'une personne que j'aurais contactée par téléphone à mon arrivée à Carcassonne et je lui confirme que je pense savoir que cet homme est journaliste, ce qui accroît la curiosité de la patronne. Il est vrai que « journaliste » et « écrivain » sont des termes qui suscitent invariablement une fascination certaine, en tout cas auprès des gens qui ne pratiquent pas ces professions. Je demande à la patronne s'il serait possible de faire monter le sac à dos de Gisèle Chabaud dans ma chambre, ce qu'elle ne me refuse pas puisque maintenant je « peux tout lui demander », et je me retourne sur l'ombre qui vient de s'approcher et qui me tend une main pour me dire avec décontraction :

— Gilles Coulon, enchanté !

Il avait commencé par Le Galion, puis Les Trois Lys, s'était arrêté à l'Ibis de la nationale, et c'est à sa quatrième tentative qu'on lui avait confirmé que j'avais bien une chambre réservée dans cet hôtel. Je l'ai félicité pour sa persévérance – et non son culot alors que nous n'étions pas convenus de nous rencontrer –, et je lui ai proposé un verre à l'une des tables de la terrasse qui était située à l'arrière du bâtiment. Il a profité des quelques mètres du couloir pour me dire « C'est un chouette hôtel, ici… », et je n'ai pas fait l'effort de répondre à sa remarque.

Une fois assis, la patronne nous a demandé ce que nous souhaitions boire et l'homme a regardé sa montre avant de lui répondre : « Un jus de pomme ». Personnellement, je n'ai pas eu à demander mon verre de cognac, il m'a suffi de hocher la tête pour me faire comprendre.

— J'ai un peu hésité avant de venir vous voir, mais j'ai lu ce matin votre dernier roman et je me suis dit : ce type a tout compris.

— « Ce type » ?

— Oui enfin, c'est une manière de parler.

La patronne a posé nos consommations sur la table en me prévenant que le sac à dos avait été déposé dans ma chambre, et le journaliste a dit que j'avais raison, qu'il y avait de « sacrées balades » à faire dans la région.

— Alors ? Elle a réagi comment, la mère Chabaud, quand vous lui avez posé la question ?

— Plutôt bien, finalement. Pas comme vous l'aviez imaginé…

— Vous lui avez demandé quoi exactement ?

— Je lui ai dit que, lorsque je citerai dans mon livre le contenu de l'article consacré à son fils, celui que vous avez écrit, en insistant sur le choix du titre, il ne restera plus qu'à espérer que les lecteurs se posent la seule question qui en vaille la peine…

— Et donc ? Quelle question ?

— Celle qui concerne sa belle-fille, la veuve de Sylvain.

— Pourquoi sa belle-fille ? Ce n'est pas la personnalité de cette femme qui est fascinante. Je n'ai pas cherché à ce que les gens s'intéressent à elle avec mon article.

— Mais alors, en choisissant un titre aussi grotesque, vous évoquiez quelle personne de l'entourage de Sylvain Chabaud ?

— Eh bien, sa fille, évidemment…

La véritable motivation de Gilles Coulon étant de me proposer ses services, et non de me parler de Cassandra Chabaud, la fille du comptable de l'abattoir, il m'informe qu'il est le seul journaliste local à s'être intéressé à ce fait divers. Il aurait apprécié que son rédacteur en chef défende mieux ses articles auprès du quotidien national avec lequel ils sont partenaires, mais après un premier portrait de la victime, plus rien n'avait été commandé et le suicide de Sylvain Chabaud n'avait plus intéressé personne, l'audition d'un comptable suspecté par des parents d'attouchements sexuels sur leur fille n'ayant rien d'original. Il avait finalement amassé suffisamment de documentation pour oser revendiquer sa participation à l'écriture d'un livre sur la famille Chabaud, et il jugeait déplorable que son travail n'ait pas été, jusqu'ici, utile à quelqu'un.

— Mais maintenant, tout va changer, grâce à vous, puisque vous me semblez très motivé pour écrire un livre d'envergure à partir de cette affaire…

Chapitre III

En l'écoutant déblatérer contre ses confrères parisiens qui agiraient tels des « papillons de nuit », qui ne seraient intéressés que par ce qui brille et qui négligeraient les « ploucs de province », je pensais à mon obsession de réussir un « coup » tel que celui de Truman Capote. Le fait divers choisi par l'écrivain américain avait beaucoup fait parler dans son pays. Je n'avais pour ma part qu'un suicide pour « matériau », aucune déflagration médiatique, aucun dépôt de plainte, quelques auditions, une dénonciatrice muette, les photos d'un tatouage et surtout aucune preuve de viol sur mineure.

Un peu dépité par l'évidence de la médiocrité et de la banalité de cette affaire, j'ai tout de même expliqué au journaliste que mon projet n'était pas d'écrire un livre d'enquête, qu'il n'y aurait qu'un roman pour faire de cette affaire quelque chose de lisible qui attirerait l'attention sur la famille Chabaud ; et par courtoisie, je lui ai fait croire que j'allais réfléchir à son offre. Il m'avait préparé un devis pour couvrir les frais de son intervention, déjà établi une proposition de plan, divisé en six chapitres un livre qu'il avait intitulé *Le Suicidé de l'abattoir*, et c'est en lui affirmant que j'allais lire tout cela avec attention que j'ai ensuite commandé un plateau-repas à faire livrer dans ma chambre. Gilles Coulon m'a demandé de lui communiquer mon numéro de téléphone et je lui ai répondu que c'est moi qui l'appellerai. Il est parti de l'hôtel sans payer sa consommation, m'a répété que la personnalité de la fille de Sylvain Chabaud était à creuser si je voulais mieux comprendre le père, et j'ai appuyé sur le bouton du quatrième étage tout en m'étonnant que Gisèle Chabaud n'ait toujours pas téléphoné à l'hôtel.

Son sac à dos avait été déposé sur une banquette, près du lit sur lequel j'allais enfin pouvoir m'asseoir pour me déchausser.

Le sac à dos de Gisèle Chabaud est posé devant moi et je ne l'ai pas encore ouvert. Je suis assis sur une chaise, près de l'unique fenêtre de ma chambre d'hôtel et je pense à Sylvain. Je l'imagine, allongé sur son lit, en présence de sa fille et de Manon. Je le regarde appliquer sur le dos et les cuisses des deux gamines une huile de « professionnels ». J'entends sa voix.

« Ça vous fait du bien, les filles ? »

Et c'est la chevelure blonde de Cassandra que j'aperçois. Le regard enfoui dans un coussin et les écouteurs de son casque posés sur ses oreilles, pour ne rien entendre, pour être « moins là ». Je connais son visage grâce à quelques photos de famille que m'a montrées sa grand-mère tout en refusant de me les confier, mais il s'agit de souvenirs d'événements antérieurs de plusieurs années à la mort de son père, rien de récent, alors je décide de me redresser pour ouvrir le sac à dos.

Chapitre III

La pochette dans laquelle Gisèle Chabaud range ses documents est à sa place. Il ne me faut pas longtemps pour identifier les deux «pièces officielles» qu'elle n'a jamais voulu me confier et le journal intime de sa belle-fille. Les procès-verbaux des auditions d'Alice et de Cassandra – la femme et la fille de Sylvain – n'étaient pas emballés dans un papier cadeau mais le geste de Gisèle Chabaud aurait pu se résumer à cette idée : bien sûr que le père Noël existe, mais il faut pour cela lui accorder le privilège d'être absent au moment du grand déballage.

J'ai feuilleté rapidement le cahier dans lequel Alice avait noté de façon chronologique tous les événements survenus entre son audition au commissariat et la découverte du corps de son mari, et je suis descendu à l'accueil de l'hôtel. La patronne est sortie de son bureau en m'apercevant, je lui ai demandé s'il était possible de photocopier les huit feuilles des procès-verbaux et quelques pages du cahier d'Alice, et j'ai ensuite téléphoné à Gisèle Chabaud. Il était temps que je la prévienne que j'avais récupéré son sac à dos.

C'est lors de ma troisième tentative que la voix un peu morne de la mère de Sylvain m'a répondu. Elle semblait accablée, plus du tout combative comme à l'accoutumée. Un impondérable avait-il déréglé le rouleau compresseur de sa volonté, ou bien s'agissait-il d'un simple moment de lassitude ?

Avant de comprendre pourquoi Gisèle Chabaud avait décidé d'«abandonner», j'aurai récupéré les documents que la patronne de l'hôtel aura pu me photocopier. J'aurai attendu l'ascenseur qui aura au préalable rejoint le quatrième étage avec dans sa cabine un couple de retraités épuisés «à cause de la visite d'un monument cathare». J'aurai patienté, ne souhaitant pas passer l'équivalent de quatre étages en compagnie de deux touristes un peu trop bavards. Les derniers mots de Gisèle Chabaud monopoliseront longtemps mes pensées. Elle m'aura dit : «Vous avez trouvé ce que vous cherchiez?» avant de me demander que l'on ne se revoie plus. Il me faudra admettre qu'elle n'avait pas seulement rendu les armes, mais que j'avais réussi à briser son armure. Ne m'avait-elle pas finalement contacté pour ça? Pour que je l'aide à lâcher prise et à cesser de faire de son fils le portrait parfait de la victime innocente? N'avait-elle pas eu besoin d'un soutien pour renoncer à faire briller le blason de Sylvain et simplement raconter une vie où le drame ne demandait qu'à se repaître d'une famille à l'apparence banale? C'est-à-dire d'une famille qui devait se dire, en regardant les mauvaises nouvelles devant son poste de télévision : «Heureusement que le malheur n'arrive qu'aux autres…»

— Vous laisserez mon sac à dos à l'hôtel. Je passerai le prendre dès que vous serez parti. Vous serez gentil de remettre à l'intérieur le cahier d'Alice, elle me le réclame sans cesse et ça devient insupportable de lui faire croire que je le lis en souvenir de Sylvain.

— Je me suis permis d'en photocopier quelques pages…

— Seulement quelques pages ? Cela ne m'étonne pas.

— Je vous enverrai ce que j'ai écrit dans quelques semaines.

— Surtout pas. Si je suis impatiente de découvrir ce que vous allez faire de mon fils, je ne suis pas certaine que je ne vous en voudrai pas. Alors je préfère attendre la publication du roman, sinon je serai tentée de vouloir tout faire corriger…

— Attendez de lire ce livre, peut-être que vous serez agréablement surprise…

— Je ne pense pas. Mais ce n'est pas votre faute. C'est moi, j'ai eu tort de vouloir vous faire écrire une œuvre de fiction à partir de ma douleur. C'est une folie que je pensais à ma portée. On ne devrait jamais chercher à imposer son point de vue au destin, il faut être plus qu'un artiste pour se le permettre, il faut être un monstre pour résister à la détresse, pour en faire le sujet d'un livre. J'ai compris, grâce à vous, que je n'obtiendrai aucun soulagement, que le roman que vous écrirez ne m'apportera aucun apaisement, et que les pans de la réalité que je voulais vous épargner ne sont rien d'autre que les preuves de mon aveuglement. Ce ne sont pas à des retrouvailles que je dois maintenant me préparer, mais à une souffrance impitoyable. Ce n'est pas d'un simple roman que j'ai besoin, mais d'explications, et ces explications, ce n'est pas à moi de vous les imposer. Si j'ai finalement décidé de vous laisser faire, c'est par curiosité, car rien d'autre ne me retient à la vie que cette question : quel homme était véritablement mon fils? Vous pouvez donc l'écrire, ce fameux roman dont vous m'interdisiez l'accès. Je n'ai plus peur que vous fassiez de Sylvain un coupable, puisque sa mort aura au moins servi à ça, à ce que sa culpabilité ne puisse jamais être démontrée judiciairement. Mais il me reste une culpabilité à assumer, la mienne... Celle que je m'impose chaque fois que je pense à sa dernière visite, quand il est venu me voir la veille de son suicide, pour me parler de la mort de son copain, alors que, bien sûr, il voulait me parler de la sienne.

— Cela ne vous servira à rien de culpabiliser. Vous n'auriez pas pu l'empêcher de se suicider, vous auriez au mieux gagné quelques heures, peut-être quelques jours.

— Comment savez-vous ça, vous? En plus de tout le reste, vous allez peut-être me faire croire que vous avez compris pourquoi Sylvain s'est suicidé? Parce que si c'est le cas, je vous souhaite de bien préparer vos arguments. Et surtout de ne pas écrire n'importe quoi pour le plaisir d'une belle phrase.

Chapitre III

Le suicide de Sylvain mérite mieux qu'un peu de curiosité. Pensez-y, quand vous mettrez le point final à votre roman. Comme j'espère que vous penserez à Alice, la femme de mon fils, qui elle aussi a le même défaut que vous, quand elle cherche à comprendre le geste de Sylvain.

— Les gens qui se suicident, même quand ils accompagnent leur décision d'une lettre d'explication, ne nous disent jamais la vérité. C'est ce qui incite ceux qui restent à se poser des questions.

— Justement. La seule vérité qui mérite qu'on la respecte, c'est celle que détient mon fils. Et cette vérité-là, désolée de vous le dire, mais ce n'est pas un simple roman qui la découvrira…

Gisèle Chabaud vient, sans le savoir, de me souffler le titre du chapitre suivant. « La vérité d'Alice » me donne déjà envie de mieux connaître la femme de Sylvain. La première phrase sera une formalité, car je suis impatient de me rapprocher d'un peu plus près du trouble vécu par cette femme quand elle a appris que son mari a préféré la quitter sans la prévenir et sans lui fournir d'explication. Je ne sais pas encore si je saurai conclure efficacement ce nouveau chapitre, mais il me semble évident qu'il est indispensable de donner la parole à celle qui a su rester digne malgré les cachotteries d'un mari plus inoffensif que vicieux, et plus fragile que réellement secret.

La vérité d'Alice

J'hésite devant le téléphone, les policiers m'ont prévenue de ne surtout pas faire cette bêtise... Je voudrais tant les entendre, comprendre comment cela se décide, comment cela se prépare, une dénonciation ; les entendre se justifier. Je voudrais que ces gens que nous connaissions, que nous avions tant fréquentés, me disent pourquoi ils n'ont pas cherché à rencontrer Sylvain, pour s'expliquer, entre adultes, plutôt que de nous envoyer dans la tourmente en allant raconter à des policiers que mon mari avait caressé le sexe de leur fille.

Le policier qui nous a accueillies, ma fille et moi, nous a demandé, sans se soucier de la jeunesse de Cassandra, ce que l'on penserait d'un homme, d'un adulte, qui introduirait son doigt dans le vagin des jeunes filles. J'avais un peu hésité, ne sachant pas de qui on parlait, et j'avais répondu que ce genre d'homme ne méritait que le mépris de toute l'humanité et la prison à vie. Le policier nous a souri avant de me dire qu'il était bien d'accord avec moi, mais qu'il aurait été curieux de savoir ce que je lui aurais répondu s'il avait commencé par m'indiquer que l'homme dont il était question était mon mari. Je me souviens d'avoir regardé ma montre, en pensant justement à Sylvain, et en revoyant le mot que j'avais posé à son intention sur la table de la cuisine. Je crois me souvenir que j'ai cherché la main de Cassandra pour tenter de la calmer, ou bien c'est moi qui ai eu besoin d'être rassurée.

Nous avons été séparées, j'ai attendu seule dans le couloir, surveillée par le regard morne d'un policier. Cassandra avait suivi une femme en uniforme dans un bureau, on m'avait certifié que toutes les procédures seraient respectées. J'avais demandé « Ma fille est mineure, ma présence n'est pas requise à ses côtés ? », et un policier m'avait répondu qu'ils connaissaient mieux la loi que moi, que nous étions entendues en tant que témoins, que je ne pouvais pas m'opposer à ce qu'ils interrogent ma fille sans moi.

Une heure après, ils m'ont rendu Cassandra. La femme qui l'avait interrogée a dit « On a entendu ce qu'on voulait entendre. » et je lui ai demandé si cela signifiait qu'ils avaient obligé ma fille à dire ce qu'ils voulaient entendre. Ils n'ont pas aimé. Un policier a même insisté pour me faire lire la déposition de Cassandra. Il m'a tendu le document en me disant :

« Lisez par vous-même et faites-vous votre propre opinion » ; et voici ce que j'ai lu :

Officier de police : À quel moment tu as appris que ton papa avait touché le sexe de ta copine ?

Chabaud Cassandra : Juste après le massage... Dans le jardin de ma maison... On avait prévu de retrouver des copines au village.

Officier de police : Et Manon t'a dit quoi ?

Chabaud Cassandra : Que pendant que mon père la massait, il lui avait aussi caressé le sexe.

Officier de police : Et tu l'as crue ?

Chabaud Cassandra : Oui.

Officier de police : Tu ne t'es pas dit qu'elle te mentait ?

Chabaud Cassandra : Disons que... depuis que je sais que mon père trompe ma mère, j'ai plus trop confiance en lui.

Officier de police : Ton papa fréquente d'autres femmes ?

Chabaud Cassandra : Ben oui.

Officier de police : Comment tu le sais ?

Chabaud Cassandra : Parce que j'ai vu des photos sur son téléphone, et aussi j'ai lu des messages.

Officier de police : Et tu en as parlé à ta maman ?

Chabaud Cassandra : Surtout pas, elle aurait trop de peine.

Le retour en voiture fut éprouvant, c'était à moi de réveiller ma fille, de la sortir de ce cauchemar, mais je n'ai pas réussi à trouver les mots pour la rassurer. Elle se considérait comme responsable de la situation, elle disait que si Manon n'était pas entrée dans notre maison, si elle n'avait pas été accueillie dans notre famille, rien ne serait arrivé. Je lui ai répondu que nous étions tous responsables, qu'il y avait longtemps que je voulais l'éloigner de nous, mais que j'avais eu moi aussi la faiblesse de la plaindre, cette fille qui se lamentait trop souvent, qui critiquait le comportement de son père et de sa mère, elle qui était si forte pour nous attribuer le «beau rôle», pour flatter mon mari, pour affirmer que Cassandra avait «trop de la chance» d'avoir des parents comme nous.

— Le policier m'a demandé si je savais ce qui s'était passé, ce que papa aurait fait à Manon. Il a exigé que je donne mon avis alors que je n'avais rien remarqué de grave. Ensuite, il m'a demandé de lui raconter ce que j'avais vu, j'ai dit que papa nous avait massées, mais ça ne lui convenait pas comme explication, alors c'est moi qui lui ai demandé comment il savait que mon père aurait fait des choses à Manon puisque moi j'étais là et que je n'avais rien vu, et il m'a dit que c'était justement son métier de savoir interpréter les faits. J'ai dit au policier la vérité, que j'avais la tête tournée, que j'avais même les yeux fermés, mais lui, il m'a répondu qu'il ne fallait pas tenter de lui faire croire que je n'avais rien entendu. Il n'a pas aimé quand je lui ai dit que j'avais mon casque sur les oreilles, que j'écoutais de la musique, il m'a même dit : « On dirait que tout a été organisé pour que tu ne puisses être témoin de rien, tout en étant là… » Alors j'ai dit au policier que je ne savais plus, que j'étais embrouillée dans mes souvenirs. Il me répétait sans cesse qu'on ne connaît jamais vraiment les gens avec qui on vit… Je n'en pouvais plus, je ne savais plus quoi lui répondre, alors je lui répétais sans arrêt la vérité, qu'au départ c'était juste un massage, le même qu'on nous avait montré au club de gym, mais plus je parlais au policier et plus j'avais l'impression que ce que je disais accusait papa…

— On vous a appris à faire des massages au club de gymnastique ?

— Tu ne savais pas ? C'est papa qui avait demandé à mon entraîneur d'organiser ça. Alors vendredi dernier, un type est venu pour nous expliquer comment masser.

— Un type ? Quel type ?

— Il a un salon de massage dans le village.

— Tu veux parler du Body Language ?

— Comment tu veux que je sache ? J'y suis jamais allée.

J'ai garé la voiture devant la porte du garage, j'ai éteint le moteur et nous sommes restées comme ça, sans bouger. Cassandra a voulu se justifier, me raconter comment elle avait découvert les photos et les messages en utilisant le téléphone de son père. Elle a pensé qu'il fréquentait une autre femme, et maintenant elle veut s'excuser, me demander pardon de ne pas avoir eu le courage d'être venue me parler. Elle se reproche d'avoir tenté de comprendre son père, « mais la seule chose qui s'est passée, c'est que je me suis mise à le détester ».

— C'est vrai, quoi ! Il me surveille toujours, il ne me laisse jamais utiliser l'ordinateur de la maison quand je suis seule, il refuse de m'acheter un téléphone, il pense à des choses auxquelles je ne pense pas. Et lui ? Il a fait quoi de mieux ? C'est pour ça que je m'entraînais autant, que je suis allée plus régulièrement qu'avant au club de gym, que je partais courir comme une folle dans les bois, parce que j'avais remarqué que si je me concentrais, si j'écoutais mon entraîneur, si je me donnais comme objectif d'être la meilleure, ça me permettait de ne penser à rien d'autre.

Elle a pleuré sur mon épaule, il y avait si longtemps qu'elle ne s'était plus comportée comme une petite fille avec moi. Nous sommes rentrées chez nous, dans cette maison que finalement nous habitons plus souvent à deux qu'en famille. Le mot que j'avais écrit à l'intention de Sylvain était toujours posé sur la table. J'ai téléphoné chez sa mère, il y était, sans surprise, et je lui ai dit qu'il serait judicieux qu'il ne tarde pas à nous retrouver, qu'il était déjà treize heures, et que j'avais des choses à lui dire. Quand il est arrivé, je n'ai pas eu le courage de lui exprimer ce que je pensais vraiment. Il était attendu à quatorze heures au commissariat, et nous l'avons regardé partir.

L'inconvénient de vivre à côté de la mère de mon mari, c'est que les bonnes comme les mauvaises nouvelles ne mettent pas longtemps à traverser les quelques mètres qui séparent nos deux maisons. Mon obsession, depuis quelques heures, c'est que cette distance ne soit pas franchie, qu'elle reste pour ma belle-mère le dernier rempart avant un désespoir dont je n'estime pas encore l'ampleur. Mais Cassandra s'impatiente, elle se demande pourquoi son père n'est pas déjà de retour, elle voudrait lui parler, elle est curieuse de savoir comment il va se comporter quand il nous racontera ce que les policiers lui ont demandé, quand il nous révélera comment il a été questionné. Je pensais qu'elle guetterait le retour de son père avec un peu de crainte, perturbée par le remords de l'avoir peu soutenu lors de son audition, mais pas du tout. Ma fille est une enfant courageuse, qui a décidé d'assumer les réponses qu'elle a faites aux policiers, « parce que finalement, je n'ai rien inventé contre papa ».

Pour calmer Cassandra, je l'autorise à utiliser l'ordinateur de la maison. Je sais qu'elle pourra ainsi communiquer avec certaines de ses amies *via* des applications dont je ne maîtrise pas l'usage puisque c'est le domaine réservé de Sylvain ; mais je veux dorénavant qu'avec son père nous lui fassions confiance. Je ne veux plus connaître ses mots de passe, je veux qu'elle grandisse avec sérénité, qu'elle puisse posséder son propre jardin secret. Je fais promettre à Cassandra de ne faire aucune allusion à Manon, ni à ses parents, et elle me répond qu'elle va juste visiter quelques sites pour se distraire, peut-être jouer à un jeu.

Je suis maintenant dans la cuisine. Je me concentre en me préparant un café, j'essaie de comprendre ce qui a provoqué l'intrusion – dans notre vie jusque-là si calme et si banale – de la haine et de la jalousie. J'écoute le bouillonnement de la machine à café lorsque Cassandra m'appelle et me demande de me rapprocher de l'écran de l'ordinateur. Elle veut me faire lire un message qui lui a été envoyé sur une adresse électronique qu'elle a créée à notre insu, il y a quelques mois, « pour me sentir un peu libre, tu ne m'en veux pas, maman ? » ; et je lis avec effarement le texte suivant : « Tu te poses des questions à cause de ta taille ? Eh bien dis-toi que c'est foutu, ma belle. Tu grandiras plus, ta croissance est finie et tout ça, c'est la faute de ton père, qui n'aurait jamais dû t'obliger à faire autant de sport. Le reproche que je peux te faire, c'est de ne pas avoir su lui dire non. C'est important de comprendre que ce que les adultes nous obligent à faire, ce n'est pas toujours pour notre bien. Ce qui ne signifie pas que tu ne séduiras jamais un homme… L'espoir fait vivre… C'est pour ça que je te souhaite de rencontrer un type très riche… Un nain très haut placé, par exemple… Ha ha ! »

Je regarde Cassandra avec tendresse. Je l'imagine profondément attristée par ce qu'elle vient de lire, alors je pose une main sur son épaule ; une main que je vais retirer très vite quand elle me dira qu'elle ne reprochera jamais à Manon de lui écrire ce genre de messages. « Parce que, si on y réfléchit bien, c'est elle qui a raison. »

C'est lorsque Sylvain est revenu à la maison, deux heures après son audition, que j'ai vraiment commencé à me dire que quelque chose de grave était en préparation. Il est d'abord sorti de sa voiture, mais ne nous a pas rejointes dans la maison. Il a attendu que je le remarque pour me faire un signe discret, alors je l'ai retrouvé à l'extérieur. Il m'a entraînée après lui, dans la cour, là où nous garons les voitures, il ne voulait pas que Cassandra entende ce qu'il avait à me dire. Il m'a confié son désarroi en ces termes : « Ma réputation est foutue… » Je l'ai écouté me parler de confiance et de respect ; pas de culpabilité. « Je suis innocent, il a dit, alors pourquoi ils ont relevé mes empreintes, et pourquoi ils m'ont photographié ? »

Je ne savais pas trop quoi lui répondre, est-ce qu'il fallait le rassurer en prenant à la rigolade toute cette histoire, ou lui demander des comptes ? Lui, il était obsédé par les conséquences. Il disait : « Même si je n'ai rien fait, tout le village va me juger coupable, tu sais comment ça marche, les gens, dès qu'une personne est à terre, ils ne font rien pour l'aider à se relever. » Je lui ai dit qu'il allait vite en besogne, que sa parole était plus crédible que celle de cette délurée de Manon, mais Sylvain ne m'écoutait pas. Il disait qu'en cas de procès, le combat serait inégal. « Je pars de trop loin », il a dit, en estimant que la rumeur serait plus forte que la vérité. Son fatalisme devenait de plus en plus inquiétant. Il me fallait réagir pour deux ou assister à notre défaite. J'ai dit à Sylvain que je ne laisserais à personne le droit de le juger, que c'était à moi et à moi seule de décider de consolider mon couple ou de le détruire. Après ce que j'avais appris sur lui, de la part des policiers et de Cassandra, je m'étais donné ce droit.

— Le problème de ton innocence est secondaire. Je ne te crois pas pédophile, je ne t'imagine pas capable de caresser le sexe d'une enfant sur notre lit conjugal, surtout en présence de notre fille. Ce qui est primordial, c'est que tu sois convaincu de mon amour, parce que tu n'es plus le seul à être soupçonné. Selon les policiers, ta fille ne dit pas la vérité quand elle leur affirme qu'elle n'a rien vu, ni rien entendu, et moi, parce que je serais ta femme, je fermerais les yeux sur qui tu es vraiment. Je serais donc la mère d'une petite garce qui chercherait à couvrir son père et j'aurais épousé un détraqué sexuel ? Un violeur ? Un manipulateur ? Je me serais trompée sur celui que j'aime ? C'en est trop ! C'est maintenant à nous d'aller porter plainte… Pour dénonciation calomnieuse. La justice, il faut aller la chercher. La défense de notre honneur, personne ne viendra la poser sur le palier de notre maison. Il faut montrer les crocs, se battre pour toi et pour notre fille. Ne rien faire et attendre serait leur donner raison… À tous !

Sylvain m'a suppliée du regard de prendre l'initiative des décisions et je l'ai convaincu de m'accompagner au commissariat. Sur place, on nous a conseillé de « faire ça » de chez nous par le biais du site Internet de la police nationale. Nous sommes donc revenus à la maison et j'ai demandé à Sylvain de brancher son ordinateur portable, celui qu'il utilise pour le boulot, mais il a préféré que l'on se serve du vieux PC de la maison. Il ne voulait pas qu'on vienne lui reprocher d'utiliser un outil de travail à titre personnel, et surtout pour contester une accusation de viol. Il ne voulait pas que ses patrons apprennent ce dont on l'accusait. Il se lamentait plus qu'il ne parlait. Il déambulait autour de moi, il se cognait aux meubles; il ne m'a pas aidée à choisir les tournures de phrases qui devaient justifier notre demande; il me disait: «À quoi ça va servir? Ils ne vont pas apprécier qu'on fasse ça... Ce sont des teigneux, ces flics. On devrait plutôt aller discuter avec les parents de Manon, essayer de calmer le jeu...» Il avait oublié que les policiers nous avaient interdit de les approcher, et même de leur téléphoner. J'ai donc continué péniblement, en raison de problèmes de connexion, d'enregistrer notre plainte avant d'enfin pouvoir imprimer un accusé de réception. L'apparition de ce simple document m'a rassurée et j'ai souri en le montrant à Cassandra qui était descendue de l'étage, les yeux bouffis par les sanglots.

Sylvain a besoin de ma force, et surtout pas de mes pleurs. Je suis maintenant la femme d'un homme qui croit moins que moi en son innocence. Je ramasse les miettes de ce qui reste de nos précédents repas, j'empile quelques casseroles, je signe le carnet de notes de Cassandra, je reproduis les gestes banals de mon quotidien en espérant conjurer le sort et convaincre Sylvain de cesser de montrer une facette dc sa personnalité que nous ne connaissions pas. Ce n'est pas un samedi soir comme les autres, vivement que demain le temps nous permette de nous évader de cette ambiance.

Chapitre III

Je n'ai étonnamment pas si mal dormi. J'ai été rassurée d'entendre Sylvain bricoler sur l'une de ses motos, dans le garage. J'ai préféré laisser Cassandra se reposer tranquillement dans sa chambre. Je me prépare un copieux petit déjeuner en tentant de ne penser à rien d'autre.

Nous ne ferons rien de plus, ce dimanche qui sera le dernier d'une longue série commencée il y a si longtemps. La seule intrusion dans notre intimité fut le retentissement de la sonnette du téléphone fixe. C'est la maman de Sylvain, qui me demande si son fils peut venir lui rendre une petite visite. Elle aimerait lui souhaiter «de vive voix» une bonne semaine de travail en Espagne, et lui demander s'il pourrait réparer sa machine à café.

Elle n'a pas envie de le déranger. Il est déjà venu samedi matin pour réparer le clapet de sa machine à laver, elle ne voudrait pas «abuser». Elle ne me pose aucune question. Elle sait que nous avons été convoquées au commissariat mais elle ne semble pas souhaiter évoquer le sujet «Manon». On est d'accord toutes les deux pour dire que son comportement n'est pas toujours approprié, mais elle ne sait pas encore que, cette fois-ci, la meilleure amie de Cassandra a franchi un palier dans l'outrance. Je considère que ce n'est pas à moi de lui révéler le véritable objet de nos convocations, celles de la veille. Sylvain ayant insisté pour n'en parler à personne, je confirme à ma belle-mère que son fils se fera un plaisir de venir chez elle.

Après son départ, je monte dans la chambre de Cassandra. C'est lors de mon audition que j'ai appris que Sylvain avait pris la décision de faire appel à un psychologue pour qu'il s'occupe de « l'équilibre mental » de notre fille. L'objectif de ces rendez-vous était d'expliquer à Cassandra que les photos et les messages qu'elle avait trouvés par hasard dans le téléphone de son père ne devaient pas être « mal interprétés ». J'imagine que l'idée de Sylvain était qu'un autre que lui explique à sa fille la différence qu'il y avait entre la photo d'une femme nue quelconque et la photo d'une femme nue ayant peut-être eu des relations sexuelles avec son père.

J'ai questionné Cassandra sur la fréquence de ces visites chez ce psychologue, je voulais comprendre comment j'avais fait pour ne rien remarquer. Elle m'a répondu qu'ils y allaient quand ils prétendaient sortir « faire du vélo ». Cela se passait le samedi matin, pendant une heure, cela s'est répété une dizaine de fois. Sylvain patientait dans une salle d'attente, ensuite il rejoignait Cassandra et celui qui devait lui faire comprendre que « l'interprétation que l'on se fait d'une chose n'est pas constitutive de cette chose, mais une simple éventualité qui reste à démontrer ». Cassandra avait conservé cette phrase écrite de la main du psychologue sur une feuille arrachée d'un bloc-notes. Elle me l'a dépliée en me disant que ce n'était pas la phrase qui était importante, mais la feuille en elle-même, parce que c'était la preuve qu'elle ne mentait pas.

— Le dernier jour, Monsieur Umberti a posé sur son bureau une photo de papa en me demandant de lui répéter que les héros n'existent pas, que même les adultes ont le droit de faire des bêtises... J'ai pleuré quand il a dit ça, et j'ai dit à papa que ce n'était pas grave que le monsieur ne le prenne pas pour un héros. On est revenus à la maison en se demandant si ce n'était pas le bon moment pour te raconter que j'étais guérie et que je n'irais plus chez le psychologue, mais on a préféré ne rien te dire. C'est papa qui m'a convaincue de ne pas te faire de mal, que tu serais très triste d'apprendre que j'étais allée voir un docteur à cause de lui...

Sylvain n'a plus souhaité parler de « tout ça ». Quand il m'a confirmé qu'il n'avait rien dit à sa mère, qu'il ne s'était occupé que de réparer sa cafetière, je n'ai pas aimé. Il m'a affirmé que ce dont on l'avait accusé resterait à jamais gravé dans les « on-dit » de la famille et du village, et qu'il en avait honte. Imaginer sa fille à l'école, seule face à cette rumeur absurde, puisque bien sûr tout allait se savoir très vite, lui était insupportable à envisager. Il ne pouvait concevoir que sa vie soit remise en cause dans un tribunal, il n'avait aucune envie de devoir se justifier, de reconnaître ses torts pour atténuer une possible condamnation. Je ne savais plus quoi lui dire pour qu'il comprenne qu'on ne finit pas ses jours en prison pour avoir massé la fille d'un couple que l'on connaît. Ces allers-retours entre le défaitisme de mon mari et mon obsession de le convaincre de mener avec moi le combat de notre dignité ont duré toute la journée de dimanche. Le soir, plus calme, il m'a conseillé de prendre un somnifère. Il en avait donné un à Cassandra, je pense qu'il ne voulait plus de notre réconfort, on avait abusé des formules banales, on s'était épuisées à le rassurer, il avait maintenant besoin de notre silence. En le regardant me préparer mon verre, j'ai pensé à la capitulation de cet homme, à sa dilution, à la disparition de sa faconde et de sa bonne humeur, à son allure dépitée. J'étais finalement si peu surprise de sa réaction – le manque d'étonnement n'empêche pas la désolation – que je me suis reproché d'avoir toujours su qu'un jour il céderait, et que ma mission, au sein de notre couple, était de tout faire pour que ce jour n'arrive jamais, ou le plus tard possible. Malgré le constat de mon échec, je me suis endormie en lui disant que demain on continuerait de se battre, et j'y croyais, alors que bien sûr c'est le dernier des conseils à donner à un homme qui n'a jamais eu peur de renoncer pour avancer.

Cassandra vient de se réveiller. Je suis déjà habillée et maquillée pour qu'elle ne s'inquiète pas pour moi. Je lui propose de profiter d'aller toutes les deux nous «amuser» à Narbonne, je lui dis que j'ai prévenu la pharmacie, qu'il ne faudra pas compter sur moi cette semaine. Cassandra me sourit enfin franchement en me disant qu'elle est «trop contente». Malheureusement, il était écrit que rien ne nous serait épargné. Au moment où nous quittions la maison, une voiture banalisée et un fourgon de police se sont garés dans la cour. Ils étaient trois, l'un d'eux était vêtu d'un pantalon de toile grise et d'un blouson en cuir autour de la manche duquel un brassard orange estampillé «POLICE» n'incitait pas à l'optimisme. C'est lui qui m'a dit qu'ils souhaitaient fouiller la maison. Il m'a tendu une feuille que je n'ai pas lue, sa courtoisie avait suffi à neutraliser ma méfiance, et j'ai profité de son amabilité pour lui demander s'il connaissait «l'ignoble individu» qui nous avait interrogées, mais il n'était pas venu pour déblatérer sur des collègues.

Comme dans un film, je n'ai pas pu les empêcher d'ouvrir nos tiroirs, de pénétrer notre intimité. J'ai compris, lors de cette expérience, que le désordre d'une maison au réveil est plus impudique encore qu'un interrogatoire de police. J'ai été surprise de la manière dont ces hommes faisaient l'inventaire de nos biens. Je m'attendais à plus d'excitation, à moins de méticulosité; notamment quand ils se sont mis à vérifier livre par livre le contenu de notre bibliothèque. Ils avaient classé les bouquins par genres avant de déduire que Sylvain aimait les voyages et les motos, et que nous lisions peu de romans. L'un des policiers m'a montré un livre sur les techniques de massage en m'indiquant que cet exemplaire ne faisait pas les affaires de Sylvain. J'ai répondu que je ne comprenais pas le sens de cette remarque et l'homme m'a dit que mon mari avait beaucoup insisté sur sa connaissance des techniques de massage, mais que visiblement il était plus compétent à moto. J'ai fait un vague geste de la main et quand ils ont terminé de fouiller la maison, ils se sont occupés du garage. Le policier en civil m'a prévenue que le procureur aurait sur son bureau, « dans moins d'une heure », le dossier complet de notre affaire, et donc le rapport de cette perquisition. Il m'a demandé : « Et votre mari, d'ailleurs, il est où ? » Je lui ai répondu que Sylvain était à son travail et l'homme m'a regardée longuement avant de me souhaiter une bonne journée.

Avec Cassandra, nous avons attendu patiemment que les deux véhicules s'éloignent, nous avons guetté le retour du silence, et nous nous sommes engouffrées dans la voiture avant de nous enfuir de cette maison que je ne supportais plus.

C'est lors du trajet retour, après notre périple au centre commercial de Narbonne, que ma décision de retourner au commissariat fut prise. Je voulais me renseigner, que l'on me confirme que je ne pouvais vraiment pas interdire à ces policiers de fouiller notre maison. Je voulais aussi, mais sans le dire à Cassandra, contester sa déposition. J'avais réfléchi et je m'étais convaincue qu'une enfant de son âge n'aurait jamais dû être interrogée sans la présence de l'un de ses parents. Je ne me fondais sur aucun texte officiel mais, avec l'aide d'un bon avocat, peut-être que nous arriverions à démontrer que nos droits, ceux de la défense, n'avaient pas été respectés ; je n'avais rien à perdre à me renseigner.

J'ai demandé à Cassandra de m'attendre dans la voiture, je ne pensais pas qu'ils oseraient une fois de plus me parler avec si peu de respect, et j'ai patienté un long moment dans un hall puant pour bien leur montrer que nous ne nous laisserions pas faire. J'ai été finalement reçue par un homme qui m'a immédiatement rassurée en m'expliquant que le procureur avait informé le commissariat que le dossier d'enquête, « celui qui concerne votre mari », était incomplet, qu'il manquait des pièces essentielles, notamment un dépôt de plainte, et qu'en l'état, l'affaire avait été classée sans suite. Il n'y avait plus aucune raison de ne pas rentrer chez moi et d'appeler Sylvain pour lui annoncer la bonne nouvelle. Cassandra m'attendait dans la voiture ; j'étais impatiente de lui annoncer que tout allait bientôt rentrer dans l'ordre.

C'est peut-être le moment idéal pour indiquer ce trait de mon caractère : je me méfie des voix. Pour être à l'aise avec les gens, pour discuter sereinement, pour estimer avec précision le degré de leur sincérité, j'ai besoin de voir leur tête ; mais pas seulement. Je regarde tout quand on me parle, des mimiques du visage à la position des mains, des pieds ; rien de ce qui pourrait paraître anodin ne me laisse indifférente. C'est en raison de cette appréhension, de cette crainte d'être dupée par une voix qui serait séduisante à tort, que je réponds rarement au téléphone – surtout aux personnes que je connais bien et qui pourraient donc me décevoir –, et que je préfère écouter les voix enregistrées sur le répondeur ; même si c'est toujours avec un peu d'angoisse.

La secrétaire de l'abattoir pour lequel Sylvain s'occupe de la comptabilité n'a pas une voix très douce. Je ne l'ai jamais vue, mais je sais qu'elle n'est pas espagnole ; qu'elle est originaire de Perpignan, et qu'elle parle donc parfaitement le français. Elle me dit, alors que je ne lui ai rien demandé, qu'elle est bilingue, mais que cela ne sert à rien car tous les clients de l'abattoir sont des grossistes parisiens. Je l'informe que je souhaiterais parler à mon mari, que je n'arrive pas à le joindre sur son téléphone. La secrétaire me répond que c'est une bonne initiative que j'ai eue car, justement, elle aussi voulait m'appeler, pour me prévenir que Sylvain ne s'était pas présenté à l'usine de la journée, qu'il n'avait donc pas pu assister à la « réunion du lundi », que ça ne lui ressemblait pas, qu'ils avaient tous trouvé cela étonnant de sa part. Je demande à la femme de patienter pendant que je vérifie si les affaires de mon mari sont encore là, et je vais regarder dans la chambre, plus particulièrement sur la chaise où il a le réflexe de poser sa sacoche de travail. Elle n'y est pas. Je vérifie également si la trousse de toilette de Sylvain est rangée ou non dans la salle de bains, et je constate que son sac de voyage n'est plus aux pieds du canapé du salon. Il est donc évident qu'il n'a en rien modifié la routine de ses préparatifs, ce qui devrait me rassurer, qu'il a fait ce qu'il fait toujours avant de quitter Montagnac pour se rendre en Espagne. Je confirme à la secrétaire que son ordinateur portable et son téléphone professionnel ne sont pas à la maison. Je ne lui précise pas que la machine à café a été utilisée, ce qui prouve bien que Sylvain s'est levé tôt, comme à l'accoutumée, et je ne souhaite pas non plus raconter à cette voix les événements de la veille. Je ne lui dis pas que nous avons porté plainte contre les parents d'une amie de ma fille pour « dénonciation calomnieuse », je ne lui dis pas que j'ai appris il y a moins d'une heure que l'enquête ouverte par la police n'allait aboutir à rien de « tangible », qu'aucune preuve n'aurait fait de mon mari un pédophile ; je préfère attendre d'en discuter avec Sylvain, peut-être qu'il ne voudra pas que ses patrons apprennent ce dont on l'a accusé. Si j'avais eu le courage, ou l'honnêteté, de parler de nos auditions, de cette accusation, cette femme se serait peut-être sentie obligée de me soutenir ou de nous condamner par l'entremise d'un silence répro-bateur. Je n'aurais pas supporté de percevoir un doute, d'entendre une phrase faussement solidaire, alors je ne dis rien et je préfère convenir, avec la secrétaire de l'abattoir, de patienter encore un peu «puisqu'il n'y a pas d'urgence professionnelle en jeu». Elle se propose d'aller «faire un tour» dans les bâtiments de l'abattoir, car peut-être un employé a-t-il vu Sylvain sans qu'elle le sache. Je lui dis de faire comme elle le sent, mais que personnellement, je ne suis pas très inquiète. Je raccroche enfin, et sans attendre je compose le numéro de téléphone de Sylvain. Après quelques sonneries, je lui laisse un message rassurant. Je connais l'importance d'une voix, alors je m'efforce de ne pas paraître inquiète. Je lui parle de Cassandra, il faut qu'il sache qu'elle a beaucoup pleuré, qu'elle a regretté d'avoir raconté autant de choses à propos de son papa, mais que maintenant tout est oublié. Je ne lui dis pas que le procureur a classé l'enquête qui le concerne, mais que j'ai une «bonne, très bonne nouvelle» à lui annoncer. C'est idiot à dire, mais je pense que c'est la curiosité qui lui donnera vraiment envie de me téléphoner, ou de me répondre si je le rappelle à nouveau.

Chapitre III

Lorsque la secrétaire de l'abattoir me rappellera, vers dix-huit heures trente – c'est-à-dire quand j'aurai la confirmation que personne n'a vu Sylvain dans l'enceinte de l'abattoir, que personne non plus ne lui a parlé au téléphone –, mon inquiétude ne sera plus diffuse mais concrète. Je m'étais préparée, depuis les auditions du samedi, à un genre d'éloignement. Je n'aurais pas été surprise que Sylvain m'annonce, après une nuit de réflexion : «Je ne vais pas aller travailler ce matin, je préfère me reposer, réfléchir à tout ce qui nous arrive… Je vais aller faire une balade à moto pour me changer les idées», ce qui lui aurait permis d'apprendre en même temps que moi que la plainte des Durieux serait classée «sans suite»; mais le vrai problème, c'est que Sylvain avait quitté la maison en respectant une certaine routine, et surtout sans me laisser un message dans lequel il aurait pu m'expliquer son choix.

Je ne dis rien à Cassandra. Je ne lui révèle pas que son père ne s'est pas présenté à son travail. Elle voudrait lui téléphoner pour s'excuser encore. Depuis que la menace s'est éloignée, elle est impatiente de «renouer les liens» avec son père, mais je lui conseille d'attendre un peu. Elle me demande ce qu'on va dire à sa grand-mère, parce qu'«on ne pourra pas longtemps lui cacher ce qu'on a vécu, tu la connais, rien qu'en nous regardant elle comprendra que quelque chose nous est arrivé…». Je lui réponds que pour le moment, il n'y a rien à raconter, à personne; qu'il nous faut attendre le courrier officiel du procureur que j'ai exigé pour être définitivement rassurée, qu'il faut être patientes, que ce début de semaine ne sera pas facile à vivre, mais que très bientôt il ne sera plus qu'un «mauvais souvenir».

J'ai imaginé Sylvain, au dernier moment, sur le chemin qui le menait au siège de l'entreprise, faire demi-tour en se disant : «Et si je me fais arrêter à la frontière, je fais quoi? Je vais dire quoi à mes patrons?»

Sylvain m'avait en effet raconté que l'un des policiers qui l'avaient interrogé l'aurait interdit de «sortie de territoire». Cette menace l'avait grandement perturbé car il ne s'imaginait pas raconter à ses patrons ce qui lui était arrivé.

«Tu me vois leur dire que je ne pourrai plus venir travailler parce que des flics m'accusent d'avoir violé une copine de ma fille?»

Nous nous étions renseignés, le soir de son retour, et nous nous étions rassurés mutuellement : la menace n'avait aucune valeur juridique. Ce qui ne signifiait pas que dans la nuit, ou au volant de sa voiture, Sylvain ne s'était pas inquiété de ce qu'il devrait ou ne devrait pas dire à son employeur.

Malheureusement pour moi, mon besoin frénétique de comprendre rationnellement le silence implacable de Sylvain me conduisait irrémédiablement à cet autre questionnement, un questionnement qui faisait de l'espoir un mirage qui s'éloignait : « Quel que soit le choix qu'il a pu faire, pourquoi n'a-t-il pas jugé utile de me prévenir, moi, sa femme ? »

J'ai franchi le pas, j'ai traversé la haie qui sépare notre terrain de celui de ma belle-mère. J'ai pris conscience que rester seule devant mes interrogations allait me rendre dingue. J'ai laissé Cassandra devant la télévision, en lui disant que ce serait plus simple que j'aille « parler à mamie » sans elle. Au moment où j'allais quitter la maison, l'ordinateur a émis le son qui indique la réception d'un courrier électronique. Il s'agit d'un message émanant du secrétariat du procureur ; il précède de quelques jours un courrier plus officiel qui me sera envoyé par voie postale.

Sa lecture sera apaisante, j'appellerai Cassandra qui m'enlacera et qui me demandera dans un sanglot : « Dis-moi que tout est fini. »

Pour commencer, j'ai demandé à ma belle-mère si le comportement de son fils lui avait paru normal, quand il était venu chez elle, le dernier soir. Elle a réfléchi – j'aurais préféré qu'elle soit étonnée par ma question – et m'a raconté qu'un détail précis avait attiré son attention.

« Vous savez comment il est, quand il en a fini avec sa journée, quand il a terminé son sport, toutes ses occupations… Il aime se faire beau. Je vous dis tout ça parce que lorsqu'il vient me voir, il sent toujours bon. Il est parfumé. Eh bien, ce soir-là, il ne s'était pas douché. C'est comme ça que j'ai pensé que quelque chose était arrivé. »

La mère de Sylvain a pensé que son fils était perturbé en raison de la mort de son copain Jean-Marc, qui s'est suicidé pendant des vacances familiales en Tunisie. C'est ainsi qu'elle s'est expliqué le fait que son fils n'avait pas mis de parfum, contrairement à son habitude. Elle s'est convaincue que l'annonce de sa mort avait perturbé Sylvain, et que c'était la cause de sa mélancolie. Le problème, c'est que Jean-Marc était mort depuis deux ans et qu'il n'était pas un ami proche.

Il me faut donc dire la vérité à ma belle-mère, lui annoncer la véritable cause qui est à l'origine de l'accablement de Sylvain. Je lui raconterai tout, sans chercher à la ménager car je ne veux plus être la seule à m'inquiéter. Elle me laissera tout lui révéler sans broncher, en me regardant comme on regarde un inconnu qui vous parle dans une langue étrangère. Je répéterai plusieurs fois « acte pédophile » et « caresse sur le sexe » dans l'espoir d'obtenir une réaction. Je raconterai le moment des auditions, les accusations des parents de Manon, les remords de

Cassandra, le retour de Sylvain après son interrogatoire, son désarroi, son absence de volonté, son abdication, ses silences, et enfin son départ à l'aube alors que nous dormions.

Longtemps après que j'ai eu fini de tout lui révéler, la mère de Sylvain me fera cette remarque : « Mais pourquoi il ne m'a rien dit, quand il est venu réparer ma cafetière ? Pourquoi il m'a parlé de ce Jean-Marc plutôt que de lui ? » ; et moi je lui répondrai : « Il vous parlait peut-être de lui… »

La maman de Sylvain veut prévenir son autre fils, l'aîné, celui qui est le plus discret, le plus calme ; celui qui est souvent absent aux réunions familiales, qui déteste les réunions familiales, qui dit que pour s'aimer vraiment, il faut se voir quand on le désire et pas par obligation. Elle ne lui demande jamais rien, aucun conseil, comme elle ne demande de conseils à personne. Elle sait maintenant que Sylvain ne s'est pas présenté à son travail, qu'il est peut-être déjà loin, hors du pays, caché en Espagne ; tout est envisageable. Je lui demande d'attendre un peu avant d'informer les membres de notre famille de la disparition de Sylvain. Je souhaite que nous donnions un peu de temps à l'espoir. Elle me comprend. Elle renonce même à l'idée de « se mettre en chasse sans tarder » pour trouver un avocat ; et puis on lui dirait quoi ? Le dossier d'enquête a été « classé sans suite » par le procureur. Je montre à la mère de

Sylvain le document sur lequel j'ai imprimé le courrier de la secrétaire du palais. Il est clairement écrit qu'aucune enquête ne sera menée et que Sylvain n'a rien à craindre de la justice. Elle lit le contenu du message et me dit, comme si Sylvain ne m'appartenait déjà plus, que ceux qui ont cherché à faire du mal à son fils vont devoir se méfier d'elle. Elle me dit aussi : « Vous pensiez que j'avais besoin du courrier d'un procureur pour me convaincre que Sylvain est innocent ? » Elle me ferait presque peur. Ce n'est pas une maman éplorée que j'ai en face de moi, mais une femme déterminée à défendre l'honneur de sa famille. Elle pense qu'à travers Sylvain, c'est tout ce que nous représentons qui a été visé. Elle me dit que notre manière de vivre, notre réussite, notre bonheur ont provoqué de la jalousie. « Je vous ai dit plusieurs fois que les Durieux étaient des gens infréquentables et que leur fille n'avait rien à faire dans notre cercle intime. » J'assiste à sa métamorphose. Son visage n'exprime pas de la crainte mais de la haine. Elle me reproche même de l'avoir tenue à l'écart. Elle laisse entendre que je n'avais pas les épaules pour affronter les policiers, pas plus que je n'aurais la carrure nécessaire pour m'attaquer à la famille Durieux.

— J'aurais apprécié que vous me disiez la vérité plus tôt. Mais c'est peut-être moi qui ai eu tort de ne pas vous questionner. Car avec moi, au commissariat, je peux vous garantir qu'ils n'auraient jamais osé vous parler aussi mal de Sylvain.

Elle fait le tour de son salon, les mains derrière le dos. La démarche de guingois que je lui connais n'est plus amusante mais inquiétante. Elle ressemble à un général à la veille de prendre une importante décision. Elle marmonne des phrases inaudibles, je ne suis plus là, elle ne me parle plus. Je la regarde attraper son téléphone et appuyer sur les touches avec nervosité. Je me suis approchée d'elle, j'ai posé ma main sur son bras, et elle a relevé la tête en s'étonnant de ma présence. Je lui demande ce qu'elle veut faire, qui elle veut appeler. Elle me répond, en essayant de maîtriser sa nervosité, en tentant de retrouver le personnage que je connaissais d'elle, celui de la grand-mère dynamique et souriante :

— Mais enfin, Alice, je téléphone à Sylvain ! Il ne faut plus perdre de temps. Il faut lui dire qu'il est innocent, qu'il peut revenir.

J'ai décidé de retourner au commissariat afin d'exiger le déclenchement d'une enquête pour disparition inquiétante. C'est ma façon de mettre les hommes qui ont accusé mon mari devant leur responsabilité. D'assister au désarroi de ces « ignobles » individus, de les confronter aux dégâts qu'ils ont causés, qu'ils admettent leur disgrâce, qu'ils reconnaissent leur manque de discernement, qu'ils réclament mon pardon, qu'ils s'agrippent à moi en me disant : « On a eu tort, et pour se faire pardonner on va tout faire pour retrouver Sylvain. »

Mais les « ignobles » ne sont pas là. Ils doivent se cacher dans leur tanière. Alors je m'empresse de communiquer au fonctionnaire de police qui m'a reçue les coordonnées de notre opérateur téléphonique. Il me dit en avoir besoin pour tenter de localiser « le disparu », pour vérifier ses derniers appels. Je lui ai raconté que Sylvain était parti très tôt ce matin, que je dormais profondément, que je n'ai pas pu lui parler, que je ne me suis pas inquiétée puisqu'il a fait ce qu'il fait toujours quand il part travailler. « Le café était chaud, la cafetière branchée, sa voiture n'était plus dans la cour... Il devait m'appeler dans la journée, on devait évoquer la plainte que nous avions déposée la veille au soir pour dénonciation calomnieuse... Mais je sais maintenant qu'il n'est pas allé travailler... » J'aurais pu continuer de lui parler longtemps, à cet homme si compréhensif, mais il choisira de m'interrompre pour me dire : « Il n'y a pas de temps à perdre. Lors d'une disparition, les premières heures sont cruciales. Je sais que votre mari a été convoqué samedi, en tant que témoin, mais j'ai aussi discuté avec mes collègues qui l'ont interrogé. Je n'aimerais pas que... Enfin, vous me comprenez... Coupable ou innocent, cette absence n'est pas anodine... »

Chapitre III

Les policiers qui m'avaient reçue le jour de mon audition, «les ignobles», m'avaient demandé si j'étais au courant que Sylvain menait une double vie, qu'il fréquentait d'autres femmes et que ma propre fille le savait. Je gardais le souvenir d'une tête monstrueuse, d'une bouche cerclée de bave blanche et d'une barbe noire mal taillée, il s'agissait du plus laid des «ignobles», et j'avais rétorqué que j'avais confiance en mon mari, que son principal défaut était de rechercher l'amitié des autres sans trop savoir qui ils étaient vraiment, qu'il était généreux, curieux de tout, et que je l'aimais tel qu'il était. J'ai dit qu'il n'y avait aucune raison que je doute de son intégrité, parce que Sylvain était avant tout un «homme droit», et le sourire qui s'était dessiné sur le visage de l'homme avait ressemblé à une menace. J'ai dit, plus écœurée que jamais, que je ne voyais pas bien le rapport entre les allusions qui m'étaient faites concernant la fidélité de mon mari et cette histoire d'attouchements sexuels. J'aurais pu me moquer de ce policier, de sa figure ignoble; lui dire qu'il me posait des questions dont il ne pouvait estimer l'importance, qu'aucune femme du village ne penserait tromper son mari avec lui, qu'il n'était donc pas qualifié pour aborder le thème de ma vie privée avec tant de vulgarité, et «l'ignoble» m'avait précisé que ce n'était pas exactement Manon qui accusait mon mari, mais ses parents, qui étaient venus au commissariat, non pas pour porter plainte, mais pour demander que « cela cesse ». Je ne comprenais pas. L'absence de Sylvain à mes côtés, dans ce commissariat, me parut à cet instant incongrue ; si les parents de Manon avaient choisi de le désigner comme étant l'homme qui aurait abusé de leur fille, pourquoi Sylvain n'était-il pas là ?

— Parce qu'avant de l'entendre, nous voulions connaître votre point de vue. Parfois, l'entourage sait des choses que les « mis en cause » refusent de reconnaître ou d'assumer.

Les Durieux ne lui reprochaient pas seulement des « gestes déplacés » envers leur fille, mais également une emprise malsaine, une relation affective ambiguë, de multiples tentatives de manipulation et des remarques répétées destinées à dénigrer leur autorité parentale, jugée abusive.

« Il y a entre vos deux familles peu de points communs. Ce que nous voulons comprendre, c'est pourquoi, malgré votre peu de sympathie réciproque, la jeune Manon a pu être aussi fréquemment invitée chez vous. »

Et les bras du plus laid des « ignobles » s'étaient croisés pour me faire comprendre qu'on ne sortirait pas de ce commissariat indemnes. Ils avaient donc mené leur « petite enquête ». Ils n'avaient pas seulement écouté les parents Durieux, ils les avaient jugés suffisamment crédibles pour commencer à s'immiscer dans notre vie privée. Je l'ai compris lorsque j'ai demandé « Pourquoi dites-vous : malgré votre peu de sympathie réciproque?» et que «l'ignoble» m'a répondu : «Vous savez très bien à quoi je fais allusion. Les appels d'offres truqués de la mairie.»

Je suis très entourée car j'ai bien été obligée de prévenir les voisins, quelques amis proches, et les frères et sœurs de Sylvain, puisque la «présomption d'absence» de mon mari est désormais officielle. Nombreux sont ceux qui ont souhaité me rejoindre pour me soutenir moralement et m'aider afin de mener des recherches concrètes pour retrouver mon mari. Ma belle-mère a préféré rester chez elle pour «organiser la résistance», c'est ce qu'elle m'a répondu au téléphone, tout en précisant que, quelles que soient l'issue et même la cause de sa disparition, «celles et ceux qui se sont attaqués à mon fils le regretteront longtemps».

J'ai déjà appelé les deux principaux hôpitaux de la région, j'hésite encore à effectuer la même démarche auprès des aéroports, une fuite vers l'étranger n'étant pas à exclure. J'ai cessé de laisser des messages sur le répondeur téléphonique de Sylvain. S'il ne les a pas écoutés, il ne sait pas qu'il ne risque plus rien, que l'enquête a été abandonnée, et l'hypothèse plus que probable qu'il ait agi sans le savoir me perturbe. Cela signifie qu'il a, dès le matin, organisé sa disparition pour rien.

Ils sont nombreux à me proposer d'aller faire le tour des parkings des grandes surfaces, des lieux publics, des endroits que Sylvain fréquentait, des aires d'autoroute ; mais je préfère rester à la maison. J'ai commencé à téléphoner à des relations de notre couple, j'espère que Sylvain a eu l'idée d'aller dormir chez l'une d'elles, mais je décide très vite de cesser d'importuner le cercle éloigné de nos connaissances. L'étonnement de celles et ceux à qui je révèle la disparition de Sylvain conforte mon inquiétude, consolide un peu plus ma conviction que « quelque chose » est arrivé.

Les minutes passent, pesantes comme des heures, et l'absence d'information favorise les élucubrations inutiles. Une première voiture revient de son périple. Il s'agit de celle des voisins qui avaient proposé d'aller poser des questions aux vigiles des supermarchés. Je leur avais confié une photo de Sylvain, ils ont visité une dizaine de supermarchés et de magasins situés à la sortie du village, mais personne n'a vu mon mari. Je ne m'attendais pas à ce que cette initiative soit couronnée de succès, je ne reproche rien à ces gens qui veulent me tenir compagnie, mais à qui je conseille de rentrer chez eux.

Pour ne pas rester comme ça, « à attendre sans rien faire », un cousin propose de faire un signalement sur Internet, de créer une page d'alerte, un blog avec des photos de Sylvain. Je préfère continuer de penser qu'il ne faut pas exclure que mon mari ait souhaité se mettre à l'abri quelques jours pour réfléchir. Je leur dis que « je n'aimerais pas qu'il prenne mal notre inquiétude à tous ». Je pense même que j'aurais fait comme lui, que moi aussi, je serais allée me perdre pour oublier le contexte de l'accusation, l'interrogatoire au commissariat, l'humiliation qui en a découlé, pour m'éloigner du sentiment d'avoir affaire à des représentants de la loi prêts à tout pour « faire sa peau au salaud » ; non pas au nom de la justice mais à titre d'exemple, « pour dissuader d'autres dégénérés de tenter de violer des gamines, des enfants de l'âge de ta propre fille ! » ; puisque c'est ainsi qu'on lui aurait parlé.

Je regarde Cassandra se forcer pour tenter d'avaler un sandwich que je viens de lui préparer. Les estomacs sont noués, selon l'expression populaire. Les gens présents ne peuvent s'empêcher de ne pas dire ce qu'ils pensent vraiment. S'il s'agit d'une fuite, elle aura des conséquences définitives sur le comportement de tous les membres de notre petite communauté. On aimerait se convaincre que Sylvain s'est mis en retrait du monde, en attendant de prendre la bonne décision. L'hypothèse du geste fatal est inévitablement évoquée. Personnellement, je n'arrive pas à imaginer mon mari coupable d'une telle initiative, qui entraînerait les siens dans un abîme de questions et de doutes, malgré un dossier d'accusation considéré comme sans fondement par le procureur.

Son frère aîné, abusé par son désarroi, propose de faire appel à une voyante. «Peut-être que Sylvain est blessé, quelque part dans la région, qu'il a glissé en se promenant seul, pour réfléchir, et que son téléphone ne fonctionne plus…» Le brouhaha l'interrompt. Personne ne prend au sérieux ce qu'il vient de dire, puis Cassandra apparaît sur le seuil de la cuisine et dit : «Avec maman, on aimerait bien être seules maintenant.»

Minuit trente-quatre. Sur la porte d'entrée de la maison familiale, silencieuse depuis quelques heures, une main brutale vient de cogner. J'avais exigé de Cassandra qu'elle rejoigne sa chambre, elle aurait voulu rester avec moi, mais j'avais insisté pour qu'elle aille se reposer. Je lui avais dit que seule la volonté de ne rien changer à nos habitudes nous permettrait de supporter le silence de son père, et je l'avais regardée gravir les marches de l'escalier qui mène aux chambres en me reprochant de paraître plus convaincante que vraiment convaincue.

J'ai pensé sans aucune logique : «C'est lui !», avant de vite me raisonner puisque, pour que Sylvain soit derrière la porte, il aurait fallu que sa voiture soit tombée en panne d'essence, que la batterie de son téléphone se soit déchargée et qu'il ait égaré son trousseau de clés. Un amoncellement de paramètres peu vraisemblable. Mais surtout, pour que mon mari ait décidé, en pleine nuit, de revenir vers nous, il aurait fallu qu'il puisse me fournir tout un tas d'explications et de justifications qu'il aurait été incapable d'assumer.

« L'ignoble a revêtu son uniforme du dimanche », je me suis dit, en reconnaissant le visage de celui qui nous avait parlé comme il n'aurait jamais eu le courage de parler au pire des voyous. Il n'est pas seul. L'homme qui l'accompagne me dit qu'ils ont aperçu de la lumière de loin, « sinon on n'aurait pas osé vous déranger si tardivement ». Eux qui se disaient en charge d'une enquête qui devait déterminer s'il y avait bien eu « agression, ou tentative d'agression, sexuelle sur mineure de moins de quinze ans » doivent maintenant retrouver l'homme à propos duquel ils ne pourront plus enquêter. Malgré la note du procureur, « l'ignoble » n'a aucune envie de reconnaître ses torts, de s'excuser d'avoir mal fait son travail, ou de me rassurer, bien que Sylvain soit désormais officiellement « moins salaud » que prévu.

— La voiture de votre mari a été aperçue ce matin, à trois heures quarante-cinq, sur le rond-point de la Treille, en direction de l'Espagne…

Les deux policiers sont sûrs d'eux car ce sont les caméras de surveillance de la commune qui ont capté les images de l'Audi de Sylvain roulant à faible allure. J'ai pensé qu'il avait donc pris sa décision, qu'il avait embarqué à l'aéroport de Barcelone pour s'enfuir en direction d'un pays qu'il connaissait. Chaque année, Sylvain organisait un périple sportif avec sa bande de copains. Ils sont déjà allés au Québec, au Cambodge, au Liban, au Sénégal, deux fois, jamais en Australie, et dans tous les pays d'Europe. Il a gardé quelques contacts avec des gens rencontrés sur place, je sais qu'il apprécie connaître du monde un peu partout sur la planète, alors je dis au policier que tout est leur faute, si mon mari a paniqué, considérant que si son audition s'était déroulée normalement, «on n'en serait pas là». Le policier, aidé de «l'ignoble», qui parle peu mais dont la présence seule suffit à me perturber, me reproche de réagir banalement, comme beaucoup d'épouses qui refusent d'admettre la réalité des faits.

— Vous ne pouvez pas être objective. Depuis le début, on vous dit qu'on peut très bien vivre avec une personne sans la connaître vraiment. Et puis, chère madame, quand on a l'esprit tranquille, on ne part pas, on reste.

J'appelle la mère de mon mari; j'ai besoin de parler à quelqu'un. Je lui raconte la visite des policiers et je lui dis que je viens de vérifier nos comptes bancaires. J'aurais presque été rassurée d'y repérer des mouvements financiers qui m'auraient indiqué que Sylvain a bien décidé de s'enfuir, qu'il a acheté un billet d'avion pour quitter la France, qu'il n'a pas totalement disparu... Sa mère va réussir à me convaincre que l'absence de retraits d'argent est au contraire un indice apaisant. Cela prouve que si Sylvain s'est éloigné, il n'a pas pris la fuite « comme un voleur », qu'il doit préparer sa défense avant de réapparaître au moment opportun.

— Mais de quelle défense vous parlez ? Il n'y a rien contre lui ! Le procureur me l'a écrit !

— Et la défense de son honneur, vous en faites quoi ? Vous pensez que ce qui a été dit contre lui sera facilement oublié ? Qu'il n'a pas été blessé par ces accusations mensongères ?

Ma belle-mère affirme péremptoirement que si son fils a décidé de s'enfuir, elle sera la première à financer sa cavale, puisqu'il ne semble pas vouloir utiliser les économies de son couple. Elle dit : « Je connais mon fils, il n'agit jamais sans réflexion. Son absence n'est pas une provocation, il doit savoir ce qu'il fait... » Je ne suis pas d'accord avec elle, cette histoire d'honneur me semble une problématique d'un autre temps. Si j'imagine Sylvain « coupé du monde », c'est-à-dire convaincu de sa culpabilité, empêché par la peur de se faire condamner, ne me téléphonant pas, fuyant ses bourreaux ; je n'arrive pas à l'imaginer revanchard d'avoir été soupçonné, terré pas loin, fomentant des représailles, déterminé à revenir vers nous la rage au ventre, car tout ce que peut m'affirmer sa mère ne ressemble en rien à ce que je connais de mon mari. S'il n'a pas écouté les messages que j'ai laissés sur son répondeur, je peux comprendre ce qu'il cherche à fuir… Mais s'il les a écoutés ? S'il sait qu'il n'y aura pas d'enquête, alors pourquoi ne me dit-il rien ? Pourquoi me laisse-t-il seule avec mon questionnement ?

— Il est comme ça, mon fils, vous l'avez déjà regardé réparer une machine à laver ou l'une de ses motos ? Il fait toujours ça calmement, il analyse les situations. C'est un méthodique. S'il ne vous appelle pas, c'est qu'il réfléchit, et quand on réfléchit, on a besoin d'être seul.

Je ne réponds rien. Pourquoi inquiéter cette femme dont le fils a disparu ? Quel aurait été l'intérêt de lui révéler la question que les policiers m'ont posée au moment de leur départ ? Puisque c'est lorsqu'ils m'ont demandé « Vous avez des cordes chez vous ? Des armes ? » que j'ai compris qu'il fallait se préparer au pire.

J'ai proposé à la mère de Sylvain de m'accompagner, ce qu'elle a accepté.

Une voix masculine m'a téléphoné pour me demander de venir « le plus rapidement possible » à la gendarmerie. Il est dix heures du matin, et je gare ma voiture loin du bâtiment pour nous obliger à marcher et à préparer notre entrée. Un planton, qui restera assis derrière un comptoir d'accueil, et qui ne nous précisera à aucun moment l'objet de cette convocation, nous demande de patienter dans le hall en se désolant sans conviction de nous obliger à rester debout.

— On n'a pas de chaises à vous proposer, ce ne sera pas aussi confortable que dans une salle d'attente.

Je m'approche et lui demande si nous avons été convoquées pour évoquer le cas de mon mari, Sylvain Chabaud, car il me semble utile qu'il sache que le procureur a classé l'enquête que ses collègues de la police nationale ont bâclée. Le gendarme me regarde, fait semblant de lire et de relire le même document, et me répond qu'il n'est « au courant de rien », que le travail de la police est une chose, et que le travail des gendarmes en est une autre ; mais que la seule information qu'il peut me donner est celle-ci : « Votre présence en ces lieux me paraît judicieuse. »

Dans les forêts sombres des Pyrénées, celles qui nous séparent de l'Espagne, à quelques kilomètres d'ici, on doit se sentir moins seul que moi dans ce hall de gendarmerie qui n'a pas été décoré, ni pensé, pour mettre les visiteurs en confiance. J'ai en fait excessivement peur. Je me considère en perdition et le soutien de ma belle-mère ne change rien à ce sentiment. L'attente est insupportable. Je n'arrive plus à me dominer, c'est-à-dire à me raisonner. Je n'ai pour la maman de Sylvain aucun réflexe de consolation. Nous sommes chacune empêtrée dans nos pensées, on ne se parle pas, on ne se donne pas de courage. Nous ne guettons pas le pire, nous nous demandons comment il nous sera annoncé. Nous sommes tels deux enfants qui attendent leur punition, nous savons que rien ne nous sera épargné, et c'est donc avec soulagement que nous nous laisserons guider dans les couloirs de la gendarmerie, en direction d'un bureau dans lequel deux hommes en uniforme nous dévoileront enfin de quoi notre supplice suivant sera fait, en l'occurrence celui qui accompagnera nos prochaines années sur la Terre.

On vient de nous annoncer que la voiture de Sylvain a été retrouvée dans un chemin forestier situé dans une commune voisine de Saint-Cyprien, un village à cent quarante kilomètres de Montagnac et à quarante kilomètres de la frontière avec l'Espagne. L'Audi a été aperçue par un chasseur qui aurait téléphoné aux gendarmes en disant : « Comme il y avait du sang sur les portières, je n'ai pas osé regarder dans la voiture, ni autour, mais bon, ça me semblait grave… »

Une patrouille de gendarmerie, qui se trouvait à proximité de la frontière, a été alertée avant de se rendre sur les lieux très rapidement, plus exactement au croisement de deux chemins forestiers, à un endroit où il leur fut aisé de retrouver le chasseur.

Chapitre III

L'homme a répété aux deux gendarmes ce qu'il avait dit au téléphone quelques minutes plus tôt, à savoir que c'est lors d'une battue dans le bois de la Roche qu'il avait remarqué une Audi A5 blanche. Les gendarmes sont montés dans la voiture du chasseur, leur Estafette n'étant pas vraiment adaptée pour franchir les ornières creusées par la forte pluie de la nuit. Après cinq minutes de trajet, il fut convenu de continuer à pied en raison du mauvais état du chemin. Les trois hommes marchèrent ainsi cent cinquante mètres avant de découvrir la berline allemande. La voiture n'étant pas fermée à clé, et parce qu'ils constatèrent que des traces de sang étaient visibles sur la banquette arrière et sur la carrosserie, il fut demandé au chasseur de bien confirmer qu'il n'avait touché à rien.

— Comme j'ai déjà dit à vos collègues au téléphone, j'ai d'abord été étonné de voir qu'une voiture de tourisme s'était aventurée aussi loin dans le bois ; j'ai ensuite pensé à m'approcher parce que je me suis dit que les gens avaient peut-être besoin d'un coup de main pour repartir, et c'est quand j'ai vu les traces de sang sur la carrosserie que je n'ai plus cherché à comprendre, que je me suis éloigné et que j'ai alerté la gendarmerie…

Les traces de sang relevées sur la carrosserie n'étaient pas dues à des projections. Il s'agissait d'empreintes de doigts qui, un peu à la manière d'une imposition de peinture sur un support mural, guidaient le regard et permettaient d'imaginer un parcours qui aurait débuté au niveau de la portière arrière gauche, se serait poursuivi sur le flanc de la carrosserie, sur le hayon, avant de disparaître ensuite dans le sous-bois. Les gendarmes, de manière professionnelle, ont suivi du regard le chemin tracé par Sylvain et compris assez vite, après avoir contourné la voiture et repéré une grosse pierre recouverte de sang, que la masse noire qui semblait se blottir dans un fourré était un corps.

« On dirait un sanglier, peut-être un chien… » avait suggéré le chasseur; et l'un des gendarmes avait répondu : « Si c'est le cas, je change de métier. »

Mon mari a donc décidé de se suicider sans me le dire. La veille, il avait embrassé Cassandra, notre fille, en lui souhaitant une bonne nuit, mais sans la prévenir qu'il savait déjà qu'il n'en vivrait pas d'autres; quant à moi, il m'avait fait boire un verre d'eau dans lequel il avait fait fondre un somnifère et m'avait dit, en éteignant les lumières de la chambre : « Demain, ils annoncent de la pluie. Je prendrai la voiture. Ce sera plus prudent que la moto. »

Maintenant informée que j'allais devoir faire sans lui pour le restant de mes jours, je suis allée me réfugier dans les bras de celle qui avait autant besoin que moi que je l'accueille dans les miens. Nous étions pathétiques dans la tristesse, incapables de nous consoler mutuellement. Le gendarme qui nous avait accueillies murmurait qu'il était « désolé » pour nous. Je ne lui en ai pas voulu de nous réconforter avec aussi peu d'imagination. Il s'adressait à nous d'une voix douce et parfaitement audible, malgré les bruits que faisait la « bête à deux têtes » – l'animal remuant de sanglots constitué par la peine de deux femmes qui venaient de perdre l'une un mari, l'autre un fils.

Ensuite ? Je me calmerai, j'apprendrai à vivre avec ma solitude, j'accepterai mieux les faiblesses de Sylvain, j'admettrai qu'il n'y a jamais qu'un seul responsable quand un destin se brise, et surtout je retrouverai ma fille.

« Ma petite Cassandra… Ton papa a décidé de nous quitter définitivement, et pas comme il le faisait cinq jours par semaine. Rappelle-toi… il ne nous précisait jamais la date exacte de son retour. C'est seulement en fin de semaine, qu'il nous téléphonait pour nous annoncer d'une voix toujours gaie : “À demain !” ou bien “À samedi !”. Nous avons appris avec le temps à accepter cette incertitude ; dorénavant, nous allons devoir apprendre à vivre avec la certitude qu'il ne reviendra plus. »

Peu de temps après la mort de Sylvain, j'ai souhaité rencontrer les policiers qui nous avaient interrogés ; un seul a accepté de me recevoir. Il a reconnu sa responsabilité, il savait qu'il serait sanctionné parce que, dans l'ombre, ma belle-mère organisait la réhabilitation de l'honneur de son fils. Elle menait un combat auquel je ne voulais pas participer. Je ne souhaitais pas punir les hommes qui avaient, selon elle, « bafoué la présomption d'innocence de Sylvain » ; je préférais les entendre.

Je sais que personne n'a poussé mon mari dans la fosse, celle dont il n'est jamais sorti ; ce n'est pas ce que pense sa mère ; et c'est à la lecture du contenu de la déposition des parents de Manon que j'ai constaté qu'ils n'accusaient personne, que rien d'accablant n'avait été prononcé contre Sylvain, et que les policiers s'étaient logiquement questionnés sur un comportement et des attitudes qui pouvaient prêter à confusion – et donc à interprétation.

— Les parents de Manon Durieux ne sont pas venus en amis, évidemment, mais il nous a semblé normal de les aider à trouver des réponses à leurs questions. J'ai ressenti de leur part une légère animosité à l'égard de votre mari, qui pourrait faire penser à de la jalousie, ou à de la rancune, mais puisque rien de très précis n'était dénoncé, qu'ils s'étaient déplacés jusqu'à nous pour émettre des doutes concernant une séance de massage, quand ils nous ont dit qu'un homme qu'ils connaissaient, de plus de quarante ans, avait massé leur fille de quatorze ans sur un lit conjugal, vous comprenez qu'on ait voulu en savoir plus. Ils n'affirmaient pas « On a les preuves que le papa de Cassandra a commis des gestes répréhensibles» mais «On aimerait savoir ce qui s'est vraiment passé». C'est pourquoi j'accepterai les sanctions qui me seront infligées, parce que si je n'ai pas parfaitement respecté les procédures, si j'ai eu tort de ne pas avoir insisté pour que Manon Durieux témoigne, si j'aurais dû organiser une confrontation entre le «mis en cause» et la famille Durieux, je me dis que je suis quand même resté très calme, parce que moi, si j'avais appris que ma propre fille s'était fait masser sur le lit d'un adulte, je pense que je serais déjà en prison. En prison pour meurtre.

Le procureur, en exigeant des policiers plus d'éléments à charge, ne disait pas que le massage n'avait pas eu lieu, mais qu'en l'absence de dépôt de plainte signé par l'intéressée, c'est-à-dire la victime, en l'occurrence Manon, il ne pourrait pas convoquer Sylvain et commencer une enquête officielle. Je n'avais que cette erreur de procédure, commise par les policiers, pour me persuader de l'«innocence» de mon mari. C'est la raison pour laquelle il m'a semblé plus judicieux de ne pas donner à ma rancune la possibilité de ressasser ma haine.

Je suis restée vivante après le suicide de mon mari; et c'est tant mieux, car je n'éprouve aucun regret. La femme qui avait souhaité, un soir de grande déprime – c'est-à-dire quelques heures après une cérémonie pathétique dans un cimetière –,

« rejoindre » l'homme de sa vie, celle qui ne désirait plus vivre, se trompait. J'ai finalement compris que, pour ne pas renier le père de ma fille, il me faudrait non pas le rejoindre dans la mort mais le retrouver dans ses secrets, c'est-à-dire lui survivre ; car aimer vraiment, c'est comprendre, ce n'est pas seulement pardonner.

Aujourd'hui, on m'a remis les « affaires personnelles » de Sylvain, retrouvées dans sa voiture, et les vêtements qu'il portait le jour de son suicide. Son ordinateur portable a été rendu aux patrons de l'abattoir. Tout ce qui reste de Sylvain tient dans un carton.

En sortant de la gendarmerie, je téléphone à sa mère, je lui dis que je ne sais pas quoi faire des vêtements de son fils. Elle refuse que je les jette, elle me demande de les lui apporter, et je ne lui garantis pas que je le ferai dans l'après-midi. Je ne lui dis pas non plus que j'ai balancé le couteau de Sylvain dans l'Aude, elle aurait été capable de financer une expédition de plongeurs pour le retrouver. Elle a même poussé le vice jusqu'à organiser le rapatriement du gros caillou – celui sur lequel le médecin légiste pense que Sylvain s'est cogné la tête lors de sa chute – dans son jardin. « C'est autour de cette pierre que nous nous recueillerons chaque année », nous a-t-elle dit quand les deux colosses recrutés par une société de déménagement ont déposé le morceau de granit sur sa pelouse.

Le policier, celui qui m'avait si bien parlé, a souhaité me revoir « une dernière fois, ensuite je vous laisserai tranquille ». C'est un bel homme, peut-être qu'il espère séduire une jeune veuve qui aura un jour besoin d'un compagnon de route, quand elle se sera réconciliée avec celui qui a choisi de la laisser se débrouiller seule avec une rumeur que je fais semblant de mépriser, même si ce n'est pas toujours évident d'être regardée comme une épouse qui ne savait rien de son mari.

J'ai accompagné Cassandra à son cours de dessin. Depuis le décès de Sylvain, elle ne veut plus entendre parler de compétitions sportives. Elle a raison de ne plus souhaiter faire « comme avant », je n'ai pas encore son courage, celui de changer mes habitudes, mais ça va venir. Je ne cherche plus à imposer à ma fille quoi que ce soit, elle a grandi si vite. Et puis j'ai suffisamment pleuré, le jour de l'enterrement de son père, quand elle était passée devant moi avec, posé sur ses épaules, un châle noir acheté la veille : « Pour aller enterrer papa, je veux être le plus triste possible. »

Je nous revois encore déambulant dans les rayons du supermarché pour trouver l'accessoire qui pourrait correspondre au cérémonial d'un enterrement.

Elle avait choisi ce châle par hasard, initialement elle avait pensé à des collants noirs, et je l'avais regardée sans trop savoir quoi dire. Debout, en face du miroir, toute raidie par l'assurance de sa douleur, elle m'avait affirmé qu'une tristesse, « ça se montre » ; et je m'étais retenue de pleurer.

Le policier me demande si je me suis préparée à entendre ce qu'il n'est pas obligé de me révéler mais qui risque de chambouler certaines de mes convictions. Je lui réponds que si cela concerne mon mari, je suis d'accord pour en apprendre plus sur lui. Il ne me reste que son silence pour me sentir moins seule et quelques messages vocaux que je n'ai pas encore osé effacer de mon répondeur téléphonique.

L'homme a déjà imprimé un document qu'il ne peut pas me confier, qu'il ne devrait pas me lire, mais qu'il va me lire quand même. Suite au suicide de Sylvain, les parents de Manon, peut-être un peu confus d'avoir provoqué de telles conséquences, sont revenus au commissariat pour confier aux enquêteurs des preuves inutiles – le suicide ayant stoppé le processus de l'enquête – mais suffisantes pour faire renaître le doute. Il s'agissait d'une compilation de messages que Sylvain et Manon se seraient échangés par téléphone, et de deux photos. Les heures d'envoi et de réception des textos laissent perplexe – parfois très tôt le matin et d'autres fois très tard la nuit. Quelques phrases anodines, ou des images animées, et ce compliment «Ta nouvelle coiffure te va très bien...», qui ne prouve rien.

Le policier me demande si je suis prête à voir les photos. Je lui dis qu'il n'y a aucun problème, alors il ouvre une pochette en carton et place devant moi deux feuilles sur lesquelles je distingue l'impression des visages de Sylvain et de Manon. Ils sont en tenue de sport, prennent des poses dans le bois, et ce qui m'étonne, c'est de n'avoir jamais su que mon mari courait avec la fille Durieux. Le policier me dit que ce n'est pas pour accuser mon mari qu'il a voulu me montrer ces copies de messages, mais pour me rassurer, puisque ces pièces ne pourront jamais être utilisées légalement contre Sylvain. Je souris à ce policier car cet homme est plus gêné que moi. Je lui réponds que c'est très gentil de sa part de me communiquer des éléments de la vie passée de mon mari. Je lui dis que le plus important à mes yeux n'est plus de m'intéresser à tout ce que Sylvain aurait fait sans moi, mais plutôt à tout ce qu'il me reste à vivre sans lui. Et dans le regard de l'homme, je décèle le désir qu'un jour je le choisisse lui pour vivre sans mon mari...

Chapitre IV

Je n'en peux plus de devoir m'intéresser à ce suicide. Ce n'est plus de la littérature, c'est un jeu de massacre. Je ne maîtrise plus rien, je le sais depuis mon premier roman, je n'arrive à écrire qu'à la seule condition de ne pas me raisonner, de me regarder presque, à l'œuvre, de contempler un autre que moi aligner ces mots et ces phrases bien cachés, jusque-là, quelque part en moi; toujours à mes dépens. Alors pourquoi, si tout ce que j'arrive à produire est indépendant de ma volonté, me reprocher de proposer une vision des faits trop proche d'une vérité qui ne fera pas plaisir à tout le monde? Tout simplement à cause de la figure de Truman Capote, qui me toise de son regard perplexe. Il s'agit d'un portrait découpé dans un vieux magazine, que j'ai glissé sous une vitre et que j'ai accroché au-dessus de ma table de travail. La figure ronde de ce génie des lettres n'a rien de tutélaire, elle m'écrase de son aura, de son savoir-faire. Je me sais maintenant incapable de laisser la réalité des faits guider mon récit, alors je me renseigne. Mon agent littéraire me certifie que même l'auteur de *De sang-froid* n'a pas pu tout maîtriser, lui non plus, qu'il s'est autorisé à quelques « contournements », qu'il n'a pas laissé tout le pouvoir à la connaissance qu'il avait des faits, que ce n'est pas répréhensible, que l'art n'a pas vocation à respecter la réalité mais à la transcender. Anticiper les dommages collatéraux de mon roman est un « réflexe de bonté », selon Isabelle, mais en tant que créateur je ne devrais pas me soucier des autres. Elle m'encourage à continuer d'écrire sans me préoccuper des conséquences, elle espère que je ne tergiverse pas pour la forme et que je n'exagère pas ma bienveillance parce qu'alors, ce serait du temps perdu. Elle me dit que la bonne littérature s'est toujours bâtie sur l'ignominie du monde et non sur sa beauté. Elle ne m'écoute plus. Quand je la sollicite, avec ma voix de type qui s'apitoie, elle me répond qu'elle attend de moi un « rebondissement » final digne de celui d'*Aveu de faiblesses*, un retournement de situation qui fera flancher les certitudes des lecteurs. Je lui dis que j'ai déjà tout exploité, que j'avais eu le choix entre faire le portrait d'un « type bien » qui serait en réalité un dégénéré sexuel, ou celui d'un homme que tout accuse et qui finalement se retrouverait victime de sa naïveté. Et, ne souhaitant pas résumer l'histoire de Sylvain Chabaud à une erreur judiciaire, ni me focaliser sur la haine des parents Durieux, ou faire de Manon une «petite allumeuse» un peu plus mature que les filles de son âge, il me reste quoi?

Peut-être cette photo, trouvée dans le sac à dos de Gisèle Chabaud.

La photographie met en scène Cassandra, la fille de Sylvain Chabaud. Elle est en tenue de soirée, ses cheveux blonds sont rassemblés sur le sommet du crâne en un chignon imposant qui la grandit. Les épaules apparaissent camouflées dans un châle qui en occulte les formes. C'est une sportive, cela se voit, elle ne semble pas à l'aise, perchée sur sa paire de chaussures à talons aiguilles. Elle tient dans ses mains, avec gêne, une pochette en cuir rouge. Elle pose à côté d'un groupe de personnes qui la regardent, en se moquant peut-être; c'est ce que je pense. Le cadre est bucolique, la perspective arborée et le ciel parsemé de nuages blancs. Cette photo illustrerait parfaitement la couverture d'un roman à la con ou la publicité d'une compagnie d'assurances.

Au dos de la photo on peut lire : «Mariage de Julien – deux ans après la mort de Sylvain»; il s'agit de l'écriture de Gisèle Chabaud.

Isabelle sourit avant de me demander ce que va m'inspirer précisément cette photo et je suis incapable de lui répondre. Je ne cherche pas à mener une enquête, mais je sais qu'à l'époque du suicide de son père, Cassandra avait treize ans et que, selon sa grand-mère, deux ans après, elle continuait de se coltiner un «sacré remords». C'est cette réalité, celle d'un tourment aussi perturbant qu'un secret avec lequel les générations futures de cette famille auront à se débrouiller, qui devrait m'inciter à forcer le passage, c'est-à-dire à forcer ma nature, et donc à tout faire pour rencontrer et discuter avec la fille de Sylvain Chabaud; mais je résiste encore. J'ai peur que le personnage qui a vraiment vécu ce drame ne m'impose sa propre interprétation des faits. Je veux me persuader que c'est moi qui ai raison quand j'affirme à la cantonade que seule l'intuition permet de se rapprocher de la vérité des êtres. Je passerai pour qui, si on apprend que j'ai eu besoin de poser des questions à la fille afin de mieux cerner les causes du suicide du père? Pour un journaliste amateur? Un fureteur des jours fériés? Un type qui occupe son temps libre en questionnant les jeunes filles malheureuses? Un romancier un peu voyeur? Un curieux qui s'ennuie comme il peut? Un désœuvré de la littérature? Un raté qui a besoin de la vie des autres pour nourrir la sienne? Un abandonné en mal de famille d'adoption? Un solitaire qui veut causer? Un passionné de la jeunesse? Un obsédé de la quadrature du cercle? Un pessimiste qui boit du cognac au petit déjeuner? Un écrivaillon en mal de chair fraîche?

Chapitre IV

De mes mains aux jointures blanchies, j'ai agrippé les accoudoirs du fauteuil recouvert de velours rouge dans lequel je m'étais assis pendant le temps de ma réflexion. Isabelle ne s'est aperçue de rien et contemple distraitement la photo de Cassandra. Je relâche l'étreinte et respire calmement comme avant une plongée dans l'infini ou une noyade dans une mer calme. Mon agent vient de me dire d'une voix enjouée, qui me tire de ma rêverie : « Un roman, ça se termine ! » Comment lui donner tort ? Cela fait des années que je n'ai rien écrit qui mérite d'aboutir, alors ne gâchons pas la possibilité d'échouer à bon port puisqu'il me semble évident que ce que je considérerai comme « réussi » ne le sera pas pour tout le monde.

Isabelle souhaite que nous réfléchissions ensemble à une conclusion qui ferait de mon texte un objet fini et pas cet embryon de quelque chose. Elle pense qu'il n'est pas judicieux de chercher à choquer celles et ceux qui me liront car plus rien n'est choquant de nos jours, et que la solution pourrait être d'avoir raconté une histoire d'amour qui aurait mal fini, ce qui reste un sujet universel. Elle raisonne le succès d'un livre et me dit qu'avant de penser à écrire un roman « de son temps », il faut quand même essayer qu'il soit de son monde.

— Imagine que ton Chabaud et cette Manon se soient aimés, platoniquement ou pas, ce n'est pas grave, c'est un détail, et qu'elle ait découvert qu'il fréquentait d'autres femmes, des vraies celles-là, pas des gamines, alors on pourrait penser logiquement qu'elle ait voulu lui faire payer ses incartades, pas parce qu'il trompait sa femme légitime, mais parce qu'il ne la considérait pas assez adulte…

— Je te rappelle qu'elle n'a jamais voulu porter plainte, qu'elle a refusé d'aller voir la police…

— Tu en es certain ?

— C'est ce qui s'est réellement passé…

— Eh bien, c'est parfait ! On peut très bien se dire qu'elle n'a pas osé assumer son mensonge, que la leçon qu'elle a donnée à Sylvain Chabaud est une sacrée leçon, mais que son intention n'a jamais été de l'envoyer en prison.

— Ni de provoquer son suicide ?

Terminer mon roman sur ce point de vue était une éventualité, mais que devenait alors Cassandra Chabaud dans cette histoire ? Avait-elle été la complice de Manon ou la fille malmenée d'un père incapable d'assumer les conséquences de ses actes ? Je ne pouvais plus hésiter, je me devais d'incarner cette adolescente de quinze ans qui en savait plus que moi sur son père. La grand-mère ne supporterait sûrement pas l'intrusion, dans mon récit, du personnage de Cassandra, mais il était temps pour moi de faire preuve d'un peu de courage ; de me confronter littérairement à la fille de Sylvain Chabaud, en m'inspirant de ce que je pensais d'elle, de quelques photographies, du journal intime de sa mère, et surtout, du contenu de son audition.

La vérité de Cassandra

Il existe peut-être, celui qui me dira que je suis belle, mais pour l'instant on me traite de naine. Manon me dit que c'est à cause de tout le sport que je fais si je suis si petite ; elle ne comprend pas que j'ai besoin de ça, de me fatiguer physiquement. C'est plus qu'un besoin, c'est une véritable obsession. Ça commence dès les magasins, quand il faut choisir la bonne chaussure, parce que je cours aussi, pour compenser cet inconvénient majeur de la gymnastique : celui d'être enfermée.

Je peux rester des heures à comparer les modèles présentés, à poser des questions tellement compliquées sur telle ou telle semelle que même les vendeurs en savent moins que moi. Je suis supinatrice et je sais ce dont j'ai besoin, et puis, surtout, je fais ça avec Manon. Elle, elle s'intéresse exclusivement aux marques de chaussures à la mode, portées par des chanteurs ou des acteurs. Le modèle qui lui permettra de compenser une inclinaison anormale de sa cheville, au moment de la foulée, ce n'est pas vraiment son truc.

Manon, c'est ma meilleure amie. Elle va bientôt fêter ses quinze ans, elle en fait au moins cinq de plus et ça étonne tout le monde que nous deux on s'entende aussi bien. Ça étonne les gens, et ça rend les filles de ma classe un peu jalouses, parce que j'ai seulement treize ans et que moi je fais vraiment mon âge. On est dans la même classe parce que Manon a redoublé. Elle dit que les études c'est juste un mauvais moment à passer. Elle ne sait pas ce qu'elle fera plus tard, mais personne ne se fait du souci pour elle.

Quand je me promène avec Manon, je lui vole un peu du respect qu'elle provoque. Je le vois bien qu'on la regarde dans la rue, et pas que dans la rue, même au collège les profs la regardent. Ils n'osent pas lui parler comme à une élève normale. Manon, elle décide, quand elle le veut, d'impressionner les gens. C'est amusant de la voir changer de tête quand elle est prête pour la bagarre. Le prof de maths lui a dit un matin «Je plains vos parents», et Manon lui a demandé ce qu'il venait de dire. Le pauvre M. Clément… Il est devenu rouge comme un élève quand c'est son premier jour, et il n'a plus jamais embêté Manon.

Manon ne fréquente personne de notre classe, elle ressemble à une adulte au milieu d'une bande de gamins. Elle est plus gentille avec moi parce qu'elle me dit que je suis sa seule copine. Avec Manon, c'est tout ou rien. Elle peut être celle qui commande, celle qui dirige le groupe, ou celle qui préfère rester à l'écart. Ces jours-là, même moi je dois la laisser tranquille. Elle a ses humeurs, disent ceux qui ne la comprennent pas, moi je pense qu'elle se demande juste ce qu'elle fait là, avec nous.

Quand elle vient courir avec moi – ce qui arrive rarement –, des types la sifflent parce qu'elle aime porter des collants qui se remarquent. Je profite de tout ce qu'elle provoque parce que toute seule je n'ai pas cette chance, de vivre l'admiration des autres.

Contrairement à moi, Manon possède un téléphone portable. Elle dit que c'est un instrument indispensable pour façonner sa personnalité et qu'une personnalité sans mystère n'a aucune valeur. Elle insiste. Elle me dit que pour se faire respecter, il faut être mystérieuse. « Sois mystérieuse ou bien tu vas finir vendeuse de poulets rôtis sur la place du village », elle me dit. Elle dit que le poulet, c'est la fin des haricots. Elle ne mange que du poisson cru et des salades de fruits. Elle me raconte qu'à New York, les poussins sont écrasés pour en faire de la viande à hamburgers. Elle me dit aussi de me méfier des boîtes de conserve, parce qu'elles contiennent des restes de vieux que personne n'a réclamés. Quand je la regarde et que je lui demande « C'est vrai tout ce que tu me racontes ? », elle rigole et me répond : « Avec toi, on ne s'ennuie pas. »

Manon aimerait que je sois plus respectée. Elle ne comprend pas quand je lui dis que je n'ai aucun mystère à cacher. Elle me répond que tout le monde est capable de s'inventer un mystère, que c'est juste une question de stratégie, de tactique. Elle dit qu'avec son téléphone elle peut inventer un mystère rien qu'avec un message, ou une simple photo ; et moi je la crois, même si je ne sais pas comment elle fait, parce que les mystères de Manon sont toujours plus fascinants que ceux des autres.

Ma mère me dit que Manon est une « affabulatrice ». Je n'aurais pas dû lui répéter ce que mes parents pensent d'elle. Depuis, elle ne peut s'empêcher de provoquer ma mère. Quand elle la voit, elle lui demande toujours : « Alors ? Comment ça va la petite vie ? » Le visage de ma mère aurait envie de lui répondre par une gifle, mais Manon a une manière bien à elle de dissuader les gens de la toucher.

Manon ne ment jamais, parce que Manon n'en a pas besoin. Tout ce qu'elle me dit comme un secret, j'ai pu le vérifier et jamais je n'ai été déçue. Le jour où le vendeur de la boucherie lui a donné rendez-vous dans le bois, pour soi-disant lui expliquer la différence entre les champignons vénéneux et ceux qu'on peut cuisiner, on s'était cachées toutes les deux et on l'avait filmé avec le téléphone de Manon. Le vendeur de la boucherie s'était habillé comme pour un mariage, il était ridicule avec ses doigts rouges à cause du sang de la viande. Il regardait autour de lui en attendant que Manon apparaisse, mais elle ne s'est pas montrée. Elle m'avait dit que c'était comme ça qu'il fallait se défendre contre les hommes, qu'avec une vidéo on pouvait maintenant les jeter en prison.

Manon se fiche bien de ma taille, c'est d'ailleurs la seule qui sait me parler de mon physique sans que ça m'énerve. Elle trouve toujours quelque chose de sympa à me dire, ou d'amusant. Elle m'a montré la pochette d'un vieux film de son père, *Les hommes préfèrent les grosses*, en me disant : « Comme tu vois, tous les goûts sont dans la nature… » Avec elle, je ne me vexe jamais. Je me sens invincible. C'est tellement une chance que Manon ait redoublé, qu'on soit dans la même classe. Je peux mieux profiter d'elle, apprendre à grandir en la regardant répondre aux profs, comme le jour où Mme Rambert, la prof d'anglais, m'a fait une remarque à cause de mes mollets qu'elle a trouvés très musclés. Je lui avais répondu que c'était normal que je sois musclée des jambes vu que je faisais des compétitions de gymnastique et la prof m'avait dit : « Je comprends mieux pourquoi tu n'as pas grandi normalement… » Manon n'était pas loin, elle avait tout entendu, et elle avait répondu bien fort pour que toute la classe en profite : « Vous savez, Mme Rambert, grandir, ce n'est pas seulement une question de taille… »

Manon est tellement intelligente qu'elle ne sait pas ce qu'elle fera plus tard. Elle se fiche de son avenir et préfère vivre au présent. Pas comme mon père, qui m'oblige à réfléchir à ma future profession. Il aimerait bien que je devienne professeur d'éducation physique et sportive. Il s'est renseigné, il a ramené à la maison de la documentation qu'ils ont lue avec ma mère. Il me faudra obtenir un master STAPS avant de présenter le CAPES, mais je me demande si c'est une bonne idée, si ma taille n'est pas un problème. Manon m'a rassurée en me disant : « Tant que tu n'as pas tes règles, tu peux encore grandir. Et puis quoi ! Un mètre vingt à treize ans, je connais beaucoup de naines qui aimeraient être à ta place ! »

Comme je vous le dis, Manon, c'est bien la seule qui arrive à me faire rire quand elle se moque de ma taille.

Lorsque Manon vient dormir chez nous, c'est toujours le vendredi soir. Mon père la récupère en voiture parce que c'est sur sa route quand il revient d'Espagne. Elle dit à ses parents qu'elle dort à la maison pour courir un peu parce que je suis très sportive et que ça la motive. Ce n'est pas vrai. Manon n'aime pas courir. Elle dit que ses parents sont très contents quand elle peut dormir loin de chez eux et mon père dit : « Si ce n'est pas une honte, ça ! » Il est surtout très fier que la plus jolie fille du village lui dise que, contrairement à moi, elle n'est pas née au bon endroit et qu'elle aurait préféré avoir un papa comme lui plutôt qu'un salaud comme le sien.

Quand les photos de Manon ont commencé à circuler, rien n'a changé pour moi. Peut-être même que, moi aussi, j'aurais été très fière de prouver à la Terre entière de mon village que j'avais un corps sublime. Écouter les vieux cons de Montagnac dire que le comportement de la «fille Durieux» était celui d'une «petite pute» l'amusait autant que moi. Son tatouage ou la pointe de son sein ont fait plus pour sa réputation que ses baskets à la mode ou sa manière de parler aux adultes. Elle a tellement bien assumé la diffusion de ces photos qu'elle devait calmer son père qui disait avoir honte de sa fille. «Il a honte de quoi?» j'ai demandé un jour à Manon, et elle m'a répondu : «Peut-être que je sois plus jolie que sa femme…»

Le chef de la police municipale a convoqué tous les garçons du collège parce que le père de Manon a dit à une réunion : «On a obligé ma fille à montrer ses fesses et je veux savoir qui…» Les garçons sont revenus très fiers d'avoir été interrogés, ils en ont parlé comme s'ils avaient fait de la prison. Être soupçonnés d'avoir obligé Manon à se déshabiller était pour eux la preuve qui manquait à leur virilité.

Je les plains, parce que devant Manon ils n'oseraient jamais dire ce qu'ils me disent. Ils savent que c'est ma meilleure copine, c'est pour cette raison que les plus abrutis la menacent par mon intermédiaire qu'elle n'a pas intérêt à les dénoncer. Je leur réponds que ce n'est pas le genre de fille à dénoncer, ni le genre de fille à se laisser faire, et donc que ça m'étonnerait beaucoup que des minables de leur âge aient pu l'obliger à leur montrer son tatouage. Et parce que finalement personne n'a avoué être l'auteur des photos, le sujet des fesses de Manon a consolidé sa légende. C'est d'ailleurs vers ce moment que ses parents ont décidé de se fâcher avec les miens et que forcément elle n'est plus jamais venue dormir à la maison ; sauf quand elle leur fait croire qu'elle va passer le week-end chez sa cousine.

Ce n'est pas parce que Manon nous a révélé que ses parents étaient violents avec elle qu'ils ne veulent plus parler avec les miens, mais parce que mon père aurait proposé de leur donner quelques conseils. C'est vrai que dans le village, à un moment, tout le monde ne parlait que des photos de Manon. Ses parents ont refusé cette « main tendue » en disant qu'ils n'avaient pas de leçons à recevoir de Sylvain Chabaud pour élever leur fille, « un homme qui devrait d'ailleurs commencer par balayer devant sa porte… ».

Manon dit que si ses parents ne veulent plus nous parler, c'est parce qu'ils sont jaloux de mon père, de sa façon de se comporter en public, de sa manière qu'il a de se rendre indispensable, et aussi parce qu'il cherche toujours à se faire «bien voir». Manon m'a même dit qu'elle avait entendu plusieurs fois ses parents se disputer à propos de lui, comme s'ils étaient obsédés, et qu'elle n'avait aucun doute sur le fait qu'ils le détestaient car sinon ils ne diraient pas «l'autre connard de Chabaud» quand ils parlent de mon père.

Avec mon père, on ne se parle que deux jours par semaine, c'est-à-dire quand il ne travaille pas en Espagne. Ces jours-là, il me propose de faire du vélo, mais je vois bien qu'il est content quand je lui réponds que je préfère aller courir seule.

Il a tellement de copains que je me demande s'il les connaît tous. Il fait plein de choses et il répète sa phrase favorite plusieurs fois par jour : «Tant qu'on a la santé, il faut en profiter pour s'occuper...»

Ma mère laisse mon père m'interdire ce qu'il veut sans jamais le contredire, c'est pour ça que je me méfie d'elle. Des fois, j'ai l'impression, en présence de mon père, d'avoir une sœur aînée très motivée pour me dénoncer. Il nous parle pareil et sa femme l'écoute comme une enfant. Ils n'ont pas le même âge, mais quand même, elle a fêté ses trente-six ans le mois dernier. Elle pourrait être aussi belle que

Manon si elle le voulait vraiment, mais jamais elle n'osera. La beauté, c'est aussi affaire de confiance en soi, et question confiance en soi, ma mère, je la plains un peu.

Je ne sais pas pourquoi, mais les jours où mon père est là, ma mère se comporte différemment. Manon dit qu'elle a compris que, pour que son mari soit heureux, il fallait lui laisser le pouvoir de décider. S'il organise tout, ce serait grâce à sa femme qui est très amoureuse et qui est d'accord pour lui laisser prendre toutes les initiatives, qu'elle serait largement capable d'assumer toute seule, mais son problème, c'est qu'elle est vraiment très amoureuse.

C'est vrai qu'un jour, je suis allée attendre ma mère à son travail, à la pharmacie. Je m'ennuyais dehors, alors je suis rentrée et je l'ai vue. Elle était face à un groupe de personnes, des clients, qui la regardaient comme si on avait posé devant eux une machine à raconter le secret de l'univers. Elle expliquait comment se servir d'un diffuseur d'huiles essentielles. Il suffisait de brancher un fil et d'appuyer sur un bouton, mais la manière qu'elle avait de parler faisait de ce diffuseur un objet à posséder sans discuter. Elle était souriante et pleine de mots dans la bouche, comme elle n'est jamais en famille, puisque c'est surtout mon père qui parle quand il y a du monde à la maison. Une fois la foule dispersée, j'ai eu besoin d'au moins trente minutes pour réussir à lui parler normalement, sans gêne. Je regrette encore de ne pas lui avoir dit que j'avais été fière d'elle, mais peut-être qu'un jour je saurai enfin lui dire que je l'aime.

Finalement, Manon a raison quand elle dit que pour connaître vraiment les gens, il faut les surprendre. Qu'en présence de certaines personnes, on fait tout pour ne pas montrer qui on est, que c'est rare d'être sincère et de n'avoir honte de rien.

On vit à Montagnac, un village un peu pourri près de Narbonne, et mon père travaille en Espagne depuis qu'il a quitté son précédent travail. Il m'a expliqué qu'il avait préféré démissionner plutôt que de devoir organiser le licenciement de quatre salariés qui étaient devenus des amis. Il est resté un mois à la maison avant de suivre une formation ; et c'est à cette époque qu'il a commencé à me surveiller, à me questionner sur qui je voyais et sur ce que je faisais quand j'étais loin de la maison. Heureusement, un jour, il a annoncé qu'il irait travailler à l'étranger grâce à son nouveau diplôme. Il nous a expliqué qu'il avait accumulé suffisamment d'années de cotisations pour faire « financer par un organisme de formation une nouvelle compétence » qui lui avait permis de décrocher un « job de rêve ». Pourtant, il n'a pas vraiment réussi à me convaincre que « chef comptable » était un job de rêve, surtout dans un abattoir.

Au début, ça devait être temporaire. Il avait prévu d'acheter une maison près de la frontière, on en a même visité plusieurs ensemble avant qu'ils se disent, avec ma mère, que « le mieux » serait d'attendre que son nouveau travail ne se finisse pas comme le précédent. Avant de quitter la maison pour rejoindre l'abattoir pour lequel il travaille, le jour d'avant, je rigole toujours quand ma mère lui prépare sa petite valise avec dedans le nombre suffisant de slips, de chaussettes, de pantalons et de chemises, parce que je sais qu'il ajoute des vêtements en cachette.

Du lundi au vendredi, il dort dans un petit appartement que lui paie son employeur et qu'il n'a jamais voulu nous faire visiter parce que c'est selon lui un « outil de travail ». Manon me dit qu'il « cloisonne », que ça l'arrange de vivre loin d'ici quelques jours par semaine. Elle ne parle définitivement pas comme une fille de son âge, elle semble avoir vécu une autre vie avant.

Manon me dit que lorsque mon père se pince la langue entre les dents, c'est parce qu'il a repéré une jolie femme dans la rue. Elle avait rigolé pour me dire ça, on était tous sortis faire la fête à Montagnac, ça s'était mal passé entre elle et mon père. On était rentrés chez nous sans Manon, mais j'avais tout vu. Je lui ai demandé, alors que mes parents étaient déjà loin, si mon père était devenu son nouveau « cheval de bataille » et Manon m'avait répondu :

— Mais non, Cassandra. On dit «bouc émissaire»…

Au contact de Manon, j'en apprends plus sur la vie qu'avec mes parents. S'ils me prenaient moins pour une «petite» fille, je préférerais; ça me permettrait de ne pas «ronger mon frère» jusqu'à mes seize ans, alors que je suis fille unique, pour enfin posséder un téléphone comme Manon qui n'a pas eu besoin d'attendre cet âge.

Je n'ai pas réussi à faire comme Manon. Ses parents n'ont pas eu le choix, ils ont été obligés de lui acheter un téléphone parce qu'ils savaient qu'un jour ou l'autre, elle en aurait trouvé un. Parce que Manon a raison quand elle dit: «Ce qu'on ne te donne pas, il faut aller le chercher.»

Avec ma mère, on a croisé le docteur Thyssen. Je l'avais retrouvée dans une rue de Montagnac, après mes cours, et on revenait à pied à la maison. Le docteur Thyssen nous a dit en remuant ses grosses mains qu'il était étonné que «Sylvain ait pu oser demander à ma secrétaire de lui fournir une attestation médicale antidatée», en précisant que c'était dans le but d'effectuer un vol en parapente, et que ça me concernait. Ma mère a rassuré le docteur en disant que mon père pratiquait ce sport depuis quelques mois, que c'était sa nouvelle passion. Elle a aussi dit qu'elle reconnaissait bien là son mari.

« Il n'a sûrement pas voulu que je m'inquiète pour Cassandra. Il est tellement protecteur… »

Le docteur Thyssen a insisté pour qu'elle prévienne mon père que jamais il ne ferait une fausse attestation, et ma mère lui a répondu qu'elle informerait son mari « dès ce soir, quand il sera rentré de sa semaine de travail en Espagne ».

Quand on a été seules, elle m'a demandé ce que c'était que cette histoire de vol en parapente, et moi je lui ai dit que je n'étais au courant de rien, que j'espérais que ce n'était pas une idée de cadeau parce que jamais je ne voudrais me jeter dans le vide, même accrochée à un parachute. Je lui ai rappelé que j'avais le vertige, et que c'était sûrement la faute de ma petite taille si, à partir de deux mètres, j'avais la tête qui tournait. Elle m'a répondu de ne pas parler « comme ça », que je confondais tout, que je n'avais pas encore fini ma croissance, et tout un tas d'autres idioties qu'elle me répète quand elle a décidé de chercher à me faire croire qu'un jour je serai grande et belle.

On est rentrées à la maison au moment où mon père a téléphoné pour prévenir qu'il arriverait à Montagnac vendredi dans la soirée, « à cause d'un dossier compliqué à finaliser ». Elle ne lui a rien dit à propos du vol en parapente, alors que je lui avais demandé de le prévenir que je n'irais jamais avec lui, et on s'est fait livrer des plateaux de sushis que je pourrais manger même au petit déjeuner tellement j'aime le poisson cru. On a regardé une série trop géniale qui raconte en quatre saisons les délires d'un type qui suit des femmes dans la rue avant de les tuer quand il en a marre de les séduire, et on s'est couchées très tard parce qu'on n'avait pas résisté et qu'on avait regardé tous les épisodes de la saison deux.

On est convoquées au commissariat avec ma mère. On a immédiatement pensé à Manon, à cause des photos, et on a eu raison parce que le policier a demandé à ma mère si je connaissais bien « la petite Manon Durieux ». Ils savaient déjà qu'on était dans la même classe, et ensuite il a dit qu'ils aimeraient me poser quelques questions. Ils avaient peut-être enfin retrouvé le coupable, celui qui avait diffusé les photos, et surtout obligé Manon à baisser sa culotte pour montrer son tatouage.

Ma mère n'a pas voulu prendre le risque que mon père ne nous réponde pas au téléphone. Elle a préféré lui expliquer sur un morceau de papier pourquoi, lorsqu'il rentrerait à la maison, on n'y serait sûrement pas. Elle a posé la feuille sur la table de l'entrée et je lui ai demandé pourquoi elle avait écrit « au sujet de qui tu sais » et pas tout simplement « Manon ». Elle m'a répondu que le plus important était de prévenir mon père qu'on serait de retour vers treize heures, qu'il ne fallait pas qu'il s'inquiète, et qu'on reviendrait avec un poulet déjà cuit.

Un policier habillé avec les mêmes vêtements que porte mon père quand il ne travaille pas nous a prévenues très vite que si on nous avait fait venir, c'était pour parler de Manon, mais pas seulement. Une femme en uniforme a demandé à ma mère de me laisser seule dans le bureau, elle souhaitait que je puisse répondre librement aux questions « sans que votre fille soit influencée par votre présence ». Elles sont sorties de la pièce et je me suis assise devant le policier avant que la femme revienne, toute seule. L'homme a commencé par me demander « Tu sais pourquoi tu es là ? », et moi j'ai répondu : « Si c'est à cause de ma copine Manon, je pense que oui... » Et parce qu'il m'a semblé très intéressé par ma réponse, et qu'il m'a demandé de dire tout ce que je savais, je lui ai raconté les photos d'elle qui avaient circulé, d'abord dans tout le collège, et ensuite sur Internet, des photos qu'on l'avait obligée à faire, ou pas : « Avec Manon, on ne sait jamais qui décide, même si je pense qu'elle sait très bien ce qu'elle fait. »

J'ai aussi raconté pourquoi, avec Manon, on aimait courir ensemble et comment elle avait dit à un type qui nous suivait de trop près « Si vous me rattrapez, vous aurez droit à un baiser » et que jamais il n'avait pu la rattraper parce qu'en plus d'être la plus belle, c'est elle qui court le plus vite. Le policier a souri en disant « Décidément, cette

Manon aime bien se faire remarquer... » et la policière m'a demandé si c'était vrai que mon père et Manon s'entendaient bien. L'homme a dit : « On sait qu'elle vient dormir chez vous régulièrement, il ne faudra pas nous dire le contraire... » J'ai répondu que c'était bizarre qu'il me parle de ça puisque justement elle ne venait plus dormir à la maison à cause des photos. Comme ils ne semblaient pas comprendre, j'ai expliqué que mon père avait voulu donner des conseils aux parents de Manon et que c'est depuis ce moment qu'ils ne se parlaient plus.

— Des conseils ? Des conseils à propos de quoi ?

J'ai hésité avant de répondre parce que c'est devenu évident que mon père n'aurait jamais dû se permettre de donner son avis aux parents de Manon et qu'ils avaient bien fait de refuser son aide, une aide qui disait « Je vais vous expliquer comment on éduque une fille de quatorze ans », mais qui disait aussi « Vous ne savez pas bien vous occuper de votre fille. »

J'ai préféré répondre aux deux policiers : « Je ne sais pas ce que mon père a dit aux parents de Manon, mais je sais que Manon se moque toujours de lui quand il cherche à lui donner des conseils à elle... Elle dit même qu'il devrait d'abord s'occuper un peu mieux de moi... » Le policier a regardé sa collègue comme si je venais de leur dire que sous leur siège quelqu'un avait caché une bombe. La femme m'a demandé « Tu penses que ton père n'est pas la personne la mieux placée pour donner des conseils aux parents de ta copine?», et je lui ai répondu que de toute façon, elle n'avait pas besoin qu'on s'occupe d'elle. Le policier a dit «Je vois» avant de me demander si je savais pourquoi mon père avait tant insisté pour donner des conseils aux parents de Manon, au point de se fâcher avec eux, et je lui ai répondu : «Parce que des gens l'avaient traitée de pute dans le village…» Le policier a encore dit «Je vois» et je l'ai regardé taper sur le clavier de son ordinateur. J'ai pensé que peut-être le mot «pute» dans la bouche d'une fille de mon âge l'avait choqué, mais franchement on dit pire dans la cour du collège.

La femme en uniforme a voulu savoir si Manon fréquentait un petit copain, alors je lui ai répondu qu'elle avait quitté Yann Loudéac parce qu'il était «trop naze» et que depuis, elle préférait être seule. Elle m'a demandé si mon père se comportait avec toutes mes autres copines comme il se comportait avec Manon, mais je n'ai pas compris sa question, alors j'ai demandé «C'est-à-dire?», et c'est l'homme qui a précisé la question : «Est-ce que, par exemple, il va les chercher à leur domicile comme il passe prendre Manon chez elle?»

J'ai répondu que ça faisait longtemps qu'il n'avait plus besoin d'aller au domicile de Manon, puisqu'elle ne venait plus dormir à la maison depuis que ses parents ne voulaient plus voir les miens.

— Ça ne t'a jamais étonnée que ton père se rende en voiture chez ta meilleure amie sans te proposer de venir avec lui ?

— Pourquoi ça devrait m'étonner ? Il allait chez elle quand il revenait d'Espagne, c'était sur sa route.

— Tu penses que les parents de Manon étaient contents de savoir que c'était ton papa qui venait chercher leur fille ?

— Ils ne pouvaient pas être contents ou mécontents puisque Manon leur disait qu'elle prenait le bus.

— Et toi, tu aimes rester seule avec ton père, comme Manon quand elle se retrouvait seule dans sa voiture ?

— Non.

— Tu peux être plus précise ?

— Disons que je ne suis pas à l'aise, qu'il me gêne.

— Quand tu es seule avec ton papa, ça se passe comment ?

— Je l'écoute surtout me parler. Ou alors il me propose de faire des trucs. Des trucs que je n'aime pas faire.

— Tu nous dis que ton papa te propose de faire des choses qui te gênent ?

— Oui. Comme du bricolage par exemple.

Ma mère est revenue dans le bureau et l'officier de police lui a demandé de s'asseoir. Ensuite, il a dit : « L'audition de votre fille est maintenant terminée », sans lui préciser tout ce que j'avais été obligée de reconnaître. Ma mère a demandé si on pouvait partir et la policière a répondu qu'avant, ils avaient besoin de lui poser quelques questions. Ma mère a dit « Je vous écoute » et la femme lui a demandé ce qu'elle penserait d'un homme, d'un adulte, qui caresserait le sexe des jeunes filles. Ma mère a répondu une phrase tellement bien que je serais incapable de la répéter, que même j'ai été étonnée qu'elle sache parler aussi bien parce qu'à la maison elle ne fait jamais ce genre de phrases. Ensuite, le policier a demandé à ma mère si elle savait que son mari la trompait, « avec des femmes, je veux dire, pas avec des enfants », et bien sûr que ma mère n'a pas répondu tout de suite, qu'elle a eu besoin d'entendre deux fois la question. Elle m'a montrée du doigt en demandant si c'était « judicieux de parler de tout ça devant sa fille » et la femme en uniforme a répondu que c'était justement moi qui leur avais raconté comment j'avais découvert par hasard que mon père avait une « double vie ». Ma mère a répété plusieurs fois « Une double vie, c'est une plaisanterie ? » et le policier lui a demandé de se calmer, qu'elle n'avait pas été convoquée pour parler des infidélités de son mari, que ce sujet était apparu par hasard dans la discussion. C'est à ce moment que j'ai commencé à regretter d'avoir foncé dans le tas de leurs questions sans penser à comment ma mère réagirait si on lui répétait que c'était à cause des photos et des messages trouvés dans le téléphone portable de mon père que j'avais décidé de lui en vouloir. La policière a dit à ma mère que, personnellement, «la double vie de votre mari», elle s'en fichait, mais que le sujet méritait qu'on s'y attarde «étant donné la personnalité de M. Chabaud». Ma mère s'est affolée. «En quoi la personnalité de mon mari est un problème? Je ne comprends plus rien à ce que vous dites!», elle a dit, et le policier a proposé à ma mère de lui donner quelques exemples. «Des exemples de quoi?», elle a dit d'une voix très énervée, et la femme a répondu : «Des exemples qui vous permettront de comprendre comment une fille qui n'a pas encore treize ans peut réagir quand elle découvre que son papa trompe sa maman avec d'autres femmes…»

Le policier a lu la feuille sur laquelle tout ce que j'avais dit avait été imprimé, il a parlé de la photo de la femme nue sur un ski nautique et surtout du message qui disait que «c'était bien hier soir, il faudra remettre ça…»; et puis il a posé la feuille sur son bureau, il a dit «Et encore je ne vous ai pas tout lu», et il a regardé ma mère qui m'a demandé comment j'avais pu raconter tous ces mensonges. La femme en uniforme lui a demandé de ne pas me parler sur ce ton et ma mère a dit :

— Je m'adresse à ma fille sur le ton que je veux et permettez-moi de vous dire, à tous les deux, que si mon mari m'avait trompée, il me l'aurait dit. Il me l'aurait dit parce qu'on se dit tout.

— Vous pensez si bien connaître votre mari?

— Oui. Je sais qu'il est incapable de mentir, cela se remarque tout de suite quand il veut me cacher quelque chose. Et franchement, les petites cachotteries qu'il m'a faites, jusque-là, ce n'étaient que des broutilles...

— Et se retrouver allongé avec une enfant à moitié nue, sur un lit, sur votre lit, celui où je pense que vous faites l'amour, selon votre point de vue, c'est aussi une broutille?

Le policier vient d'expliquer à ma mère que c'est à cause de tout ce que j'ai découvert sur mon père que je n'aurais plus confiance en lui et que je n'aurais pas douté de la sincérité de Manon quand elle m'avait affirmé : «Ton père m'a touché le sexe pendant le massage.» Ma mère a secoué la tête en demandant «Vous êtes en train de me dire quoi, là? Que mon mari aurait eu des relations sexuelles avec Manon?», mais il n'était pas question de ça, seulement d'un massage, effectué quand j'étais revenue de mon entraînement de gymnastique, alors que Manon était à la maison.

En espérant peut-être défendre mon père, ma mère a évoqué les photos de Manon qui avaient été diffusées sur Internet. Elle a dit en parlant de ma meilleure amie «Cette fille est une allumeuse, tout le monde le sait au village» et le policier lui a demandé si elle cherchait à leur dire que son mari se serait laissé séduire par Manon. Ma mère a levé les yeux au ciel et puis elle a reproché au policier de mal interpréter ses propos, que ce qu'elle avait voulu dire, c'est qu'il était important de bien connaître la personnalité des gens qui accusaient les autres, et surtout sans preuve.

— Parce que j'imagine que, dans cette histoire, ce sera parole contre parole…

La femme en uniforme a dit qu'elle comprenait parfaitement ma mère, que sa réaction ne l'étonnait pas, parce qu'ils y étaient habitués. Son collègue a confirmé qu'elle réagissait comme beaucoup d'épouses qui refusent d'admettre la «réalité des faits» et ma mère a hurlé : «Quelle réalité? Quels faits? Vous m'annoncez de façon détournée que Manon Durieux accuse mon mari de lui avoir touché le sexe et moi je devrais croire sur parole les propos d'une petite garce que nous avons accueillie chez nous par compassion?»

Le policier a semblé intéressé par ce que venait de dire ma mère. Il lui a demandé : «Comment ça, par compassion? Vous pouvez être plus précise?»; et ma mère a expliqué sa théorie : «J'aurais dû vérifier, c'est moi la fautive, je n'aurais pas dû me laisser attendrir par Manon. Mon mari s'est senti obligé de la protéger, de la défendre contre son père, alors que j'aurais dû lui conseiller de ne pas se laisser embobiner. C'était idiot. Mais il faut nous comprendre, elle nous affirmait, sans négliger les détails, comment elle était maltraitée, comment ses parents l'éduquaient, comment ils la méprisaient… » Maintenant, ma mère regrettait d'avoir écouté Manon, et surtout de l'avoir crue, car « en plus de nous obliger à la plaindre, elle nous a imposé une promiscuité malsaine ».

— Vous parlez de promiscuité…

— Elle était tout le temps fourrée chez nous !

— Mais pourquoi « malsaine » ?

— Parce qu'elle nous disait regretter que Sylvain ne soit pas son père.

— Et c'est malsain de dire ça ?

— Vous l'avez interrogée comme vous êtes en train de nous interroger ?

— Pas encore.

— Alors ça ne m'étonne pas. Quand vous l'aurez en face de vous, vous comprendrez ce que je veux dire.

Le policier a essayé de résumer ce que venait de dire ma mère. Il lui a dit que ce qu'elle reprochait à Manon, « vous me confirmerez si j'ai bien tout compris », était de lui avoir raconté que ses parents étaient de mauvais parents. « C'est un peu ça », a dit ma mère en me regardant et en disant : « Elle nous disait que son père était violent avec elle. Ou que sa mère aurait préféré qu'elle ne naisse pas… » La femme en uniforme a dit que, si le père de Manon la brutalisait, il aurait été judicieux d'en parler à la police, et ma mère a répondu, en détournant son regard de moi, que Manon était une provocatrice et une mythomane. La policière m'a regardée pour me traduire « Ça veut dire menteuse », et moi je lui ai répondu : « Je connais le mot. » Le policier a demandé ce que je pensais de ma copine, si j'avais l'impression qu'elle racontait parfois des mensonges, et j'ai répondu que la seule chose que je savais, c'est que jamais elle ne m'avait dit que ses parents étaient violents, ou méchants, mais seulement que c'étaient des cons. Les deux policiers ont souri et la femme m'a demandé ce que Manon me disait quand elle parlait de mes propres parents. J'ai hésité pour bien choisir mes mots et j'ai répondu qu'au début, elle disait que ma mère était « trop sympa », qu'elle aurait préféré un papa comme le mien plutôt que le sien, avant ensuite d'affirmer que finalement tous les parents étaient les mêmes.

Le policier m'a donné le choix. Ou de répéter à ma mère ce que je leur avais dit, ou de lui laisser tranquillement lire ma déposition. J'ai préféré regarder ma mère bien droit dans les yeux pour qu'elle arrête de me reprocher silencieusement d'avoir dénoncé son mari, je lui ai dit que ce massage avait bien eu lieu, qu'il avait été pratiqué un samedi après-midi, après un entraînement, qu'on s'était allongées toutes les deux sur leur lit, parce que mon père avait dit que ce serait plus pratique de faire ça sur un grand lit plutôt que sur le canapé du salon, qu'on avait enlevé nos pantalons, qu'on avait gardé nos culottes, qu'on avait enlevé nos tee-shirts et que Manon avait dégrafé son soutien-gorge, et qu'on s'était mises sur le ventre.

— Et les caresses? Au niveau du sexe de ta copine? Tu ne vas pas me faire croire que tu as vu ton père faire ça!

— À un moment, je n'ai plus supporté le bruit que faisaient les mains de papa imbibées d'huile sur la peau de Manon, alors j'ai mis mon casque pour écouter de la musique et j'ai tourné la tête pour ne pas les voir. C'est après la séance de massage, quand on s'est retrouvées seules dans le jardin, que Manon m'a tout raconté, et moi je l'ai crue.

Ma mère est restée très calme pour dire qu'elle avait confiance en son mari et qu'elle ne manquait pas de preuves de son intégrité morale. Elle a aussi demandé quel lien il pouvait exister entre le fait de tromper sa femme et celui d'être accusé d'avoir massé une adolescente et le policier a répondu à ma mère :

— Donc, vous ne réfutez pas la possibilité que votre mari vous trompe… Malgré son intégrité.

Ma mère a fini par exiger qu'on nous laisse partir. «On n'a rien à faire là, elle a dit, c'est de mon mari qu'il est question, pas de moi, ni de ma fille!» Elle a demandé pourquoi, d'ailleurs, il n'avait pas été convoqué en même temps que nous, et le policier lui a répondu que c'était « stratégique ».

— D'expérience, nous savons qu'il est plus efficace d'ouvrir les yeux des membres de l'entourage d'un pédophile, afin de s'en faire des alliés, car lorsqu'on fait partie des intimes d'un « mis en cause », la vérité a la même sauvagerie qu'un coup de couteau en plein cœur, et, une fois la blessure cicatrisée, il est plus facile de se souvenir de gestes déplacés qui sont passés inaperçus au moment des faits.

Le policier avait dit sa phrase en prenant le temps de mimer avec sa main une lame qui s'enfoncerait lentement dans sa poitrine et ma mère a fermé les yeux. Elle a dit «Je voudrais savoir... » en serrant les poings très fort. On la regardait tous, elle était très blanche du visage et ses mains tremblaient. Elle a ouvert les yeux et elle a dit : «Je suis désolée, mais je ne me sens pas très bien... » La policière lui a proposé un verre d'eau qu'elle a refusé et elle a demandé : « Si ma fille n'a rien vu ni rien entendu, je peux savoir ce qu'elle vous a dit pour contredire les accusations des parents de Manon ? » Alors l'homme a pris la feuille de ma déposition, il s'est raclé la gorge et il a lu les questions qu'ils m'avaient posées et les réponses que je n'aurais jamais osé faire devant ma mère :

Officier de police : Après le massage, Manon t'a dit quoi ?

CHABAUD CASSANDRA : Elle m'a dit : ton père m'a caressée entre les jambes, il a mis sa main dans ma culotte.

OFFICIER DE POLICE : Et tu l'as crue ?

CHABAUD CASSANDRA : Au départ je pensais qu'elle rigolait…

OFFICIER DE POLICE : Tu pensais qu'elle te faisait une blague ?

CHABAUD CASSANDRA : En fait, quand elle ne rigole pas, ça se comprend très vite.

OFFICIER DE POLICE : Tu as essayé de défendre ton père ?

CHABAUD CASSANDRA : Non.

OFFICIER DE POLICE : Je répète ma question : lorsque Manon te dit que ton père lui a caressé le sexe, est-ce que tu la crois ?

CHABAUD CASSANDRA : Oui.

OFFICIER DE POLICE : Pourquoi ne doutes-tu pas de ce qu'elle te dit ?

CHABAUD CASSANDRA : Parce que je pense que mon père est tout à fait capable de lui avoir fait ça, puisqu'il est capable de tromper ma mère.

Ma mère roule trop vite. Elle me reproche d'avoir lâchement accusé mon propre père : « En disant aux policiers que tu penses que ta copine ne ment pas, tu lui fais courir le risque d'aller en prison, tu en as conscience ? Tu aurais pu au moins éviter de leur parler des photos que tu as trouvées sur son téléphone ! Merde ! Tu es avec qui dans cette histoire ? Avec nous ou avec les Durieux ? »

Elle a eu raison de me parler comme ça parce que ça m'a permis de ne plus hésiter. Je lui ai tout raconté. Je lui ai dit comment papa m'avait menacée de ne surtout pas chercher à faire de la peine à ma mère en lui rapportant n'importe quoi, en inventant des scénarios impossibles à partir de simples photos aperçues sur son téléphone, ou à cause de phrases que j'avais mal interprétées en raison de mon âge.

C'est devenu impossible de me retenir de pleurer, les larmes de la voiture s'ajoutaient à celles du commissariat, et c'est en hurlant que j'ai dit à ma mère que j'avais même rencontré un psychologue « si elle voulait tout savoir », à cause des cauchemars que je faisais après tous les messages trouvés dans le téléphone de mon père. Elle m'a répondu comme elle me répond quand elle ne me croit pas, quand je rentre après l'heure autorisée à la maison parce qu'avec Manon on est restées trop longtemps dehors, et que je lui raconte que le pneu de mon vélo s'est dégonflé sur la route. Elle m'a dit que j'étais devenue comme elle, « comme cette Manon de malheur » ; mais moi j'avais une preuve que je n'étais pas devenue subitement une menteuse.

Quand on est arrivées à la maison, la première chose qu'a faite ma mère, c'est de téléphoner chez mamie parce que bien sûr mon père devait y être. Il n'a pas mis longtemps à nous rejoindre et ensuite on lui a expliqué ce que Manon avait raconté à ses parents. Mon père a semblé plus surpris que véritablement inquiet et maman lui a reproché de ne pas se rendre compte de la gravité de la situation.

— Les Durieux t'accusent d'avoir caressé leur fille, de lui avoir touché le sexe ! Alors maintenant, c'est ton tour, les policiers veulent te parler, ton audition est prévue à quatorze heures.

Si mon père a admis sans problème avoir massé Manon en même temps que moi, il a nié formellement les accusations des parents Durieux. Ma mère a cherché à le rassurer en lui disant qu'elle ne le pensait pas capable de « faire ça, surtout sur notre propre lit », qu'elle l'avait dit aux policiers, et qu'il ne fallait pas qu'il doute de son soutien, mais que se retrouver devant des gens en uniforme n'était jamais rassurant. Elle l'a prévenu aussi qu'il risquait d'être surpris, quand il serait devant eux, « parce que ta propre fille a beaucoup parlé de toi ». Il m'a demandé ce que j'avais dit aux policiers et moi je lui ai répondu que je n'avais rien dit, que j'avais juste répondu à des questions.

— Tu ne me réponds pas, Cassandra. J'aimerais savoir ce que tu leur as dit, précisément.

— Rien que tu ne sais pas déjà.

C'est à ce moment que ma mère a exigé des explications à propos de tout ce qu'elle venait d'apprendre. Mon père lui a demandé « Tu fais allusion à quoi ? », et elle lui a parlé des photos que j'aurais découvertes par hasard dans son téléphone. Il m'a reproché d'avoir raconté à des inconnus ce qu'il jugeait être une « affaire classée » et il a expliqué à ma mère que c'était vrai, que j'avais trouvé des messages envoyés par des collègues de travail, « parfois un peu grivois », et qu'il fallait arrêter avec ça, qu'il aurait été complètement idiot de sa part de laisser des messages compromettants sur son téléphone et dans le même temps de me le prêter. Ma mère lui a répondu qu'il n'avait pas à se justifier, qu'elle savait bien qu'il était un homme droit, mais elle lui a reproché de ne pas lui avoir dit qu'en raison de ma « curiosité », il avait décidé de me faire consulter un psychologue. Il lui a répondu qu'il fallait le comprendre, que c'est toujours compliqué d'expliquer ce genre de choses, et que surtout il voulait la préserver, ne pas l'inquiéter inutilement pour de simples messages téléphoniques ; et ma mère a semblé lui pardonner les neuf rendez-vous chez M. Umberti comme si le problème c'était moi.

« Nous l'avons protégée exagérément. Je viens de comprendre que ce n'est pas nous qui l'avons accueillie, mais que c'est elle qui s'est immiscée dans notre vie. » Ma mère soupçonne dorénavant Manon de m'avoir convaincue que mon père était un « sale type ». Elle affirme que « cette fille » est capable de beaucoup de haine, que c'est la marque des « gens dérangés », que sa vie ne sera rien d'autre qu'une longue route parsemée de scandales, de rumeurs, de méchancetés gratuites et de trahisons. Je l'écoute sans répliquer alors que je sais qu'elle a raison. Je pense même que toute seule, sans Manon pour me donner le courage d'aller révéler à mon père ce que j'avais trouvé dans son téléphone, jamais je n'aurais osé lui demander s'il vivait avec une autre femme en Espagne. C'est elle qui a insisté, qui m'a dit que papa était comme tous les hommes, et qu'il fallait qu'il arrête de se faire passer pour un type parfait.

— Tant qu'elle ne se sera pas excusée et tant qu'elle n'aura pas admis être, cette fois-ci, allée trop loin, je ne veux plus entendre parler d'elle, c'est bien clair, Cassandra ? Je ne veux plus que tu fréquentes cette fille.

Mon père a décidé de rester assis dans le canapé du salon. C'est la première fois que je le vois aussi calme en notre présence. Il est habituellement plus agité, toujours prêt à trouver une idée qui l'obligerait à s'absenter. Il se demande, en regardant l'horloge accrochée près de la cheminée, combien de temps on met pour aller au commissariat. Ma mère, qui faisait semblant de ne pas l'écouter, lui a répondu « À peine vingt minutes » comme si elle était habituée à faire le trajet entre la maison et l'endroit où on nous a interrogées.

Mon père se lève en disant qu'il va aller se préparer, qu'il ne peut tout de même pas se présenter devant des policiers habillé de manière trop « décontractée », qu'il faudra qu'on le prenne au sérieux. En grimpant l'escalier qui mène aux chambres, il dit qu'il ne comprend pas comment Manon a pu dire qu'il l'aurait « caressée au niveau du sexe » et bizarrement, ma mère lui explique qu'elle n'y est peut-être pour rien, « cette gamine », que tout est la faute de ses parents. Elle dit qu'ils ont sûrement profité de cette séance de massage pour inventer des caresses ; qu'ils seraient bien capables de raconter ce genre d'histoires par jalousie. Je ne comprenais pas pourquoi elle lui disait l'inverse de ce qu'elle m'avait dit à moi. Quel était le but de faire passer subitement Manon pour la victime de ses parents alors qu'il suffisait de les mettre ensemble dans la même pièce pour comprendre que les plus faibles, c'étaient eux ? Mon père a répété encore une fois que jamais il n'aurait pu imaginer Manon capable de « proférer de telles accusations à mon encontre », il semblait triste, presque malheureux, et ma mère lui a demandé de se ressaisir, car devant les policiers il faudrait qu'il soit plus sûr de lui.

Elle lui a conseillé de bien se coiffer et de cirer ses chaussures, et lorsque mon père est apparu en haut des marches, avec son odeur de parfum autour de lui, ça m'a amusée d'imaginer comment les policiers allaient lui parler parce qu'il ressemblait à un demandeur d'emploi. On nous préparait déjà à souffrir socialement, au collège, en nous disant que réciter des poésies en public nous aiderait plus tard, quand il faudrait faire bonne impression devant un patron.

Mon père a dit à ma mère «Ils vont vite comprendre que je suis un type incapable de faire ça…», et moi je l'ai regardé s'éloigner, en direction de sa voiture, en disant à ma mère : «Je ne sais plus quoi penser… Il me fait tellement de peine depuis qu'on est revenues. Je me demande comment j'ai pu parler comme ça de lui…» Ma mère m'a enfin enlacée avant de me dire qu'il ne fallait plus y penser et que maintenant, le plus important, «c'est que ton père leur fasse bonne impression».

Le policier a pris une feuille blanche au milieu de laquelle il a tracé une ligne noire. Il a montré avec son doigt la partie gauche en me disant qu'à cet endroit «il y a toutes les filles de Montagnac qui ont entre dix et quinze ans…»; ensuite, il a déplacé son doigt sur la feuille avant de dire que «là, on va mettre tous les hommes du village qui se proposeraient de vous masser toutes, à tour de rôle, dans leur chambre à coucher…». Le policier m'a demandé de mettre mon index sur la partie de la feuille qui représentait l'emplacement des filles de Montagnac et il m'a posé cette question : «Alors, tu as envie de faire quoi? De franchir la ligne que j'ai tracée? Ou tu préfères rester avec les filles?» J'ai regardé son gros doigt et son ongle jaune qui était bombé, et je lui ai répondu que jamais je n'aurais envie de me faire masser par un homme du village. Le policier a souri et son gros doigt a traversé la feuille, tellement lentement que j'ai commencé à avoir mal au ventre. Il s'est arrêté, il a laissé son index sur le papier et il m'a dit : « Ce que je viens de faire, c'est ce que ton père a fait… » Il a pris la feuille, il l'a froissée, il l'a jetée dans la poubelle et il m'a dit : « C'est justement parce que certains adultes oublient de rester à leur place, de ne pas franchir certaines limites, qu'on existe. Pas pour les changer, parce que tu sais, quand un salaud a une idée dans la tête, c'est difficile de la lui enlever… Non, notre métier consiste à faire peur aux méchants pour que de jeunes enfants ne ressentent jamais le malaise que tu as ressenti lorsque mon doigt a traversé la feuille… » ; et c'est parce qu'il m'avait parlé comme ça que j'ai compris que ce que mon père avait fait, il n'aurait jamais dû le faire.

Pendant les deux heures qu'a duré l'absence de mon père, avec ma mère, on n'a rien fait. J'ai un peu hésité avant de lui proposer qu'on appelle Manon, pour qu'elle nous dise ce qu'elle avait raconté à ses parents ; mais elle a refusé. Les policiers nous avaient demandé de « ne pas entrer en contact avec les membres de la famille Durieux », alors on est restées assises sans plus rien faire et surtout sans se parler. Moi, je pensais à comment se passeraient mes retrouvailles avec Manon, dès que toute cette histoire se serait calmée, et puis subitement ma mère a voulu que je lui parle du psychologue. Je lui ai répondu qu'il aurait été plus efficace qu'elle questionne papa, mais elle m'a dit d'un ton sévère : « C'est de ta version des faits que j'ai besoin. Pas de celle de ton père… »

Je lui ai répondu que papa avait tout bien organisé pour qu'il puisse m'emmener chez M. Umberti sans qu'elle se doute de rien. On partait à vélo en direction de Flaviers, on s'équipait comme des sportifs. Les rendez-vous duraient une heure, parfois moins, et ensuite on rentrait en s'organisant pour dire la même chose si jamais quelqu'un nous posait des questions.

— Papa patientait dans la salle d'attente, il me rejoignait pour discuter avec le docteur, et ensuite je n'osais plus rien dire parce que forcément, si je n'en savais pas plus sur papa, lui en savait plus sur moi et ça me gênait. Il m'avait demandé de rien te dire pour ne pas t'inquiéter. Même à mamie, je n'ai rien dit. À personne. Jamais.

— Et à Manon ?

— Manon, c'est pas pareil.

Ma mère m'a demandé combien de fois, précisément, je l'avais vu, ce « spécialiste », et je lui ai répondu que je ne savais plus, « peut-être huit fois, ou dix… », et elle s'est reprochée de n'avoir rien remarqué. Elle me faisait un peu de peine, c'est pourquoi je n'ai pas osé lui dire que, le jour où j'avais lu pour la première fois, sur la plaque de M. Umberti, « SPÉCIALISTE EN TROUBLES DU COMPORTEMENT CHEZ L'ENFANT », je n'avais pas aimé. Pas aimé du tout. Parce que ce n'était pas juste ; parce que c'est le comportement de mon père qu'il aurait fallu m'expliquer, et pas le mien qu'il fallait guérir.

Mon père est revenu de son audition très perturbé. La première phrase qu'on lui aurait dite là-bas, c'est : « On préfère vous prévenir sans attendre. Les types qui abusent des enfants, on n'aime pas. » Un policier l'aurait même menacé, lui aurait dit que bientôt il serait inscrit sur le fichier des pédophiles notoires.

— Ils m'ont traité de parasite. Ils m'ont parlé comme à un coupable. S'ils avaient pu, ils m'auraient gardé en cellule. J'ai nié, mais on ne m'a pas cru. J'ai expliqué que je l'avais massée, massée ! Et eux, ils m'ont demandé de décrire comment je l'avais caressée !

Ça nous a quand même étonnées, ma mère et moi, parce que pendant nos auditions les policiers n'avaient pas été si agressifs. Leurs questions nous avaient perturbées, enfin je pense, mais ils ne nous avaient jamais menacées. « Tu n'exagères pas un peu ? » a demandé ma mère, et mon père l'a regardée avec encore plus de peur dans les yeux. Il n'a pas répondu à sa question. Il a seulement dit :

— Tout est foutu. Plus rien ne sera comme avant.

Il a reproché au père de Manon de ne pas lui avoir téléphoné avant d'aller « voir les flics », il a dit qu'ils auraient pu discuter, pas seulement entre hommes mais également entre pères de deux copines qui se voyaient presque tous les week-ends. Il aurait voulu lui expliquer ce qui s'était réellement passé durant la séance de massage, il aurait tenté de calmer le jeu afin d'éviter ces auditions, mais il n'a pas fini sa phrase. Il est allé s'asseoir dans le canapé, il a regardé ses chaussures comme un enfant qui a mis les doigts dans un pot de confiture en pensant ne rien faire de mal. Il n'avait pas honte d'avoir ouvert un pot de confiture interdit, mais de s'être fait gronder. Ou alors il avait peur. Mais de quoi ?

Pour me rapprocher de lui, j'ai dit que je faisais pareil quand je perdais une compétition de gymnastique, que je m'asseyais et que je regardais mes chaussures comme si c'étaient elles les responsables. Je lui ai posé la question que m'avait posée un des policiers, je voulais le regarder me répondre, comprendre si ce qu'on avait fait, dans la chambre à coucher de mes parents, était mal.

— Et si le père de Manon m'avait massée, sur son lit, celui dans lequel il dort avec sa femme, tu aurais réagi comment ?

Il a tourné sa tête pour me regarder enfin, il semblait étonné par ma question. Il a dit :

— Mais, Cassandra, cela n'a rien à voir. N'oublie pas que c'est Manon qui m'a demandé de la masser. Je ne lui ai rien imposé ! Et puis quoi, tu ne vas pas me comparer à William Durieux, quand même !

Je ne lui ai pas raconté l'histoire de la feuille du policier et de la frontière que les adultes devaient respecter. J'ai imaginé les mains de Durieux sur ma peau et moi allongée sur son lit, et j'ai eu envie de vomir comme quand le doigt du policier a franchi la ligne et s'est approché de moi. J'ai dit à mon père « Tu aurais pu refuser… » et il n'a pas souri pour me répondre : « Refuser quelque chose à Manon… On voit bien que tu ne la connais pas si bien que ça… »

Mon père a immédiatement regretté sa phrase, je l'ai compris à son regard, mais c'était trop tard, jamais il ne pourrait dire que je ne l'avais pas entendue. Maman était dans la cuisine, sûrement pour ranger des assiettes et penser à autre chose, alors je suis remontée dans ma chambre.

Je suis seule, allongée sur mon lit. Si j'avais un téléphone à moi, j'aurais déjà appelé Manon. J'ai imaginé sa voix me répondre : « T'es folle de me téléphoner, tu ne sais pas qu'on ne peut plus se parler ? » Je lui aurais demandé « Alors pourquoi tu me réponds ? », et on aurait rigolé, comme on rigole chaque fois qu'on se parle. Elle m'aurait sûrement dit d'attendre qu'elle sorte de chez elle, « parce que mon père est là et qu'il me surveille trop », mais ensuite je ne sais pas ce qu'elle m'aurait raconté, alors j'ai préféré penser à autre chose, comme à son visage quand elle m'avait dit « Tu le crois, si je te dis que ton père m'a caressée entre les jambes ? » pour essayer de me souvenir, pour me rappeler si je l'avais crue tout de suite, ou si j'avais douté un peu.

Mes parents sont au rez-de-chaussée, dans le salon. Finalement, ils sont revenus du commissariat un peu dépités. Ils étaient partis très décidés et puis on leur avait conseillé de porter plainte de la maison. J'ai bien remarqué que, sans la volonté de ma mère, mon père se serait laissé faire. Depuis qu'ils sont là, c'est lui qui parle le plus. Il dit que c'est trop tard, que jamais il ne sortira indemne de ce traquenard. « Ils veulent ma peau, c'est pas compliqué à comprendre, ils ne me lâcheront que quand j'aurai avoué, pas avant… », il a presque hurlé, alors je suis descendue parce que devant moi, bien sûr qu'il allait arrêter de se plaindre.

Ma mère le suivait de près. Il marchait dans la maison comme une mouche qui se cognerait contre des vitres. Il n'écoutait pas ce qu'elle lui disait pour tenter de le rassurer. Plus il s'inquiétait et moins je voulais rester avec eux. Je les avais rejoints pour mieux les entendre, mais assister au spectacle de ma mère suppliant son mari d'arrêter de se lamenter me faisait regretter d'être sortie de ma chambre. Finalement, il s'est calmé et maman a allumé l'ordinateur de la maison. Elle a commencé à taper sur le clavier, mais l'ordinateur se déconnectait souvent. Ma mère a dit plusieurs fois «Je n'y arriverai jamais... Je dois tout recommencer à chaque fois», et mon père lui a dit que c'était un signe, que si ça ne fonctionnait pas, c'est qu'elle avait tort de chercher à remuer «toute cette merde». Ma mère lui a répondu qu'il n'était pas question d'accepter qu'on puisse «t'accuser sans preuve». Je la regardais qui continuait de tenter de remplir le formulaire sur le site de la police nationale et mon père a commencé à faire le tour de la table du salon, les mains croisées derrière le dos, alors je me suis assise à distance de lui tellement je ne le reconnaissais pas. Il a dit, en parlant sûrement de Manon : «Elle est allée trop loin... Beaucoup trop loin...» Avec ma mère, on s'est regardées. Elle était plus gênée que moi. Elle a continué de remplir le formulaire de dépôt de plainte et elle a dit «Je pense que c'est bon...» en faisant imprimer un document qu'il faudra qu'ils conservent «précieusement», c'est le mot qu'elle a utilisé, comme si cette feuille avait la même valeur qu'un diamant.

— Maman croit qu'on est partis faire du parapente sans rien lui dire. Tu peux m'aider à la convaincre que c'est pas vrai ?

Mon père a continué de regarder son assiette en faisant tourner sa fourchette dans ses nouilles.

— Eh bien, maman aura mal compris. C'est avec la fille d'une ancienne collègue de la mairie que je suis allé faire du parapente. J'ai rendu service à cette femme, qui est divorcée, et qui ne savait pas à qui s'adresser pour proposer à sa fille une distraction…

Je m'étais levée tard, vers onze heures, et je n'avais aucune envie de manger le plat de nouilles préparé par ma mère. Mon père n'était pas sorti de la maison, ce qui ne lui ressemble pas, lui qui dit que le dimanche, même quand il pleut, il y a toujours quelque chose à faire pour s'occuper.

Ma mère s'était levée pour remplir la carafe d'eau et c'est le dos tourné qu'elle a rapporté ce que nous avait dit le docteur Thyssen. J'ai été attentive à ce qu'elle a raconté pour être bien certaine qu'elle répéterait tout exactement, et c'est ce qu'elle a fait. Elle a parlé de l'attestation médicale et mon père l'a écoutée avec sa tête toujours penchée sur son assiette. Il a attendu qu'elle pose sur la table la carafe pour lui répondre.

— Voilà à quoi ça sert de rendre service ! Le certificat médical que la mère de la gamine m'a fourni n'était plus valable et maintenant on menace le moniteur du vol de lui retirer sa licence s'il n'en fournit pas un rapidement…

Je me suis levée et je leur ai demandé l'autorisation de quitter la maison. J'avais besoin d'une autre ambiance. Ils ne m'ont pas répondu, alors je suis allée me chausser. Je n'ai pas choisi mes baskets par hasard, j'ai pris celles que je préférais, les plus usées. J'avais besoin d'être avec de « vieilles copines ». Avant de partir, j'ai hésité. Je ne voulais pas les interrompre au moment de leur café, alors je suis allée dans le salon et je me suis assise sur le tabouret, celui sur lequel je monte pour atteindre les étagères les plus hautes de la bibliothèque. J'ai attendu qu'ils sortent de la cuisine, mais ils sont restés assis. Je me suis approchée de la cloison et j'ai entendu ma mère demander à mon père pourquoi il souhaitait obtenir une attestation médicale à mon nom, alors qu'il venait de nous expliquer que c'était pour rendre service à la fille d'une collègue de travail. Il a répondu qu'ils s'étaient entendus comme ça avec le patron du club de parapente, qu'il déclarerait que la jeune fille qui l'avait accompagné s'appelait Cassandra Chabaud et non Ludivine Sagnard. Ma mère a semblé surprise, je ne la voyais pas, mais j'ai compris à son silence que ce qu'elle venait d'entendre l'avait perturbée. Elle lui a demandé « Tu ferais ça, toi ? », et mon père lui a répondu méchamment : « Quoi ? Faire quoi ? Tu veux me reprocher quoi ? Que le type du club ferme son affaire à cause de moi ? »

Ma mère va d'abord tenter de calmer papa. Bien sûr qu'elle ne lui reproche rien, elle lui dit même que tout est la faute de la mère de « cette fille », mais elle souhaiterait que mon père la comprenne un peu. Elle murmure : « Cela te ressemble si peu… » Et sa voix disparaît dans le bruit de la machine à café. C'est à ce moment précis que j'ai décidé d'entrer dans la cuisine pour leur demander de pouvoir retrouver mes copines, au stade d'athlétisme, pour courir, pour me défouler, pour « penser à autre chose ». Ils vont d'abord se regarder comme deux complices, subitement réconciliés, avant de demander de quelles copines je parle. Ils ne veulent plus de problèmes, comme si tout était ma faute, ils veulent des noms, un lieu précis de rendez-vous et la promesse que je ne parlerai à personne de ce qui s'est passé au commissariat. Je vais quitter la maison avec l'obligation d'être de retour dans deux heures et je vais m'éloigner en sachant très bien que j'ai tort de vouloir parler à Manon. Les filles qui m'attendent au stade n'existent pas. Si j'ai pris mon vélo, c'est pour me rapprocher du petit bois, là où avec Manon on se retrouve quand elle a besoin qu'on ne la voie pas fumer des cigarettes qu'elle se fait offrir par des adultes, rien qu'en leur demandant, parce que jamais on ne peut imaginer qu'elle n'a que quatorze ans tellement elle est sûre d'elle.

J'ai attendu, mais personne n'est venu. J'ai écrit, avant de partir, un message sur une feuille que j'ai glissée dans sa cachette, dans un tronc mort. Je lui demandais de ne surtout pas me téléphoner, que chez moi « c'était la merde » à cause de ses parents. Ce message, déposé comme si j'avais hurlé dans le noir, ça m'a fait du bien de l'avoir écrit alors que je savais qu'il n'y avait pas beaucoup de chances qu'il soit lu.

Je suis sortie du bois en tremblant, il faisait froid, et je suis revenue à la maison sans savoir combien de temps précisément je m'étais absentée. Ma mère était assise devant l'ordinateur, mais elle ne l'utilisait pas, elle écrivait dans un cahier. Mon père est sorti de la salle de bains. Il avait les cheveux mouillés. Il est descendu de l'étage en peignoir et il a demandé à ma mère ce qu'elle faisait. Elle lui a répondu qu'elle écrivait tout, pour ne rien oublier.

— Oublier quoi ?

— Tout le mal qu'on nous fait depuis deux jours.

Elle a précisé, en rangeant le cahier dans un tiroir, que peut-être ils allaient avoir besoin d'un avocat, pour se défendre efficacement, ce qui n'a pas rassuré mon père qui lui a dit qu'il n'arrivait pas à comprendre que son innocence ait besoin d'un avocat pour exister indiscutablement. « Des gens t'ont accusé sans preuve et tu m'as dit que les policiers n'avaient pas respecté ta présomption d'innocence », lui a répondu maman, pour le convaincre que lorsqu'ils seraient devant un avocat il leur faudrait pouvoir tout raconter sans négliger aucun détail. Mon père n'a pas semblé avoir entendu ce que maman lui avait dit, il est allé se regarder dans le miroir de l'entrée et il a fait une grimace avec sa langue. Ma mère lui a répété qu'« il faut se battre pour dénoncer la calomnie, il faut se battre pour stopper cette machine infernale, il faut se battre pour que plus jamais un innocent ne soit obligé de se justifier... » Mon père a continué de faire ses grimaces. Il s'est retourné pour me regarder, mais il ne m'a rien demandé alors qu'habituellement il veut toujours savoir comment j'ai occupé mon temps quand je ne suis pas avec lui, et il a dit en gravissant les marches qui mènent aux chambres de l'étage :

— Je vais préparer mes affaires pour ma semaine en Espagne.

— Tu ne veux pas que je m'en charge ?

— Pas cette fois-ci. J'ai besoin de m'occuper un peu l'esprit.

J'ai attendu d'entendre la porte de sa chambre se refermer et moi aussi je suis montée dans la mienne. Je me suis allongée sur mon lit, j'ai réfléchi à comment mes parents allaient se sortir de cette histoire, j'en voulais un peu à Manon, mais finalement pas tant que ça. On a frappé à ma porte et j'ai dit « Entrez ». La figure de mon père s'est faufilée pour me demander « Je peux te parler ? » puis il est venu s'asseoir à côté de moi sans attendre ma réponse. Il voulait me dire qu'il était fatigué, très éprouvé par la journée d'hier. Il m'a dit, sans me regarder, que plus jamais je n'aurais confiance en lui, qu'il l'avait compris, et que ce ne serait pas facile à vivre tous les jours, alors moi je lui ai demandé d'arrêter de parler comme ça. Il aurait pu rester assis longtemps, sans attendre de moi des réponses, je pense même que si maman ne l'avait pas appelé pour lui demander d'aller chez mamie, il ne serait jamais sorti de ma chambre. «La cafetière de ta mère ne fonctionne plus. Elle vient d'appeler. Je lui ai dit que tu allais la réparer.»

Ma mère a profité qu'on soit seules pour me dire : «Je m'inquiète pour toi…» Sa voix tremblait un peu et de la voir aussi triste m'a fait un peu regretter le temps où j'avais plus besoin d'elle que de mes copines.

— Ton comportement a changé. Tu peux te trouver dans la même pièce que moi sans me parler. Tes regards sont des reproches, les cadeaux que je te fais ne conviennent jamais, tu ne te confies plus à moi, comme avant, quand nous avions nos secrets, je n'ai pas pu te prendre dans mes bras depuis presque un an, tu m'évites régulièrement, alors si j'ai fait quelque chose de mal il faut me le dire.

Elle m'a aussi dit qu'elle s'en voulait «de ne pas avoir compris plus tôt l'influence néfaste que peut exercer Manon sur les gens en général, et donc sur toi en particulier». Elle m'a expliqué qu'elle était prête à excuser mon changement de comportement «à notre égard», si moi-même j'étais prête à renier Manon. «Renier», c'est le terme qu'elle avait employé, comme si j'avais la capacité de tout comprendre à la fois, aussi bien les mots compliqués que ce qu'elle avait dans la tête.

— Demain, ton père sera en Espagne, mais ici le combat doit continuer. Il faut que tu saches que j'ai décidé de retourner au commissariat, pour faire valider mon dépôt de plainte et surtout revoir les policiers qui nous ont interrogées.

— Tu fais comme tu veux.

— Justement. Je souhaiterais que tu m'accompagnes.

— J'ai déjà tout dit.

— Tu aurais pu le dire différemment.

— Je ne comprends rien à ce que tu me demandes.

— Tu pourrais par exemple expliquer aux policiers que tu t'es trompée, que tu as bien vu, et bien entendu, que jamais ton père n'avait caressé le sexe de Manon.

— Tu me demandes de dire aux policiers que ma copine est une menteuse ?

— En quelque sorte. On la connaît, elle est largement capable de dire n'importe quoi pour se faire remarquer… Mais cette fois-ci, elle est allée trop loin.

— Je suis d'accord. Pas avec ce que tu dis sur Manon, mais d'accord pour t'accompagner.

— Je savais bien que tu nous soutiendrais.

— Mais je viendrai à une seule condition.

— Tout ce que tu voudras, Cassandra.

— Que tu m'expliques pourquoi Manon a dit tout ça.

— Je ne te comprends pas.

— Elle n'est pas le genre de fille à se plaindre, ni à une voisine ni à un prof, encore moins à ses parents. Alors je pense que si elle a raconté cette histoire de caresses, c'est pour une raison bien précise…

— Ce n'est pas à nous de répondre à cette question. Ce n'est pas notre rôle. L'important, maintenant, c'est de dire aux policiers que tu n'as rien vu.

— Mais toi, maman, tu n'es pas curieuse? Tu n'aimerais pas comprendre?

— Comprendre quoi?

— Pourquoi Manon a décidé subitement de faire passer papa pour un sale type qui caresse des jeunes filles?

Nous étions dans ma chambre. Ma mère s'est levée, elle s'est recoiffée comme à son habitude, elle a reformé son chignon d'un geste rapide et elle a dit en posant sa main sur la poignée de la porte : « Sache que si j'avais eu le moindre doute, il y a longtemps que j'aurais quitté ton père. » Elle a hésité sans tourner la poignée et s'est retournée pour me dire :

— Tu m'imagines dormir dans le même lit qu'un pédophile, puisque c'est ainsi que les policiers ont parlé de lui?

Elle n'a pas attendu que je lui réponde. Elle a ouvert la porte, j'ai regardé son chignon qui se défaisait lentement, un peu comme un château de sable qui se laisse ronger par l'eau qui monte, et puis elle a dit que finalement elle irait parler seule aux policiers, que j'avais raison de ne pas vouloir retourner au commissariat. Elle se serait presque excusée d'avoir eu cette «mauvaise idée» si j'avais eu le courage de lui dire ce que je savais vraiment.

Lorsqu'on se réveille le lundi, normalement, mon père est déjà parti. Il quitte la maison vers cinq heures du matin et je n'entends jamais la porte du garage se refermer, quand il décide de prendre sa moto, ni la voiture écraser les graviers de l'allée les jours de pluie. Il quitte toujours la maison comme un voleur.

Le matin de son dernier jour, j'ai réussi à dormir jusqu'à dix heures, sûrement à cause du verre d'eau qui avait un drôle de goût. Mon père m'avait obligée à le boire au moment de me coucher. J'ai bien pensé qu'il n'insistait jamais pour rien, mais j'étais trop fatiguée pour résister.

On était le premier jour des vacances d'hiver, on était seules à la maison, alors ma mère m'a proposé, «pour se changer les idées», qu'on aille ensemble à Narbonne. Elle ferait croire qu'elle était malade aux patrons de la pharmacie, elle n'avait plus du tout envie de retourner au commissariat, elle voulait profiter de ce qu'on soit toutes les deux.

— On ira faire les boutiques, on se fera plaisir, et puis tu voulais un nouveau survêtement, ce sera l'occasion... J'ai trouvé une publicité du centre commercial dans la boîte aux lettres.

J'ai souri, elle a dit « et peut-être aussi manger au restaurant... », alors j'ai souri encore plus fort. Plus tôt le matin, après le départ de mon père, elle avait installé sur la table de la cuisine des pains au chocolat qu'elle était allée acheter au village, et bizarrement elle semblait moins inquiète qu'hier. C'est peut-être de ne plus avoir dans la maison la tête triste de mon père qui nous a donné envie de rigoler à propos de n'importe quoi, de tenter d'oublier tout ce qu'on avait vécu avec les policiers. Je ne saurais pas l'expliquer, mais avec ma mère on avait besoin de s'amuser un peu.

On s'est habillées comme si c'était le printemps mais, alors qu'on allait partir, des policiers ont garé leurs voitures dans l'allée en bloquant l'entrée. Le seul qui n'était pas en uniforme a montré un document à ma mère en disant qu'il était signé du procureur. On leur avait demandé de faire une perquisition « rapide » de la maison. Ma mère est restée calme et a laissé entrer les trois hommes. On se tenait dans le salon et on a vite compris que celui qui était le mieux habillé n'y connaissait rien en informatique. C'est un de ses collègues qui posait des questions, qui a demandé les mots de passe de l'ordinateur, qui a voulu visiter le garage pour vérifier les branchements. Ma mère l'a accompagné, je suis restée avec les deux autres policiers qui faisaient l'inventaire des livres de la bibliothèque ; et, quand ils sont revenus, celui qui s'y connaît en informatique a voulu savoir si mon père possédait un ordinateur portable. Ma mère lui a répondu « Bien sûr, pour son travail », et les trois policiers se sont regardés.

— Et ce mouchard, qui a été installé dans le garage, vous saviez ?

— Le mouchard ? Je ne comprends pas de quoi vous voulez parler…

L'homme a expliqué qu'il s'agissait d'un système qui permettait de surveiller et de bloquer les connexions Internet de leur domicile ; ma mère a répondu que c'était un choix de son mari qu'elle avait approuvé « pour que notre fille ne soit pas tentée de fréquenter des sites qui pourraient la perturber ». En revanche, elle ne savait pas qu'on appelait cela un « mouchard ». Je n'ai pas été surprise, Manon m'avait prévenue de me méfier de mon père, qu'il lui aurait dit, à elle, que chez lui il savait tout ce qui se passait, même quand il était en Espagne ; et puis le policier qui s'y connaît en informatique a dit à ma mère, et aussi à ses collègues, qui semblaient intéressés par la question, que le système qui avait été installé était également le « parfait complice de ceux qui veulent visiter des sites en effaçant leurs traces ». Ma mère n'a rien répondu et les trois hommes sont sortis de la maison en lui disant : « Dans moins d'une heure, le procureur aura nos conclusions sur son bureau. »

Quand on s'est installées dans la voiture, ma mère a dit d'une voix qui voulait ressembler à de la joie : « On ne va pas se laisser abattre ! » Je lui ai répondu que si elle préférait qu'on reste à Montagnac, ça ne me gênait pas, mais elle avait trop besoin de « changer d'atmosphère ». J'ai rigolé quand elle a dit « atmosphère » parce qu'elle avait modifié sa voix et qu'elle avait parlé comme parle une vieille tante qu'on a et qui vit à Paris. Ma mère m'a expliqué qu'elle tenait cette expression d'un film qui racontait l'histoire d'amour un peu étrange de deux personnes qui décident de se suicider dans une chambre d'hôtel.

— Mais l'homme, après avoir tiré sur la femme, n'a pas le courage de se tuer et s'enfuit.

— Et ça finit comment ?

— La jeune femme sera sauvée, elle n'est que blessée, et son amoureux se rendra à la police, finalement honteux de ce qu'il a fait.

On ne va presque jamais à Narbonne, déjà parce qu'il faut prendre la voiture, et aussi parce qu'à Montagnac, on a quand même des boutiques de vêtements et de chaussures. Mais à Montagnac, il n'y a pas autant de magasins qui vendent des marques très connues à des « prix incroyables » ou avec des

« remises jamais vues » comme dans le centre commercial de Narbonne.

Quand on s'est enfin arrêtées, et qu'on a pu respirer autre chose que l'air qu'on connaît déjà, j'ai pris ma mère par le bras en lui disant qu'on devrait faire ça plus régulièrement, c'est-à-dire s'amuser comme deux copines.

On a d'abord décidé d'aller chez Tiff' Annie, on s'est fait coiffer assises l'une à côté de l'autre, on n'a pas arrêté de rigoler. Ensuite, on s'est promenées dans la galerie marchande, on regardait tout ce qui nous plaisait comme si on avait de l'argent plein les poches, on a mangé des gaufres alors que ce n'était pas l'heure, et on a vite oublié le survêtement que je voulais pour s'acheter des chaussures trop géniales dans un magasin que connaît sûrement Manon parce que pour bien s'habiller c'est la meilleure.

On a mangé dans un restaurant avec plein de hamburgers différents, je regardais ma mère qui essayait de rattraper la sauce qui coulait entre les deux tranches de pain, elle faisait rire les gens en se tachant exprès, on a réussi à ne pas parler de mon père et je crois même que je ne pensais déjà plus à lui à ce moment précis de la journée. On a commandé deux glaces énormes qu'on n'a pas pu terminer, j'avais aux pieds mes nouvelles chaussures que tout le monde regardait et je pense que c'est ce jour-là que j'ai regretté d'avoir fait autant de gymnastique, parce que se sentir belle, ça doit donner encore plus envie d'être heureuse.

En sortant du restaurant, ma mère a regardé sa montre en disant «c'est bientôt l'heure de rentrer» et elle m'a demandé si je n'avais pas envie de téléphoner à Manon. J'ai d'abord cru à une mauvaise blague, mais elle a répété : «Ce serait une bonne idée de lui téléphoner.» Elle voulait que je la persuade d'aller expliquer aux policiers ce qui s'était réellement passé. J'ai fait celle qui n'avait pas compris, je me voyais mal donner un ordre à Manon et puis j'ai réfléchi assez rapidement pour répondre que ce seraient plutôt les parents qu'il faudrait appeler, que c'étaient eux qui étaient allés voir la police, que c'étaient eux qui avaient dit du mal de papa. Ma mère a insisté, elle a parlé de notre amitié, et j'ai pensé qu'elle avait peut-être raison. Je ne devais pas donner d'ordre à Manon, mais seulement lui demander de nous aider, ma famille et moi, parce que si mon père était finalement accusé de l'avoir caressée, peut-être que c'est toute ma vie qui en serait transformée. J'ai dit à ma mère que «pour papa» je voulais bien faire cet effort, et elle m'a donné son téléphone. J'ai essayé plusieurs fois, mais c'est toujours la voix du répondeur de Manon qui me conseillait de laisser un message. On est convenues que ce ne serait pas prudent de parler au répondeur, à cause de ses parents, qui devaient surveiller ses appels. Ma mère a rangé son téléphone dans son sac et elle a dit que «pour bien finir la journée» on s'arrêterait au magasin de bricolage.

— Je sais que ton père cherche un mètre laser, il en a encore parlé à table, la semaine dernière, alors on va lui faire ce petit cadeau...

Et elle a dit aussi : «En ce moment, ton papa a besoin de savoir qu'on pense à lui et qu'on l'aime...»

Dans le magasin de bricolage, un vendeur s'est approché de nous en disant «Ces charmantes clientes souhaiteraient peut-être un renseignement?» et ma mère lui a répondu qu'il était assez rare d'être aussi bien accueilli dans un magasin. J'ai été surprise par son mouvement de recul et surtout par la manière qu'elle a eue de dévisager le vendeur qui pourtant avait une tête normale. Elle a dit «Mon Dieu! Victor... Quelle surprise!» et j'ai compris qu'ils se connaissaient quand ensuite ils se sont embrassés. Maman m'a présentée au vendeur en disant «Victor est un très vieil ami de ton papa», mais qu'ils ne se voyaient malheureusement plus. «Depuis quand, d'ailleurs?» a demandé ma mère, et l'homme lui a répondu :

— Depuis que j'ai été licencié.

Maman semblait étonnée que Victor soit devenu vendeur pour un magasin de bricolage. «Tu étais quand même ingénieur qualité, et puis tu es diplômé», elle a dit, et l'ancien copain de papa lui a expliqué qu'à partir d'un certain moment «il faut savoir accepter ce qu'on te propose si tu veux garder ta maison et continuer d'habiller tes enfants...» Je n'ai pas aimé quand il a fait cette remarque car il a montré mes chaussures et parce qu'ensuite il m'a demandé comment allait mon père, sans me donner l'impression de sincèrement vouloir le savoir. Je lui ai répondu «Ça va» et ma mère lui a proposé de passer «un de ces jours» à Montagnac. Victor a secoué la tête, et aussi les deux mains, en disant qu'il n'en était pas question, avant de me dire à moi qu'il était désolé, mais qu'il fallait que je sache que si mon père avait été un ami, «c'était avant».

— Avant quoi?

— Avant sa trahison.

— Victor! Comment peux-tu parler de Sylvain comme ça?

— Je te rappelle qu'au moment du plan social de l'usine, c'est ton mari, en tant que comptable, qui avait la charge d'organiser les départs volontaires, les licenciements, et les propositions de reclassement...

— Justement. Ce n'est pas lui qui a décidé ces licenciements.

— Il ne les a pas décidés, mais il nous a abandonnés.

— Je ne suis pas d'accord avec ce que tu dis. Sylvain a refusé d'assumer cette mission, il a prévenu la direction de l'usine que jamais il ne pourrait licencier des salariés qui étaient devenus ses amis.

— C'est bien ce que je te dis. Il nous a abandonnés. Car sa décision a obligé les patrons de l'usine à confier l'organisation du plan social à une société extérieure qui, elle, n'a pas cherché à faire de cadeaux aux amis de ton mari.

— Sylvain, lui aussi, a été obligé de quitter la société et depuis il est contraint de travailler en Espagne, loin de sa famille.

L'ancien copain de mon père a souri tristement. On était venues pour acheter un outil, mais franchement je pense que ça aurait fait bizarre de subitement lui demander où étaient rangés les mètres laser.

— Ton mari travaille pour les abattoirs Matader'osa, près de Barcelone, c'est bien ça ? Eh bien sache que, si cette société, qui est celle qui nous employait, est allée s'installer en Espagne, en changeant de nom, c'est uniquement pour des raisons fiscales et également pour faire travailler des salariés espagnols moins exigeants, et plus mal payés que nous…

— Et alors ? elle lui a répondu. Tu voulais qu'il fasse quoi ? Qu'il reste chez lui à se lamenter, comme vous tous ? Pour finir vendeur de clous dans un supermarché ? Eh bien non ! Sylvain n'est pas du genre à attendre sans rien faire, lui, il a su profiter de la conjoncture, il a négocié, il a suivi des formations et obtenu un nouveau diplôme, voilà ce qu'il a fait, et rien d'autre, et certainement pas ce que tu insinues devant ma fille !

Ma mère m'a attrapé par la main comme si j'avais encore l'âge qu'on me rassure, elle a hésité, et puis on a commencé à s'éloigner, à reculons, comme dans les films, pour ne pas recevoir une balle dans le dos.

« Si c'est ce que ton mari t'a dit, alors il t'a menti », a dit l'ancien copain, ce qui a eu pour conséquence d'inciter ma mère à ne plus reculer, à affronter la vérité en avançant. Elle m'a lâché la main, elle a regardé le vendeur du magasin de bricolage et le type a répété :

— Si ton mari t'a dit qu'il avait démissionné, et qu'ensuite il a pu bénéficier d'une formation, il t'a menti. Sa formation d'expert-comptable lui a été payée par Matader'osa, tu n'auras qu'à te renseigner.

— Et pourquoi je te croirais ?

— Parce que moi j'ai tout perdu et qu'on ment rarement quand on n'a plus rien à perdre…

Ma mère est à la caisse du magasin de bricolage, elle voudrait payer le mètre laser qu'elle va offrir à son mari, mais le vieux client qui est devant elle ne trouve pas son portefeuille. Moi, je suis allée attendre dehors. J'aurais voulu rester à Narbonne, qu'on dorme à l'hôtel, qu'on continue la belle vie, qu'on laisse mon père avec tous ses mensonges, mais il semblerait que notre présence à Montagnac soit impérative. Je ne vois pas pour quelle raison, puisque ce sont les vacances, et que mon père ne répond pas à nos appels, mais d'après ma mère il faut rentrer.

J'aperçois derrière les vitrines du magasin le visage de l'ancien copain de mon père, qui renseigne des clients. Je pense à sa dernière phrase, quand il a dit : « Comme tu vois, ton mari, c'est un malin… » Je pense surtout à la tête de ma mère. On était restées seules pour choisir le mètre laser, on ne s'était plus trop parlé, on avait compris ensemble que ça allait devenir compliqué pour elle de soutenir son mari avec la même conviction. Mais parce que c'est une femme amoureuse, elle a réussi à justifier le mensonge de mon père. Elle m'a expliqué qu'il avait tellement besoin de passer pour un « type bien » que parfois il oubliait de le prouver, et elle a terminé sa phrase en disant que personne n'était parfait, que c'était une idée folle de penser que c'était possible. J'aurais voulu lui dire que je savais depuis longtemps que personne n'était parfait, depuis que M. Umberti avait tenté de me démontrer que « quitter son enfance » consistait à admettre que les héros n'existaient pas ; j'aurais voulu lui raconter précisément ce que m'avait dit Manon, le jour du massage, que mon père se serait excusé, que ses mains auraient glissé, qu'il lui aurait même demandé pardon. J'avais encore tout bien installé dans ma mémoire.

— Tu avais ton casque sur les oreilles, tu n'as rien entendu, mais quand même, je voulais que tu saches…

— Mais que je sache quoi ? j'avais demandé à Manon.

— Rien, elle m'avait répondu, sans trop rigoler.

Alors pourquoi, après tous ces mois, ce « rien » était devenu un truc tellement grave que même les policiers nous avaient convoqués ?

En arrivant à Montagnac, ma mère a décidé d'aller se garer devant le commissariat. Elle m'a demandé de l'attendre, elle voulait se renseigner, qu'on lui certifie que la perquisition effectuée dans notre maison dans la matinée était bien légale. Je l'ai regardée s'éloigner en me disant que finalement elle était très courageuse de continuer à soutenir son mari aussi dignement, et j'ai changé la station de radio pour mettre plus de musique et moins de paroles. J'ai fermé les yeux, et je pense que je me suis endormie car lorsque ma mère m'a secouée pour m'annoncer que le procureur avait décidé de « classer l'affaire sans suite », j'ai eu l'impression qu'une intruse avait ouvert la porte de la voiture pour m'agresser. J'ai d'abord hurlé, répondu à la femme de me lâcher, et puis je me suis calmée comme après un mauvais rêve. Ma mère continuait de m'expliquer que papa ne risquait plus rien, qu'il était reproché aux policiers de ne pas avoir pu fournir de preuves «irréfutables», mais que c'est surtout parce que Manon refusait de porter plainte que l'enquête s'arrêtait.

— Tu te rends compte? Elle reprocherait même à ses parents d'avoir agi contre son gré…

J'ai été contente d'entendre de la part de maman que «finalement, ta copine Manon n'est pas une si mauvaise fille que ça…» et on n'a pas pu s'empêcher de s'embrasser comme si on se retrouvait après une trop longue absence alors qu'on avait déjà bien commencé les retrouvailles dans le centre commercial près de Narbonne. Elle a démarré le moteur de la voiture avant de dire «Je suis folle, moi…», et de tourner la clé pour tout arrêter. Elle a fouillé dans son sac, elle a sorti des tas de choses avant de trouver son téléphone. Elle aurait voulu appeler mon père pour bien sûr lui annoncer la bonne nouvelle mais la batterie de son téléphone était déchargée. Puisqu'elle avait maintenant tout le temps le sourire aux lèvres, elle a dit «Ce n'est pas grave, on l'appellera de la maison»; et quand la voiture a reculé, j'ai regardé la façade du commissariat en me demandant comment j'avais fait pour parler autant de mon père à ces policiers, alors que devant M. Umberti je n'arrivais à rien dire.

Pendant le trajet, on s'est demandé comment on allait fêter la fin des problèmes. Moi, je pensais à Manon puisque j'étais maintenant impatiente de la revoir, et j'ai trouvé dommage que ma mère reparle encore de ses parents. Elle a dit inutilement «Je le savais bien que ces gens avaient agi par jalousie envers ton père... »; alors je lui ai demandé de rouler moins vite. Quand on est arrivées devant la maison, elle a freiné sur les graviers que mon père ratisse quand il est là, et elle a foncé en direction du téléphone qu'on n'utilise jamais, mais heureusement elle ne l'a pas cherché trop longtemps. Elle a composé plusieurs fois le numéro de mon père mais il n'a pas répondu. Elle était aussi impatiente de lui parler que moi j'étais impatiente de revoir Manon. Elle m'a dit : « Et si on téléphonait à son bureau ? » Elle a dit aussi « C'est trop important, et puis il sera tellement soulagé » parce qu'il lui avait déjà demandé de ne pas le déranger quand il était à son travail ; et c'est une secrétaire qui lui a répondu avec un accent pas du tout espagnol.

— Madame Chabaud, cela tombe bien que vous appeliez, car votre mari n'est pas venu travailler aujourd'hui.

Ma mère n'a rien dit à la secrétaire. Elle n'a pas parlé des auditions avec les policiers. Elle n'a pas osé. Elle a raconté que « Sylvain a fait comme il fait toujours le lundi, quand il part pour l'Espagne, il ne faut donc pas s'inquiéter, ce soir j'en saurai plus, j'espère qu'il n'a pas eu un problème mécanique avec sa voiture, il fait tellement de kilomètres avec... ». Sans me parler, au moment de couper la communication, elle a imaginé à voix haute qu'il avait peut-être réfléchi et qu'il avait fait demi-tour. Je la regardais se questionner. Quelque chose la perturbait visiblement, pas seulement de ne pas savoir où était mon père. Elle a essayé de se calmer avec un verre de vin, elle me parlait comme s'il me fallait une notice pour comprendre le fonctionnement des adultes. Elle m'a dit «Papa est quelque part au calme, il a besoin de réfléchir, de revenir vers nous apaisé, pour nous rassurer, que l'on cesse de s'inquiéter, oui, le voir sûr de lui nous fera du bien…», et j'ai compris qu'elle essayait de se convaincre qu'elle aurait fait comme lui, même si elle n'admettait toujours pas qu'il ait agi sans la prévenir.

— Tu voulais que papa te prévienne de quoi?

— Qu'il ne ferait pas comme d'habitude.

Elle aurait compris qu'il souhaite s'éloigner pour un temps, «pour faire le point», comme elle dit. Elle lui reprochait ses silences, alors qu'en général mon père parle beaucoup. Ensuite, elle s'est énervée contre beaucoup de monde; contre Manon, parce que c'est une fille à problèmes; contre ses parents, qui s'étaient déplacés «chez les flics» alors qu'ils auraient pu nous prévenir avant; contre les policiers, ceux qui n'ont pas cru son mari; contre elle-même, pour ne pas s'être réveillée quand mon père a quitté la maison ce matin; contre le vendeur du magasin de bricolage, qui lui a révélé que Sylvain Chabaud n'avait jamais été licencié, ni n'avait démissionné de son poste de comptable; contre le docteur

Thyssen, qui a provoqué chez elle un doute qui faisait de l'homme qu'elle avait épousé un inconnu plus secret que prévu ; et contre ceux, bientôt, qui la regarderaient bizarrement dans la rue parce que dans un village la mauvaise réputation et les résultats de l'équipe de football sont les deux sujets les plus intéressants à commenter.

Finalement, le seul qu'elle ait excusé, c'est mon père, et moi je pense qu'elle a eu raison, parce que sûrement quand on a décidé d'aimer quelqu'un, on ne peut que l'excuser, ou alors c'est qu'on s'est trompé.

Avec maman, on a téléphoné à papa une dernière fois. Je ne supportais plus de rester comme ça, alors on a dit ensemble « On t'attend ! Reviens vite ! Le procureur a classé l'enquête des policiers, il n'y a aucune preuve contre toi, il n'y a donc plus aucune raison de s'inquiéter ! », et ensuite c'est devenu insupportable d'attendre encore. On lisait et relisait sans arrêt le courrier de la secrétaire du procureur que maman avait imprimé, si on le posait sur la table on doutait de son existence, alors on le relisait, et puis finalement maman m'a demandé de rester seule à la maison, elle voulait aller parler à mamie. Elle m'a dit « Elle a quand même le droit de savoir », et moi je pensais qu'on avait aussi le droit de ne pas l'inquiéter. Mais maman a insisté et je suis allée dans ma chambre, j'ai attendu qu'elle revienne en mettant très fort de la musique dans mes oreilles, c'est comme ça que j'arrive à oublier ce que je vis.

— Je veux que tu saches que j'ai signalé la disparition de ton père…

Je m'étais endormie et ça m'a fait bizarre qu'elle me parle de disparition qui est un mot beaucoup plus inquiétant que l'absence. Mon casque était tombé du lit, je l'avais mis sur mes oreilles en m'installant sur mon matelas, mais quand je m'étais endormie, il avait glissé sur la moquette de ma chambre. On entendait la musique faiblement, et j'ai demandé si on allait appeler les frères et les sœurs de papa pour les prévenir. Maman a hésité. Elle a dit « Ce n'est pas parce que j'ai signalé la disparition de ton père aux policiers qu'il ne reviendra pas… », et c'est seulement après avoir affirmé que les parents de Manon étaient des lâches, et leur fille une gamine plus à plaindre qu'à blâmer, qu'elle a téléphoné aux patrons de la pharmacie pour leur dire que ça l'étonnerait qu'elle puisse venir travailler cette semaine.

Il y a trop de monde dans la maison. Je ne me plains pas parce que maman n'avait plus envie d'être seule pour affronter l'absence de mon père. Je me force à manger parce qu'ils veulent tous me poser des questions et que je n'ai aucune envie de parler de mon audition, des policiers ou de Manon ; et c'est au moment d'aller nous coucher – quand enfin tous ces gens étaient partis – que des policiers ont cogné à la porte de la maison. J'avais bien entendu un bruit de moteur de voiture dans le jardin mais je n'avais rien osé dire à maman, je n'aurais pas aimé qu'elle me réponde « C'est sûrement ton père » alors que bien sûr il était impossible que sa voiture ait pu rouler aussi vite sur les graviers.

Quand maman est revenue de la gendarmerie, elle n'a pas eu besoin de parler. J'avais compris depuis un moment que papa était parti pour de bon. C'est surtout moi qui ai essayé de la consoler. Ça m'a permis de moins pleurer que prévu. Elle répétait toujours la même phrase, « Pourquoi il a fait ça ? », et moi je ne lui disais rien, je lui caressais la main, et je pensais à la vie qu'on aurait.

C'est idiot d'affirmer que la vie doit continuer. Il faudrait plutôt dire que c'est aux morts de laisser tranquilles les vivants, parce que si on pense à eux sans cesse, ils peuvent nous reprocher de rire dès qu'on s'amuse, et nous, importunés par la culpabilité, on se demande alors ce qu'on a mal fait pour devoir continuellement regretter d'être heureux, parce que ce n'est pas une vie d'accepter l'idée de notre faute. À moi, il faudra presque deux ans pour comprendre ça, et arrêter d'en vouloir à mon père de nous avoir laissées seules, avec la honte de son suicide, et toutes ces questions sans réponses.

Maman a téléphoné au moniteur qui s'occupe des vols en parapente. Elle m'a proposé de faire « comme papa », qui refusait toujours de nous expliquer ce qu'il ressentait comme émotion quand il volait. Elle me dit que, maintenant qu'il est mort depuis un an, ce serait une bonne idée de faire comme lui, pour peut-être nous rapprocher de lui, au moins en vivant les mêmes sensations.

L'homme qui lui répond lui dit qu'il a très bien connu son mari, qu'il est désolé pour nous, et, puisqu'ils viennent de convenir d'une date pour organiser notre envol, maman note attentivement sur une page de son carnet la liste des documents que nous devrons apporter. Je lis : « Une pièce d'identité en cours de validité, un certificat médical de moins de six mois devant stipuler l'absence de maladie neurologique et mentale, ophtalmologique et osseuse », et j'entends la voix de l'homme dire à ma mère que c'est lorsqu'il s'est permis de téléphoner aux parents Durieux pour leur dire que le certificat médical donné par leur fille n'était pas valable, qu'il a compris que l'autorisation parentale avait elle aussi été signée par Manon. Maman lui a répondu que Manon était ma meilleure amie, qu'avec son mari ils la considéraient presque comme leur propre enfant, qu'ils lui faisaient confiance, qu'ils avaient été effectivement déçus par son comportement, mais que « tout cela » était de l'histoire ancienne…

— Sachez quand même que je n'ai jamais dévoilé aux parents de la jeune fille l'identité du monsieur qui l'accompagnait… Ils ont pourtant insisté. Mais je n'ai rien dit. Et puis un jour, des policiers sont venus au club pour me poser des questions, ils m'ont dit que je pouvais tout leur raconter sans me soucier des conséquences puisqu'il n'y aurait pas d'enquête. Ils avaient besoin de vérifier certains détails avant de transmettre au juge leurs conclusions. J'ai bien été obligé de leur dire que c'est avec Sylvain qu'elle avait effectué son baptême de l'air… C'est d'ailleurs comme ça que j'ai appris que votre mari s'était suicidé. « Pauvre gars », j'ai pensé… Lui qui semblait si heureux de vivre…

Maman a été obligée de retourner au commissariat. Je n'ai pas eu le courage de l'accompagner. Cela fait deux ans que mon père est mort, alors je ne vois pas trop ce que les policiers lui veulent encore.

Au moment de son retour, je l'ai aperçue debout dans l'allée. Je n'avais pas entendu la voiture se garer. Depuis qu'elle roule « en électrique », elle fait moins de bruit qu'avant.

Elle regardait la maison de ma grand-mère. Elle semblait hésiter, puis elle s'est approchée de la poubelle, et elle a jeté dedans un gros sac en plastique noir. Quand elle est entrée dans la maison, elle m'a dit : « Tu es encore là ? », elle semblait surprise, mal à l'aise, un peu comme si elle avait tout fait, en prenant son temps, après son rendez-vous au commissariat, pour arriver dans une maison vide.

J'étais devant l'ordinateur du salon, un modèle tout neuf que je peux utiliser quand je veux, et je lui ai demandé : « Tu étais où ? Tu es partie depuis tellement longtemps... » Elle m'a répondu qu'elle s'était promenée, que revoir les policiers qui nous avaient interrogées ne lui avait procuré aucun apaisement, « bien au contraire ».

— Ils te voulaient quoi finalement ?

— Me rendre des affaires de ton père. Des tenues de sport et une paire de baskets qu'il avait laissées dans le vestiaire de l'abattoir.

— Deux ans après ?

— Je t'avouerais que je n'ai pas trop cherché à comprendre.

— Elles sont où, ces affaires de sport ?

— Je leur ai demandé de les jeter. Tu voulais que j'en fasse quoi ? Je n'allais pas garder ces vieilleries qu'il utilisait quand il n'était pas avec nous.

— Tu as bien fait. On n'a pas besoin de ses habits pour penser à lui.

Maman s'est rapprochée de la baie vitrée, le ciel était gris. Elle a dit : « Il va pleuvoir... C'est dommage, je serais bien allée courir... Pour me détendre... » Je pianotais sur le clavier de l'ordinateur. Depuis qu'on vit toutes les deux, pas beaucoup plus seules qu'avant, on fait plein de choses ensemble. J'ai regardé l'écran de l'ordinateur et je lui ai dit : « Demain, selon la météo, on pourra sortir si tu veux… » Elle regardait le jardin, elle est restée debout devant la baie vitrée sans bouger, et elle a dit à voix basse : « C'est ça… Demain il fera beau… »

Chapitre V

J'ai repris mes habitudes à l'hôtel, la patronne n'a pas semblé plus contente que cela de me revoir. Elle a fait installer un nouveau système de clés électroniques, elle m'a paru très fière de me dire qu'à partir de vingt heures ses clients sont désormais «plus autonomes qu'avant», elle pense que c'est une tendance de notre époque : le besoin de discrétion. Elle ne m'a posé aucune question à propos de mon livre, elle m'a juste dit que la dame qui était venue récupérer son sac à dos lui avait demandé de pouvoir visiter ma chambre.

— Je n'ai pas osé lui refuser, je l'ai accompagnée dans celle que vous avez occupée plusieurs jours, elle en a fait le tour comme on inspecte la chambre d'un enfant mort, en s'attardant sur des détails, ça m'a fait cette impression, c'était émouvant à voir, mais rassurez-vous, je n'ai posé aucune question à votre sujet, je sais être discrète.

Gisèle Chabaud ignore que je suis à Carcassonne. Nous ne nous parlons plus, je n'ai reçu de sa part aucune autre lettre, le contrat que nous avons signé est le seul lien qui m'empêche de l'oublier définitivement. Elle lira le roman quand il sera terminé et exposé sur les étagères des librairies. Elle ira acheter son exemplaire en se déguisant. Elle imaginera que l'histoire de son fils intéresse du monde, elle pensera que sur son front son nom de famille sera lisible ; c'est tellement humain de se croire important alors qu'une vie ne mérite pas plus qu'une autre d'être mise en avant. Que toutes les destinées se valent, quels que soient le drame ou les pleurs qui s'y rattachent. J'imagine Gisèle Chabaud capable d'une mégalomanie teintée d'un esprit de synthèse digne des plus grands publicitaires. Elle exigera peut-être que l'on ajoute un bandeau sur la couverture, dans le style de celui-ci : « Investir dans l'achat de ce roman, c'est financer la grande usine à fabriquer de l'émotion à partir d'une matière première impérissable : la douleur », ou préférera, comme elle me l'a dit, m'en vouloir en secret car j'aurai eu raison.

J'ai obtenu de la part de la maison d'édition – celle que mon agent dit être « très intéressée par mon roman » – un délai supplémentaire avant de remettre mon manuscrit ; seulement six jours, mais c'est déjà ça. Ce dernier périple doit me permettre de donner cette fameuse conclusion à une histoire que je n'ai pas inventée puisque ce sont les trois personnages principaux d'une tragédie familiale qui m'ont inspiré. Isabelle a encore insisté pour que je « soigne » la fin de ce qu'elle considère comme pouvant être le roman de ma consécration – celle qui devrait me faire cesser de galvauder mon talent –, mais rien ne réussit à me motiver à continuer. J'ai honte d'avoir utilisé la douleur d'une mère de famille pour tenter de déduire la personnalité d'un fils. Je ne suis pas fier de ne pas lui avoir tendu la main, à ce « petit homme » recroquevillé et retrouvé mort dans un sous-bois, j'aurais pu au moins glorifier son courage, dont je me sais dépourvu, celui que je n'aurai jamais, parce que mettre un terme définitif à une existence que d'autres ont décidé de rendre méprisable reste, malgré ce que l'on peut en dire, une décision courageuse.

Ce n'est pas parce que j'ai écrit des livres que je me crois plus indispensable que la moyenne. Coupable ou innocent, Sylvain Chabaud méritait-il que je me repaisse de son cadavre ? Répondre objectivement à ce questionnement est impossible car il ne faut pas négliger cette évidence : je n'ai financièrement pas la possibilité de renoncer à ce projet, ou de tout recommencer, et donc plus le temps de réécrire poliment un roman à la gloire d'un enfant mort. Il ne me reste plus qu'à me pendre avec la corde que j'ai tressée, ce qui est moins glorieux que de se trancher la carotide en utilisant un canif muni d'une lame à peine aiguisée.

Merde !

Pourquoi n'ai-je pas profité des circonstances et du confort d'écrire un livre sur commande ? Pourquoi n'avoir pas fait de ce fils une victime en dénonçant les agissements de deux policiers ? Cela aurait été plus simple à écrire, plus confortable à assumer, et je n'aurais pas accroché la figure épaisse de Truman Capote au-dessus de mon bureau. J'aurais écrit un gentil roman qui aurait trouvé son public parmi les offusqués polis des accusations mensongères et ma vie se serait satisfaite de cette médiocrité reposante. Mais rien du tout. J'ai mené mon travail de déconstruction délibérément, il est donc trop tard pour me lamenter. Qui me croirait sincère ? J'ai fait d'une histoire d'argent un roman qui sera lu, alors autant assumer ce nouveau livre au nom de la littérature.

La posture de l'écrivain a ses avantages. Si les stars de la téléréalité entrent gratuitement dans les boîtes de nuit, les auteurs de romans pénètrent à l'œil dans le cœur démoli des malheureux. J'ai prévu de profiter de mon statut d'artiste pour rencontrer Cassandra Chabaud, celle qui n'a rien fait pour épargner son père devant les policiers, la même qui a peut-être regretté d'en avoir trop dit, ou pas assez. Je n'ai pas l'intention de demander leur avis aux autres membres de sa famille, j'espère obtenir de la fille du comptable de l'abattoir une approbation qui pourra me servir si la grand-mère veut finalement s'opposer à la publication de ce livre. J'irai la surprendre à la sortie de son établissement scolaire, elle a « grandi » depuis le suicide de son papa, elle ne fréquente plus le collège Albert-Camus, elle aurait de l'ambition, selon sa grand-mère, qui l'imagine avocate ou médecin, peut-être parce que la « robe » ça grandit ou que la blouse blanche ça impressionne. Utiliser les artifices vestimentaires pour incarner des personnages qui devront nous représenter socialement, je connais. J'utilise personnellement les exemplaires de mes livres passés pour impressionner ceux qui me demandent ce que je fais dans la vie. Pourquoi la fille Chabaud serait-elle différente de moi ?

J'ai osé le faire. Debout, près d'un platane, une photo dans la main, j'ai rapidement repéré la silhouette de Cassandra Chabaud. Elle est habillée d'une veste et d'un pantalon de survêtement de couleur grise qui lui fait le dos rond et les épaules avachies, et camoufle ses jambes dans une matière aux contours flous. Je m'approche d'elle et je constate, presque avec dépit, qu'elle n'est pas si petite que cela. Il est franchement dommage qu'elle soit si mal habillée car cela m'empêche d'estimer l'esthétique de sa silhouette. Je me serais donc engouffré dans le délire en l'imaginant affublée d'un corps difforme ?

Je vais lui parler de mon projet de roman, je n'ai aucun autre désir, je m'efforce de m'en convaincre, j'ai besoin de l'aval d'un « concerné », un peu comme le journaliste de guerre qui sait que son article ne vaudra rien sans les confidences d'un « épargné » ; mais je ne m'imagine pas l'interpeller devant ses camarades, alors j'attends un peu que la foule se disperse, puis je m'avance.

Cassandra Chabaud est maintenant seule. À cet instant, je pense que je n'aurais pas eu le courage d'aller parler à sa mère. Cette femme aurait été capable de me rétorquer, en réponse à mes propos pédants sur le pouvoir suprême de la littérature : « Mais vous vous prenez pour qui ? Quel genre de type êtes-vous pour me demander quels sentiments éprouve Cassandra à l'égard de son père ? Votre statut d'auteur de romans vous donnerait le droit de vous immiscer dans notre famille ? Première nouvelle ! Qui vous a invité à parler de moi et de ma fille ? Ma belle-mère ? Et en échange d'une somme d'argent, en plus ? Jolies manières, monsieur l'écrivain ! Ça donne envie de lire vos précédents romans, pour créer ensuite une association des victimes de votre manque d'imagination… »

Je tiens mon dernier livre à la main, j'ai rangé la photo qui la représente tel un marque-page qui dépasse. Cassandra Chabaud me regarde sans faire de grimaces, malgré le soleil qui éblouit sa figure parsemée de taches brunes, peut-être des grains de beauté. Elle me répond qu'effectivement, sa grand-mère lui a confié qu'elle avait contacté un professionnel de l'écriture, ce qui ne veut pas dire qu'elle en avait apprécié l'initiative. Elle n'est pas contre le fait qu'un livre paraisse sur son père, mais elle ne pense pas qu'un livre pourra découvrir toute la vérité ; je lui demande de quelle vérité elle parle, et Cassandra me répond : « De celle que personne ne peut connaître, puisque Sylvain Chabaud s'est suicidé sans laisser de lettre… » Je suis surpris qu'elle nomme son père ainsi, j'ose lui demander pourquoi, et elle me répond que c'est le seul moyen qu'elle ait trouvé pour ne pas continuer de lui en vouloir. Elle me dit que l'homme qui s'est éloigné deviendra peu à peu un étranger et que ce ne sera pas de la faute de ceux qui sont restés. Elle ajoute : « Les absents qui ont tort sont ceux qui partent sans rien dire… » Elle ne me laisse pas le temps de lui répondre, elle me dit que ça lui fait drôle de parler à un écrivain « en vrai », et surtout « un vivant », « pas comme tous ceux que mon professeur de français nous oblige à lire ». Je lui demande par curiosité si sa maman sait qu'un livre doit être écrit et qu'il fera de son mari le personnage principal d'un drame familial à la chronologie aussi implacable que celle de leur propre histoire. Cassandra me répond que sa mère n'a pas approuvé la démarche de la mamie. Je ne me suis donc pas trompé. J'avais imaginé entre ces femmes des rapports peu harmonieux; se partager la dépouille de Sylvain ne les a pas rapprochées. J'ai bien fait de ne pas organiser un rendez-vous avec Alice Chabaud, me retrouver devant la fille est tout de même plus émouvant. Je sais ce qu'elle a vécu, je pense l'avoir comprise car je me suis identifié à sa détresse, et si j'ai plus ou moins extrapolé ses réactions, en me trompant parfois, comme sur son aspect physique, il est indubitable que, durant l'écriture de mon roman, elle a fait partie de ma vie, et que c'est pour elle que j'ai éprouvé une vraie tendresse.

Je n'ai pas trouvé mieux que de proposer à Cassandra de lui confier quelques extraits de ce que j'ai écrit. Je lui dis que j'ai besoin de son avis, de son approbation, que je ne veux plus tergiverser, continuer de me poser des questions de morale, alors qu'objectivement je n'ai rien demandé à personne, que l'on est venu me chercher. « Vous lirez ces bribes de texte tranquillement chez vous, et ensuite… »; je ne termine pas ma phrase, je n'ose pas lui révéler comment sa grand-mère a choisi de me transmettre certaines pièces du dossier d'enquête, celles qu'elle avait, préalablement, préféré me cacher. Je ne m'explique pas ce besoin de discrétion, je pense que je me reproche d'être le détenteur d'un secret de famille, alors qu'en fait je suis curieux de savoir si mon intuition a réussi à déterrer là où il ne fallait pas creuser.

Cassandra Chabaud est attentive, elle feuillette le document que j'ai fait imprimer à l'hôtel et qui concerne son audition. Ses mains sont fines, ses doigts agiles tremblent et font trembler le paquet de feuilles. Je lui dis que j'hésite encore à confier le manuscrit à un éditeur. Je ne lui révèle pas l'existence d'un contrat entre sa grand-mère et moi, j'essaie de me convaincre qu'elle ne sait pas tout. Je réussis tout de même à lui dire pourquoi c'est le remords qui m'a incité à m'adresser à elle, la fille du protagoniste de ce livre, et pas seulement la courtoisie.

— Je me suis accaparé votre histoire, celle de la famille Chabaud, et peut-être un peu celle des Durieux, et depuis, je n'arrive pas à imaginer avec sérénité les conséquences de mes interprétations.

J'ai insisté sur ce dernier mot, j'ai pensé utile qu'elle comprenne que je n'avais pas mené une enquête afin d'élucider les causes du suicide de son père. Elle m'a répondu qu'aucune enquête ne lui aurait fourni les réponses à ses questions, « alors pourquoi pas un roman… ». Le regard noir de Cassandra est plus accueillant que prévu, sur les photos elle semble réticente, je peux la comprendre, je sais qu'il est plus facile de se méfier.

Le parvis du collège est désert, le brouhaha a cessé, on ne s'est aperçu de rien. Le temps est passé comme jamais ne se contractera celui qui sépare nos deux âges. Elle me propose : « On va boire un verre ? J'ai eu quinze ans cette année, ça peut encore se fêter, non ? Et puis, quand je dirai à mon prof de français que je suis allée au bar avec un écrivain en chair et en os, ça va l'impressionner… »

En traversant le boulevard, je lui ai donné l'exemplaire du roman dans lequel sa photo est intercalée entre deux pages ; c'est ce livre qui a incité sa grand-mère à se rapprocher de moi. Je lui dis que je me suis permis de le lui dédicacer, et je regrette immédiatement de l'avoir fait. Elle détient maintenant la preuve que nous nous sommes rencontrés. Je vais trop vite en besogne, je ne changerai décidément pas, quel besoin j'avais d'aller lui refourguer mon roman ? Pourquoi n'avoir pas attendu d'en savoir plus sur elle avant de m'exposer à des réprimandes ? Si elle parle de moi à sa grand-mère, ou à sa mère, je vais passer pour qui ? Comment leur expliquer que j'avais un désir à assouvir ? Une pulsion à satisfaire… Une curiosité comparable à celle du peintre qui vient d'achever le portrait d'une inconnue, et qui n'a qu'une envie : que cette femme se place devant la toile et murmure dans un souffle « Vous ne m'avez pas seulement réussie… Vous m'avez devinée… ».

Cassandra tient mon roman dans sa main droite et caresse de l'autre la couverture qui représente des toits de maison rouges, alors que dans mon texte, je décris des toits «faits d'ardoises noires». Pour masquer ma gêne, je me sers de cette anecdote, mais Cassandra Chabaud ne m'écoute pas. Elle continue de caresser la couverture de sa main blanche, et elle dit d'une voix douce : «*Aveu de faiblesses*... C'est exactement le titre que j'aurais choisi si j'avais écrit un livre sur mon père... »

J'ai finalement proposé à Cassandra Chabaud de lui confier l'intégralité du manuscrit. Elle n'a pas accepté facilement ma proposition, ce qui ne m'a pas surpris. Elle s'est d'abord étonnée de bénéficier de ce «privilège», elle se faisait une autre idée de la littérature, elle m'a parlé d'un «monde fermé», elle ne se considérait pas légitime pour lire avant sa grand-mère le texte que celle-ci avait financé.

J'aurais dû lui dire quoi? Que la maman de son papa souhaitait me dicter un texte à la gloire de son fils? Qu'il n'aurait jamais été question de m'imposer le contenu d'un livre dans lequel on se serait permis d'éviter de parler de ce qui fâche? Qu'un autre que moi aurait peut-être mieux convenu? Mais Cassandra ne m'a pas laissé le temps de lui parler. Elle a évoqué la nécessité de parler de moi à sa grand-mère. Elle voulait que celle-ci lui accorde son autorisation. Je commençais sérieusement à regretter d'avoir tout fait pour la rencontrer. La mainmise de Gisèle Chabaud sur cette famille aux abois était prévisible, mais j'avais imaginé une

Cassandra moins docile que dans la vraie vie. En prévision d'une phrase dans le genre de celle-ci : « Ma grand-mère m'a conseillé de me méfier de vous », je décide de lui dire la vérité, en lui révélant que la maman de son papa a préféré s'éloigner de moi, qu'elle serait informée de la date de la publication du livre par l'entremise d'un courrier officiel, puisque j'avais malgré tout un contrat à honorer, et que c'est elle qui avait bien précisé qu'elle ne souhaitait rien lire avant, et que c'était tout à son honneur, puisque cela m'avait permis de travailler sereinement.

Cassandra Chabaud n'est pas totalement convaincue par mon explication. « Elle semblait tellement décidée, elle était si fière de vous avoir trouvé, d'avoir réussi à vous persuader » ; je suis donc obligé de lui révéler que sa grand-mère avait espéré que l'audition de sa petite-fille ne serait pas citée dans le livre…

— Il lui paraissait que votre déposition ne devait pas être divulguée, qu'elle faisait de vous une accusatrice de votre père, que les gens auraient vite fait de conclure et d'interpréter vos réponses, que cela vous perturberait de passer pour la méchante, mais j'ai réussi à lui faire comprendre qu'un livre tronqué d'une part essentielle de sa réalité ne méritait pas d'être écrit… Et puis quoi, ce n'est pas vous qui avez accusé votre père, c'est Manon qui a tout déclenché, et ce sont les policiers qui vous ont manipulée…

Chapitre V

Cassandra me dévisage avec perplexité, il est évident que le sujet est sensible. Elle sait ce qu'elle a dit aux policiers et que ce qu'elle a dit ne fait pas d'elle le principal soutien de son père. Je choisis de ne pas insister – un écrivain en mal d'imagination aurait écrit «Je préfère ne pas remuer le couteau dans la plaie», mais puisque c'est avec un couteau que Sylvain Chabaud s'est suicidé, évitons de trop en faire.

Cassandra me propose que nous allions nous installer près du canal, elle dit connaître un endroit calme, elle aimerait lire les quelques pages extraites du manuscrit que je lui ai confiées loin de l'agitation du centre-ville. J'accepte de la suivre, je suis venu pour obtenir son assentiment; seul face à la grand-mère je me sens trop fragile, ou alors trop coupable. On marchera quelques minutes sans trop se parler, et moi je vais me convaincre que j'ai bien fait de lui dire les choses clairement, de me situer non pas au-dessus d'elle mais à côté, en ami, notamment en lui révélant que «moi aussi», j'aurais eu le même réflexe de survie, lorsque enfin devant des personnes attentives on peut réclamer un peu de compréhension en révélant ce qui nous empêche de vivre sereinement.

— Je ne comprends rien à ce que vous me dites… Des personnes attentives? Vous pensez à qui?

— Aux policiers, bien sûr. Qui ont obtenu de vous un témoignage qui n'a pas contribué à modifier leur conviction à l'égard de votre père…

Cassandra Chabaud était-elle sous l'emprise de Manon, ou avait-elle des comptes à régler avec son père ? Cette question m'avait intrigué, et continuait de m'intriguer, et j'étais maintenant dans la position du chasseur qui sait que sa proie est à portée de fusil, qu'elle est encore bien cachée, mais plus très loin de son tableau de chasse. Je trépignais d'en apprendre plus et, pour ne pas rater ma cible, celle que tout roman se doit de viser, je pensais nécessaire de questionner directement l'intéressée, ou de l'entendre se justifier en la provoquant quand même un peu. Cette fille me fascinait car elle incarnait à la perfection le personnage d'un roman que je n'avais pas écrit. Je l'avais imaginée plus fragile, plus dépendante des événements déclenchés par sa copine Manon ; elle me paraissait maintenant plus mature que la Cassandra de mon livre, ce qui n'était pas pour me déplaire. J'étais devenu excessivement curieux de connaître sa version des faits. J'étais venu chercher un soutien moral, et c'est maintenant l'appât du gain, celui de la découverte d'un secret, qui me faisait trembler. Le secret qui avait fait d'une gamine de treize ans la plus intransigeante des trois femmes de la vie de Sylvain Chabaud.

Chapitre V

C'est donc allongé dans l'herbe que j'ai su comment je terminerais mon roman ; et c'est en regardant Cassandra, intriguée par la manière dont j'avais fait parler son père et sa mère, que j'ai compris que je m'étais trompé : elle n'était pas la seule et la véritable victime de toute cette histoire. Le sacrifié était bien son père ; malheureusement, son sacrifice n'avait servi à rien.

Cassandra était plus troublée que moi, moins entreprenante qu'initialement, moins bavarde, c'est-à-dire moins encline aux confidences. J'avais imaginé, depuis les premiers instants de notre rencontre, une fille puissante, fortifiée par l'absence d'un père, enfin libérée, mais la lecture de l'audition de celui que les policiers avaient qualifié d'« ordure » et de « parasite », des moments qui l'avaient précédée, ou qui lui avaient succédé, semblait lui rappeler un temps qu'elle ne voulait plus revivre ; ce qui finalement était assez compréhensible.

« Je n'ai pas trop inventé ? » je lui ai demandé, en guettant son approbation, en surveillant ses mimiques, et Cassandra m'a répondu : « Je ne sais pas... C'est un moment de ma vie que j'ai accepté de ne pas oublier, alors disons qu'il n'y a bien sûr rien de vrai, puisque vous ne l'avez pas vécu, mais qu'en vous lisant je ressens le même malaise que lors du retour de mon père à la maison... »

Ses lèvres s'ouvraient et se refermaient pour happer un air anormalement chaud et suffocant pour la saison. Je la regardais, attentive et bouleversée, en oubliant très facilement que j'étais allongé près de la fille de Sylvain Chabaud.

La vraie Cassandra a sollicité une pause. Mon texte l'avait exagérément troublée, elle n'avait pourtant pas encore tout lu, seulement quelques pages, la suite du manuscrit était restée à l'hôtel. J'aurais voulu la questionner, lui parler également de moi, de mes motivations, mais Cassandra devait partir. Elle devait honorer un rendez-vous amical. «Je ne serai disponible qu'à partir de vingt heures», m'a-t-elle dit. Elle souhaitait me revoir, elle était prête à «franchir le pas», elle ne voulait plus attendre la publication de mon roman pour le lire dans son intégralité. Elle comprenait sa grand-mère, qui n'avait pas eu le courage d'affronter mon texte; «Mais moi je suis courageuse», elle a dit.

Je n'avais pas prévu qu'elle soit si impatiente, j'ai invoqué le secret de la création, des modifications à apporter à mon roman, des corrections orthographiques, un ou deux chapitres à supprimer, mais elle a insisté. Elle a revendiqué le droit de ne pas attendre, compte tenu de son statut, et elle a eu raison de ne pas me ménager puisque j'étais venu avec cet espoir : celui de rencontrer une Cassandra plus digne que ma propre héroïne de figurer dans un roman.

— Vous n'avez pas le droit de me refuser ce que je vous demande. Vous m'avez appâtée avec ces extraits et maintenant je devrais attendre que votre livre paraisse, comme ma grand-mère? Ou pire, comme un lecteur banal? Il n'en est pas question.

Elle souhaite me retrouver sur le boulevard dès que je serai en possession du manuscrit intégral, elle se déplace à scooter (contrairement à la Cassandra de mon roman, qui n'a droit qu'à un vélo), «Vous n'aurez qu'à me prévenir», et moi je vais préférer lui proposer de nous revoir dès le lendemain, mais à mon hôtel, pour m'éviter d'être obligé de retourner en ville.

Je souhaite surtout me donner le temps d'une dernière relecture.

En cette saison, les rares clients sont étrangers et la patronne de l'hôtel, après dix-neuf heures, n'est plus là. Depuis que l'accès aux chambres est mieux sécurisé, depuis que des portiques commandés électroniquement empêchent l'entrée si l'on ne possède pas la fameuse clé, celle qui a le format d'une carte bleue et qui se range facilement dans un portefeuille, la patronne profite de la récente autonomie des voyageurs pour travailler moins. Je pense à ce qu'elle m'a dit en quittant l'hôtel, «En plus, je ne suis pas gérante mais seulement directrice, alors pourquoi je devrais m'investir plus que ça?», tout en guettant l'apparition de Cassandra sur son scooter. Elle m'a téléphoné pour me dire de l'attendre devant l'entrée, je lui ai proposé que nous allions nous asseoir sur l'une des chaises de la terrasse, mais Cassandra a rétorqué qu'elle était attendue, qu'elle ne venait que pour récupérer une copie de mon manuscrit, pas pour discuter de son père ou de sa famille.

Elle a freiné à ma hauteur et n'a pas ôté son casque pour me saluer. Elle a rangé le manuscrit sous la selle du scooter, un texte amputé de quelques passages sans intérêt, et surtout sans sa conclusion, celle que je suis en train d'écrire. Je l'ai ensuite regardée s'éloigner, elle m'a dit avant de démarrer : «Je ne suis pas certaine de pouvoir tout lire d'ici demain… C'est quand même de mon père qu'il est question…» Je lui ai répondu que j'aurais apprécié connaître son avis avant de quitter la région. Je devais être rentré à Paris dès demain pour confier le roman à mon agent littéraire, qui ensuite le donnerait à une maison d'édition.

Elle avait semblé surprise.

— Je pensais que ce texte appartenait à ma grand-mère…

Cassandra n'a pas tort, mais je n'ai pas l'intention de laisser une «parole donnée» me gâcher l'existence. Je suis un artiste, et les artistes ont aussi été inventés pour s'affranchir des conventions et ne pas respecter leur parole… Mais, plutôt que d'évoquer cet aspect de mon travail, je préfère expliquer à Cassandra que je me suis «entiché» de leur histoire jusqu'à me considérer comme le propriétaire du livre qui a été écrit. Étonnamment, elle me comprend et compare même mon « sentiment de propriété » à celui que doit éprouver la mère porteuse d'un enfant qui n'est légalement pas le sien, alors que c'est elle qui l'a conçu. Puisque cette comparaison mérite réflexion, et peut-être aussi l'avis d'un avocat, je lui communique mon numéro de téléphone, car, même éloigné de Narbonne, j'espère qu'elle me donnera son avis sur ce qu'elle aura lu. Je lui conseille de découvrir le manuscrit en essayant de ne rien oublier de ce qu'elle a vécu. Je n'ai pas besoin de l'opinion d'une lectrice lambda ; c'est celui de la vraie Cassandra Chabaud qui m'importe. J'espère qu'elle comprendra la difficulté de ma tâche, la mission si périlleuse que j'ai acceptée, puisque j'ai osé prendre la parole à la place des protagonistes de l'histoire de son père. Cassandra me demandera, quand j'aurai fini d'énumérer les prénoms de ses parents et le sien : « Alors pourquoi ne pas avoir fait parler Manon ? » ; et si j'ai hésité avant de lui répondre, c'est parce que je ne m'étais pas encore posé la question.

— Peut-être parce que Manon n'a pas été entendue par la police.

— Ce sont ses parents qui sont allés porter plainte…

— Désolé de vous contredire, mais ils n'ont pas porté plainte, ils ont juste fait un signalement, une main courante, comme on dit.

— S'ils avaient été courageux ou moins salauds, ils auraient parlé à mon père et mon père serait encore en vie.

— Si votre père était en vie, vous pensez qu'il aurait apprécié qu'on écrive un livre sur lui ?

— Pour y raconter quoi ?

— Peut-être comment il se comportait avec vous ?

— Pourquoi vous me dites ça ? Vous cherchez le sujet du tome II ?

Je lui avais communiqué mon numéro de téléphone sans penser qu'elle m'appellerait à six heures du matin, ce qu'elle fit sans s'excuser et en me suppliant de la recevoir sans plus attendre.

— Un taxi vient de me déposer devant l'hôtel, j'étais trop épuisée pour prendre mon scooter. J'ai fini de tout lire vers trois heures du matin, depuis je ne pense qu'à ça, votre livre m'a donné envie de vomir, mais ne le prenez pas comme un reproche, vous m'avez permis d'enfin accepter ce qui s'est passé… Je voulais vous remercier. Je sais que vous reprenez le train aujourd'hui et que demain vous avez rendez-vous avec votre agent, mais il n'était pas question de vous laisser partir sans que je vous voie… Comment vous dire ça… Grâce à vous, j'ai mieux compris mon père, ce qui va peut-être me permettre d'enfin lui pardonner… Deux ans après son suicide il serait temps, vous ne pensez pas ? »

J'accueille Cassandra sans chercher à modérer mon sourire de satisfaction, l'expression sûrement un peu niaise de mon visage n'était pas digne d'un écrivain qui maîtrise la situation qu'il a lui-même créée, mais que faire ? Je n'étais toujours pas habitué aux effets du pouvoir de la littérature ; et après trois romans, je reste le premier candide de mes prouesses littéraires.

Vêtue du même survêtement, décoiffée et le visage fatigué, la gamine que j'avais retrouvée devant son collège me regarde et semble impatiente de me parler de mon roman ; du manuscrit qu'elle tient à deux mains. Je lui propose que nous allions nous installer sur la terrasse extérieure, mais un vent violent va contrarier ce projet, alors je décide de vite nous réfugier à l'intérieur de l'hôtel. Malheureusement, la salle du bar est fermée et s'asseoir sur les fauteuils du hall d'entrée me semble franchement peu convivial. Nous sommes d'accord pour aller dans ma chambre et Cassandra ne cache pas son excitation. Elle parle fort et agite les pages du roman qui lui ont particulièrement plu. L'épaisse moquette du couloir atténue les vibrations de ses véhémences, il est tôt, je n'aimerais pas que l'on vienne me reprocher de ne pas avoir respecté le sommeil des clients de l'hôtel. J'ouvre la porte de ma chambre et j'installe deux chaises en face de la table sur laquelle une cafetière est posée. Cassandra bâille bruyamment en me demandant de nous préparer un peu de café ; elle me dit : « Parce que vous aussi, monsieur l'écrivain, vous me semblez un peu fatigué… » ; et je lui réponds qu'elle n'a pas tort.

L'ambiance était sereine, Cassandra me faisait la lecture en tournant frénétiquement les pages annotées de ses remarques. Je ne l'écoutais pas pour m'inspirer, ni corriger mon texte, j'avais tout naturellement besoin de l'entendre me féliciter, notamment quand elle prenait l'exemple d'une de mes intuitions en la qualifiant d'étonnante car proche de ce dont elle avait été témoin. Et puis, elle s'est brusquement levée pour me demander pourquoi je l'avais décrite en évoquant un corps mal proportionné, au buste chétif et aux jambes sublimes. « Vous avez cherché quoi en m'inventant difforme, ou du moins à moitié bien foutue ? » elle m'a demandé, en sautillant comme le font les boxeurs pour exhiber leur agressivité. Je suis resté sans bouger, surpris par son attitude. Nullement perturbée par mon mutisme, elle a insisté, elle voulait savoir de quel droit je l'avais décrite physiquement, de quel droit je l'avais qualifiée de « naine », sans faire l'effort d'un peu la respecter.

Chapitre V

« Ils vont dire quoi, ceux qui vont me reconnaître ? » elle m'a demandé, avant que je lui réponde que l'objectif d'un roman n'est pas de décrire fidèlement la réalité mais de savoir s'en inspirer. Elle a ôté la veste de son survêtement, puis écarté les bras. Sa poitrine a déformé le tissu et son nombril est apparu dans la lumière. Le néon du plafond faisait briller ses pupilles en grésillant. Elle portait un short et un tee-shirt rose sur lequel les lettres du mot « DREAM » s'effaçaient. Elle ne parlait pas mais semblait vouloir me dire « Alors, l'écrivain ? Tu en penses quoi de celle qui est une naine déformée du buste dans ton livre ? », et je n'ai pas pu m'empêcher de murmurer :

— Effectivement, j'étais loin de la vérité…

— Il faut comprendre ma réaction… Le peu que j'ai lu est très perturbant. Vous décrivez si bien ce que j'ai vécu, vous êtes parfois si proche de ce qui s'est réellement passé, que l'on se demande si vous ne m'avez pas espionnée, et cette sensation est assez gênante.

J'ai conseillé à Cassandra de se rhabiller. Elle a ramassé la veste et le pantalon de son survêtement qu'elle avait laissés choir sur la moquette, et puis elle a fait un geste en direction des pages du manuscrit qui jonchaient le sol. Elle m'a demandé : « Il appartient à qui, ce texte, finalement ? Si ma grand-mère s'oppose à sa diffusion, vous en ferez quoi ? Le scénario d'un film ? » ; le tout exprimé avec l'impolitesse de sa jeunesse. Je lui ai répondu que la loi était toujours du côté du créateur, qu'il me suffirait de rembourser l'argent que m'avait versé sa grand-mère pour que personne ne puisse m'empêcher de revendiquer la paternité de ce que je considérais comme étant « ma » chose.

J'ai regardé Cassandra se pencher pour ramasser une feuille du manuscrit. Elle en a lu quelques lignes avant de la froisser, d'en faire une boule, et de la jeter dans ma direction d'un geste dédaigneux…

Cassandra Chabaud est maintenant assise sur le bord de mon lit. Nous discutons. C'est plutôt moi qui l'écoute. Je n'éprouve plus le même enthousiasme.

— J'ai lu ce que vous pensiez de Manon, et de moi, et de tout le monde… Vous ne saviez rien, mais vous vous êtes permis de nous ranger dans des cases bien étiquetées. La naine aux jambes de reine et au buste rabougri, la fille superbe et manipulatrice, la femme trompée, la vieille grand-mère un peu trop obsédée de tout bien nettoyer, de laisser la scène du crime sans preuves, le père de famille qui n'assume rien de ce qu'on pensera de lui… Je ne sais pas si vous êtes un grand écrivain, mais je peux vous garantir que vous ne manquez pas d'imagination… Peut-être même de vice, parce que… il faut quand même être un peu dérangé pour s'infiltrer comme ça dans une famille et la démolir de l'intérieur, non ? Parce que c'est ce qui risque d'arriver, quand votre livre sera lu, vous ne pensez pas ? Plus fort que le suicide de mon père, vous avez fait… L'extinction de toute une famille, fallait oser… Ma grand-mère ne s'en relèvera pas, je pense ; ma mère s'en fichera, depuis qu'elle vit avec un autre homme elle a décidé de ne pas se retourner… Mais bon… Comme vous dites, vous n'aviez rien demandé… On est venu vous chercher… Ma grand-mère est venue vous chercher… Parce que moi… Je ne vous aurais jamais confié un tel pouvoir…

Je l'avais imaginée plus gentille, plus fragile, dans l'attente d'un homme qui lui aurait donné envie de se penser aussi belle que sa copine Manon, mais elle n'était pas la Cassandra de mon livre. Dehors, les tables de la terrasse avaient été recouvertes de rosée. Je pouvais, de la fenêtre de ma chambre, assister au remplacement de la nuit par une aube triste. Bientôt le personnel de l'hôtel installerait les tasses et les couverts du petit déjeuner. La frénésie des matins calmes m'a toujours intrigué. J'ai regardé ma montre. Il était sept heures. J'étais fatigué, je voulais être seul, mais obstinément Cassandra restait assise sur le bord du lit. Elle tenait en boule la veste et le pantalon de son survêtement. Elle me dévisageait avec sérieux, et moi j'ai bêtement regardé les feuilles éparses du manuscrit comme on regarde les preuves de sa médiocrité. Ses lèvres exprimaient de la lassitude, une morgue plus triste que méprisante. Elle m'a rappelé sa grand-mère, quand elle m'avait regardé la première fois pour me dire : «Je vous imaginais plus grand… »

J'ai finalement réussi à m'éloigner de la fenêtre pour aller ramasser les pages du manuscrit. Cela m'a fait du bien de me concentrer sur leur classement. Je savais que Cassandra me regardait avec haine, mais cela n'a pas remis en question ma détermination. Ce roman devait être publié et dès demain je défendrais sa cause. J'ai pensé à la fille de Sylvain Chabaud, la vraie, à sa présence devenue incongrue, et je lui ai demandé ce qu'elle attendait pour partir.

Et c'est seulement lorsque quelqu'un a cogné à la porte qu'elle m'a répondu :

— Ça.

J'ai vérifié l'heure, je savais que je n'avais pas demandé que l'on m'apporte un petit déjeuner en chambre, surtout aussi tôt, et Cassandra a dit d'une voix plus grave : « Entrez ! »

Le visage de la patronne a bien sûr exprimé de l'incrédulité, en m'apercevant accroupi connement afin de rassembler les feuilles du manuscrit. J'ai pensé à ces scènes de dispute au cours desquelles les protagonistes se jettent à la figure ce qui est à leur portée. Cassandra ne m'avait pas jeté de la vaisselle, mais une simple boulette de papier, et la patronne de l'hôtel a détourné le regard en s'excusant. C'était une vraie professionnelle. Elle a déposé une carte sur la petite table de l'entrée en disant « Voici votre nouvelle clé, puisque vous avez perdu la vôtre », et elle n'a pas attendu que je lui dise « merci », ou que je lui demande qui l'avait prévenue, pour quitter la chambre. J'ai regardé Cassandra, elle a seulement commencé à se rhabiller, en enfilant d'abord son pantalon de survêtement, puis la veste, et elle m'a demandé en souriant si je n'avais pas écrit ce livre d'abord pour moi.

— On dirait que vous avez cherché à inventer une héroïne qui vous ressemblerait, c'est-à-dire aussi moche que vous. Moche de l'intérieur.

J'y étais donc parvenu. Cassandra Chabaud avait tout compris. La figure de Truman Capote ne m'écraserait plus de son aura, puisque j'avais fait comme lui. Je m'étais identifié à l'un de mes personnages, je m'étais impliqué dans sa personnalité, je m'étais accaparé à l'excès son destin, sa manière de penser. Cassandra avait-elle estimé ses parents coupables de négligence à son égard ? C'est ce qui pourrait expliquer pourquoi elle n'avait pas soutenu son père devant les policiers, avant de le regretter, un peu trop tard, puisque par ricochet sa mère avait été punie.

Truman Capote avait justifié l'affection qu'il avait éprouvée à l'égard de l'un des meurtriers de son livre – qu'il avait rencontré, puis accompagné jusque dans le couloir de la mort, lui qui fut pendu à l'aube le 14 avril 1965, tel un double de ce qu'il aurait pu devenir – en expliquant que s'ils avaient été élevés dans la même maison, lui, le romancier célèbre, serait sorti en vainqueur par la porte de devant, et le coupable de son roman, en vaincu, par la porte de derrière. Ils avaient connu une précarité affective similaire dans leur enfance, les deux hommes se ressemblaient physiquement, une intelligence et une sensibilité communes leur avaient permis de se confier leurs tourments respectifs, ce qui effrayait Capote, convaincu d'avoir échappé de peu à un destin aussi tragique que celui du protagoniste de son roman.

La personnalité de Cassandra, celle du livre, est donc bien similaire à la mienne, c'est ce que l'on pourra me reprocher, de l'avoir imaginée, de l'avoir transformée pour qu'elle me ressemble ; mais il faut me comprendre, et comme je le dirai aux responsables de la maison d'édition, après qu'ils auront lu le manuscrit, quand ils me demanderont si Cassandra Chabaud est vraiment si difforme physiquement :

— Il fallait bien lui inventer une monstruosité plus voyante qu'un banal sentiment de haine…

— Vous me reprochez quoi exactement ? De vous avoir dénigrée physiquement, de vous avoir comparée à une naine ?

— Pas seulement.

— D'avoir fait de votre père un homme faible ?

— Pas du tout.

— D'avoir fait de votre mère une femme trompée ?

— Même pas.

— D'avoir fait de votre grand-mère une femme obsédée par ce qu'on devait penser de son fils ?

— Non. Ce que je vous reproche, surtout, c'est d'avoir eu raison à mon sujet. C'est pourquoi il est hors de question que ce texte soit confié à votre maison d'édition, ou à n'importe quelle autre, et donc qu'un livre soit publié à partir de ce manuscrit.

Je me suis permis de lui dire qu'elle avait tort, et que les personnages que j'avais inventés méritaient qu'on les comprenne, non qu'on les juge. Elle se fichait de mes arguments, elle m'a répondu que si je persistais à faire publier mon roman, elle n'hésiterait pas, elle irait porter plainte contre moi, elle dirait que je l'avais entraînée dans ma chambre, elle ferait témoigner le chauffeur de taxi devant lequel elle avait sangloté, la patronne de l'hôtel qui l'avait aperçue à peine vêtue, et c'est comme ça que j'ai appris qu'elle lui avait téléphoné un peu avant de me retrouver, qu'elle avait laissé un message sur le répondeur de la réception, pour prévenir que l'« écrivain » du quatrième étage avait perdu sa clé, qu'elle était tombée dans la cuvette des toilettes, qu'elle avait disparu avec toute sa merde, et qu'il souhaitait que l'on vienne le « libérer » à son réveil.

— Vous avez parlé à ma place, merde ! En mon nom ! Vous pensez détenir un pouvoir parce que vous savez écrire des histoires ? Vous vous prenez pour qui au juste ? Pour un écrivain digne de respect ? Vous me faites bien marrer ! Vous êtes un charognard, rien d'autre !

Au moment de quitter ma chambre, Cassandra m'a demandé si j'avais pris au sérieux sa menace et je lui ai répondu qu'elle ne pouvait pas me faire un cadeau plus pertinent.

— Il ne me manquait que ça pour véritablement pénétrer l'intimité de votre père. Il me fallait vivre la même accusation, celle dont il s'est servi pour se suicider, parce que vous savez quoi, très chère Cassandra ? Ce n'est pas de chercher à découvrir si votre père a caressé Manon entre les jambes qui m'a passionné, mais pourquoi vous l'avez jugé capable de le faire.

Elle m'a regardé avec un drôle de sourire, subitement calmée. Elle m'a dit que l'époque n'était plus du tout tolérante à l'égard des pervers, des vicieux, de tous ces hommes qui se délectaient de la compagnie des jeunes filles, que je pourrais ne pas apprécier d'être convoqué et interrogé, qu'elle savait de quoi elle parlait, que peut-être plus aucun éditeur ne prendrait le risque de publier mes livres, et que je connaîtrais sans aucun doute la déchéance sociale, une déchéance que son père avait plus redoutée que la mort.

— Êtes-vous bien certaine que votre père s'est suicidé pour éviter d'être mis au ban de la société ? Pourquoi ne pas envisager que la perte de votre confiance l'ait plus perturbé que le reste ? Qu'il n'a pas supporté d'être méprisé par sa fille ?

— Vous êtes un père pour penser ça ?

— Non. Mais j'ai été un fils.

J'étais assis sur le lit. Les pages du manuscrit que j'avais finalement réussi à empiler étaient posées sur mes cuisses. Je contemplais la boulette de papier que m'avait jetée à la figure la fille de Sylvain Chabaud, comme Cassandra avait jeté à la face de son père tout son mépris. Une voix de gamine m'a demandé :

— Et si je vous disais pourquoi j'ai eu besoin d'accuser mon père, vous me laisseriez tranquille ? Vous abandonneriez votre projet de faire éditer ce livre ?

J'ai failli lui répondre que l'on pourrait se réconcilier, qu'on était faits pour s'entendre, j'étais tenté de m'en faire une alliée ; elle avait connu Sylvain Chabaud mieux que personne, mieux que les autres femmes qui avaient côtoyé le fils, le mari ou l'amant. Je me suis questionné : ce qu'elle pourrait m'apprendre à propos de son père ferait-il de mon livre un plus grand livre encore ? Je n'en étais pas certain.

— Je l'avais pourtant prévenu. Je lui avais dit qu'il fallait qu'il arrête... Que tout ça finirait mal... Mais il ne m'a pas crue.

Le souffle de Cassandra était régulier. J'étais devant une porte dont je ne détenais pas encore la clé. J'étais impatient de comprendre à quel moment d'une existence l'idée du suicide peut s'imposer ; et j'ai entendu sa voix me demander si vraiment j'allais m'obstiner. La question n'avait rien d'amical. J'ai donc posé sur le lit les pages qui étaient un peu froissées, je me suis levé pour récupérer la boulette de papier qui avait roulé près de la poubelle, avant de la déplier, puis de la défroisser en faisant des gestes lents ; et j'ai répondu :

— Plus que jamais.

Tu parles.

Ce n'était en aucun cas courageusement que j'avais répliqué d'une voix morne : « Plus que jamais. » J'avais pensé à tout cet argent ; celui que j'aurais dû rembourser, si j'avais abandonné. J'avais entendu les mots de l'éditeur, qui m'avait conseillé lors d'une récente discussion téléphonique : « Pas trop de situations glauques, quelques bons sentiments, des personnages émouvants et surtout une fin optimiste. »

Chapitre V

J'ai récupéré ma valise dans le placard. Il était temps pour moi de rejoindre Paris. On ne m'avait pas avancé autant de pognon pour visiter la région de Narbonne, ou interroger les protagonistes d'un drame incapables de se mettre au diapason de la littérature. Il me faudrait, à l'avenir, faire preuve d'un peu plus d'arrogance pour mieux rentabiliser mon travail d'écrivain. J'ai conseillé à Cassandra de rentrer chez elle, je lui ai dit qu'une fille de son âge n'avait rien à faire dehors, surtout dans une chambre d'hôtel avec un inconnu plus âgé qu'elle. Elle n'a rien répondu, elle a fait claquer la porte d'un geste brusque et j'ai commencé à plier lentement mes deux chemises et mon autre pantalon. Une fois ma valise refermée, j'ai téléphoné à mon agent littéraire, je lui ai expliqué que je serais de retour en fin de journée. J'ai prévenu qu'il faudrait me laisser le temps d'écrire la fin de mon roman, que cela me prendrait sûrement plus longtemps que prévu, compte tenu de ce que j'avais à dire, et je lui ai promis que mes futurs lecteurs seraient émus pour de bonnes raisons. Isabelle m'a demandé : « Alors ? Tu as décidé quoi ? Il est coupable ou il n'est pas coupable, ton Chabaud ? » J'ai préféré sourire, alors qu'au téléphone cela ne sert à rien, mais je savais que ma réponse lui ferait plaisir.

J'ai répondu à Isabelle, après un moment digne d'un silence que j'aurais pu revendre très cher à un producteur de films à suspense :

— Coupable, bien sûr. Si on veut faire un succès, si on veut réunir autour de ce bouquin tous les journalistes torpilleurs de salauds, il ne faut surtout pas que Sylvain Chabaud soit une victime. Il faut qu'il incarne à la perfection le gentil papa qui a tenté d'abuser sexuellement de la meilleure copine de sa fille. Mais je te rassure, les femmes et les filles de mon roman sauront se défendre. Je suis en effet partisan d'un féminisme de combat, à la condition bien sûr que cela fasse vendre…

Et Isabelle a soupiré. Peut-être un peu trop fort à mon goût. Le bruit de son souffle a fait grésiller la membrane de mon écouteur à la manière d'un insecte qui aurait rampé jusque dans mon oreille. Elle a dit : « Et me concernant ? Tu as décidé de me baiser à quel moment de ton roman ? », ce qui aurait dû provoquer chez moi un rire aussi nerveux que surpris. J'ai réussi à garder mon calme parce que finalement j'avais moins besoin que Sylvain Chabaud de séduire pour me sentir vivant. J'étais à la fin d'une bataille que j'avais provoquée, et comme souvent je préférais m'en amuser. La plaisanterie serait donc, comme avant, mon unique porte de sortie. L'écriture de ce roman n'avait pas contribué à me changer, j'en savais moins sur moi que sur Sylvain Chabaud, qui lui était allé au bout de sa conviction. Peut-être que j'étais un peu lassé de la nature humaine, pas au point de la laisser tranquillement se dévergonder sans répliquer, mais fatigué quand même.

J'ai dit à Isabelle « Si tu avais quinze ans, tu mériterais une bonne fessée », et mon agent littéraire, qui en a entendu d'autres, a répliqué : « Comment as-tu deviné que j'aimais ça ? »

Épilogue

C'est au moment de rejoindre le hall de l'hôtel que je l'ai aperçue, assise sur un fauteuil de l'entrée, précisément près de la porte de la salle à manger. Elle s'est levée au moment où j'allais m'accouder au comptoir pour payer la note. La patronne nous regardait en se demandant sûrement comment une collégienne sans défense allait se comporter en présence de son bourreau. J'ai souri pour indiquer à cette femme que si j'avais beaucoup de choses à me reprocher, sexuellement j'étais « clean ».

Cassandra a laissé la machine dérouler un ticket qui prouvait ma solvabilité, et elle a dit, alors que je pensais qu'elle m'avait attendu pour me gifler :

— Mon seul tort, finalement, c'est d'avoir profité de ce que m'avait dit Manon…

J'aurais franchement préféré qu'elle se taise, je craignais que cette ultime confession ne vienne perturber mon travail. Je n'avais plus qu'un roman à finir, plus qu'une nouvelle parodie de l'humanité à proposer à un éditeur... Je voulais passer «de l'autre côté», en finir avec ma réputation d'auteur «de la noirceur du monde», comme l'avait affirmé un journaliste d'une radio à la programmation pas assez musicale pour diffuser des publicités pour Coca-Cola.

— J'ai pensé m'en servir pour voir comment il réagirait, s'il oserait contredire ce que moi, je le savais capable de faire... Mais comment deviner qu'il préférerait se suicider?

Je ne comprenais pas ce que Cassandra cherchait à me dire. Il m'aurait fallu obtenir de sa part plus de révélations pour remettre en question le contenu d'un texte que je voulais moins déprimant que les précédents. Je désirais tant me faire admettre dans le cheptel des écrivains de romans qui finissent bien. Truman Capote avait achevé prématurément sa vie dans l'alcool et la drogue, je me savais trop peu désespéré pour mourir aussi jeune que lui. Et puis, mon confort financier dépendait de mon approche de la littérature, une approche que j'avais décidé de galvauder aux plus offrants.

— Il m'avait obligée à consulter un psychologue, il m'avait interdit d'en parler à ma mère... Il voulait soi-disant la protéger... Il était si prévoyant, toujours à se regarder dans la glace avant de se montrer en public... Mais alors pourquoi il l'a laissée seule? Pourquoi s'est-il tué sans lui donner d'explications?

Les problèmes de couple de Sylvain Chabaud ne

m'intéressaient pas, c'est d'ailleurs ce que j'ai dit à Cassandra, mais la gamine tenait à gâcher l'épilogue de mon prochain roman.

— Mon père aimait Manon, et Manon aimait mon père. J'ai lu un message qu'il lui avait envoyé, alors qu'elle était en vacances dans une colonie du sud de la France. Il lui avait écrit : « Nous devons nous efforcer d'attendre que la loi nous permette de faire l'amour… » Vous comprenez mieux, maintenant, pourquoi j'ai voulu gâcher sa si belle histoire ? Parce qu'il se comportait avec Manon, avec plus de précautions qu'avec moi…

Pour en savoir plus
sur les Éditions Plon
(catalogue, auteurs, vidéos, actualités…),
vous pouvez consulter
www.plon.fr
www.lisez.com

lisez!

et nous suivre sur les réseaux sociaux

Éditions Plon

@ÉditionsPlon

@editionsplon

Pour plus d'information :

#lisez! engagé
www.lisez.com
Imprimé sur du papier issu de forêts gérées durablement.

CET OUVRAGE A ÉTÉ ACHEVÉ D'IMPRIMER SUR ROTO-PAGE
PAR L'IMPRIMERIE FLOCH À MAYENNE EN JUIN 2023

N° d'impression : 102804
N° d'édition : P31700/01
Imprimé en France